新　潮　文　庫

それでも僕は東大に合格したかった

偏差値35からの大逆転

西　岡　壱　誠　著

新　潮　社　版

12047

目次

それでも僕は東大に合格したかった

偏差値35からの大逆転

0章　2月26日　試験当日（闘う僕の唄《うた》を、闘わない奴等《やつら》が笑うだろう）

東大を目指す人間というのは、本当にバカなのだと思う。

3度目の入試。その2日目の朝、トイレで朝食に食べたものを全部戻しながら、僕はぼんやりそう考えた。

「なんでッ、ゴボ、こんなことになったんだっけな」

吐きながらそんなことを言う。

5年前までは、自分が2浪してまで東大を目指すなんて考えもしなかった。

それでも現実は、東大に2回挑戦して、2回とも負けて、それでももう一度だけと、ここに戻ってきた。そして戻ってきたら緊張で吐いているのだからざまあない。

「あぁ、僕、何やってるんだっけ?」

まるで現実感がない。気持ち悪い。身体《からだ》が重い。ずっと地獄にいるようだ。地獄の焰《ほのお》に焼かれているかのように苦しくて、3秒に1回死にたくなる。

「でもッ、ッグ! 今日で、終わりだッ!」

胃の中のものを全部戻し尽くしたらしく、もう何も出てこない。でも、代わりに涙が出てきた。

昨日、今日で、全部終わり。高1のあの日、先生から「東大を目指せ」なんてバカな夢を押し付けられて、東大を目指して、5年間、ずっと死にたいほど頑張って、死ねないまま生き抜いて。

「ゲボ、ホント、バカだよなぁ」

それ以外の感情がまったく浮かばない。何もかもいやになったあの日から東大を目指して、2回も落ちて。それでも諦《あきら》められなくて、ここまで来て、そして試験当日の緊張で死ぬほど吐いている。なんて惨《みじ》めな人生なんだろうか。

目を見開く。胃の中のものも消え失《う》せて、涙も涸《か》れ果てたらしい。

そうだ、僕は惨めで、愚かだ。人生の4分の1も費やして勉強して、それでも欲しかったものが手に入らないのかもしれない。それでも今日、ここまで来た。

東大受験というのはこういうものだと、僕は5年間で学んだ。勝つことも、負けることだって思い通りにはいってくれない。苦しさの中で耐え抜いて、耐え抜いて、耐え抜いた先にいいことが待っているわけでもないのに、進む。そんな5年間だった。

「さて、行くか」

酷《ひど》い体たらくだった。とても試験なんて受けられる身体じゃないのだと思う。頭も痛いし腹も痛い。気持ち悪いし身体も重い。それでも、試験会場に向かおうと、立ち上がる。

やることはいつもと同じ。全力で闘うこと。それだけだ。5年間毎日毎秒繰り返してきたことと、何《なん》にも変わらない。最後の日だからって、そこに変化はない。

「……どうせバカなら、死ぬほどバカになってやる」

そう独りごちる。それが、5年間で得た悟りだった。バカでもいい。惨めでもいい。それでも進もうと決めた。

なんてったって、日本一頭のいい大学に挑むのだ。それなら僕は、日本一のバカにならないと。

闘わない奴等が笑うだろう。

なんてバカな奴なんだと、どうして自分から苦しい場所に行くのかと、笑うだろう。

それでもいい。笑いたければ笑えばいい。僕はそれでも、進むと決めたのだ。

進む先は、もしかしたら前じゃないのかもしれないが、それでも動かないよりはいい。

それが、僕の東大受験だ。

ドアが開く。

——さあ、行こう。

1章　3月2日　合格発表まであと8日

「$2\sqrt{3}$!?」

朝。叫び声が部屋の中に響き渡った。

「そうだよ、$2\sqrt{3}$だよ！　あの問題やっぱり先生間違ってたんだよ！」

ベッドから飛び起きて叫ぶ。どんな夢を見ていたのかは忘れたが、ともかく大変なことだ。先生と議論していたあの数学の問題の解答は、やはり僕の方が正しかったのだ。

「こうしちゃいられない、早く予備校に行かなきゃ」

そんな風に騒いでいると、

「朝っぱらからうるさいわね、どうしたのよ」

と母親が部屋に入って来た。

「ああ母さん、ちょっと僕、予備校行かなきゃ」

「は？　何言ってんのあんた？」

「今6時でしょ？　早めに行って先生のところに数学の答えの訂正を……」

そこまでいうと、頭にチョップが飛んで来た。

「痛っ！　なにすんのさ」

「なにを寝惚《ねぼ》けてるのあんたは」

呆《あき》れた顔で母親は言う。

「もう受験は終わったのよ」

そうだ。少し前に、もう受験は終わったのだ。終わって、今日までずっと寝続けていたのだ。

「もう、予備校行かなくていいのか……」

「そうよ。予習もしなくていいし、復習もしなくていいのよ」

そうだった。勉強も受験も、何もかも終わって、あとは合格発表を待つだけなのだった。

「合格発表って、いつだっけ？」

「3月10日でしょ。3回も受けてるから、私の方が覚えちゃったわよ」

去年も一昨年《おととし》もそうだった。東大の合格発表は、3月10日の正午と決まっているのだった。

「そうか、終わったのか……」

そう、もうすべてが終わった後なのだった。死にそうになりながらもなんとか東大を受験した僕は、もう勉強しなくていいし、予備校にだって行かなくていい。数学の先生のあの間違いを指摘することもしなくていいのだ。

「そう、だよな、終わって、終わったんだから、えっと」

さて困った。やることがない。受験勉強しかしてこなかったものだから、そんなことも忘れてしまった。ゲームとかカードとか漫画とか、色々やりたいことがあるはずなのに、何も出てこない。

「まあ、ゆっくり休んだらいいんじゃない？　相当無理してたんだから」

なんて言いつつ、私は朝ご飯作るわ、と母は部屋を後にする。

残された僕は、ベッドに座りながら、合格発表までの時間のことを考える。

「何をしようかな。何も思いつかないなぁ」

休めばいい、という母親の言葉もわかるのだが、悠長に休んでいられる精神状態ではないのだ。

なんてったって、2浪越しの合格がかかっているのだから。

今年こそはと意気込んで挑戦した東大受験。すべてを出し切って、緊張で当日吐きながらも、懸命に闘った結果が、8日後には出るのだ。合格できたかどうか気になって気になって仕方がないのだから、いっそ一思いに結果を伝えてくれればいいのに。結果が変わるわけでもないのだから、いくら合否を気にしても、結果が変わるわけでもないのに。合格なのか不合格なのかわからない状況で10日間も待たされる、というのは生殺しもいいところだ。

去年までは、それでもやることを強いて探して、予備校の解答速報を見て「ああこの問題が合ってた」「あの問題の答えは間違えてた」と言いながら、合格か不合格かを考え続けて、ずっと悶々《もんもん》としていた。

「それは今年はやめよう。心臓によくないし、結局そんなことを考えても合格か不合格かなんてわからないんだから」

過去2回は、ずっとぐるぐる考えた末に、不合格だった。

「人事を尽くして天命を待つ、だ。5日前にすべてを出し切ったんだから、合格か不合格かは気にしないようにしよう」

誰もいない部屋で、僕は独りごちた。

「だけどあんたも出世したわよねー」

ウチは父が単身赴任で、基本的に家には母と僕しかいない。そして母親も午後から仕事に行くことが多いので、夕食はだいたい僕1人だ。しかし朝食は母が作ってくれて、2人で食べる。

ご飯。納豆。魚。味噌汁《みそしる》。お茶。そんな普通の和食を食べながら、母はふいに思い出したようにそう言ったのだった。

「出世、したかな？　いや、出世はしてないと思うんだけど」

僕がそう言うと、母はあっさり、

「まあそうよね。浪人生なんてニートみたいなもんだし」

返す言葉もない。そりゃ、別に学校に通うわけでもなくただ勉強している期間なんて、ニートみたいなものだと自分でも思う。でも流石《さすが》にその物言いはないんじゃないだろうか。

「それでもあんた、東大に3回も挑戦できたんだから。一時期じゃ考えられなかったわよ」

3回。そう、僕は2浪なので、現役合格者の3倍受験したわけだ。

「挑戦だけなら誰でもできるでしょ。それに、2回不合格になったわけだし」

と、ついマイナスな答えをしてしまう。僕は基本的にいつもマイナス思考だ。褒められると否定したくなるし、プラスのことを言われると必ずマイナスで返してしまう。

「まあそうだけど、でもあんた、東大よ？　東大。日本のトップの大学に挑めるなんて」

母は言う。ちなみに母は地方の出で、大学は地元の短大。父と結婚して東京に出てきたために、東大というのは母にとっては漠然と「すごいところ」というイメージなのだろう。

「まあ、受かってるかわからないけどな」

僕はそう口にしたが、合否がまた気になり出して、なんとなく辛《つら》くなる。そんな僕の様子など意に介さず、母はこんなことを言い出した。

「だってあんた、ずっと学校でビリだったでしょ？」

そう、今でこそ東大を目指してはいるが（いや、まあ目指しているだけなのだが）、僕はずっと学校で一番頭が悪い人間だった。そもそも学校は偏差値50の中高一貫校で、その中で偏差値35を下回る学年ビリ。それが僕だった。

「私忘れないからね、中学2年生の時の三者面談」

それは思い出したくないエピソードトップ3に入るイベント。中学2年生の時、教育に熱心な数学の先生が担任だったのだが、そこで見事にずっとビリの成績だったのだ。

「ちゃんと勉強してりゃ、こんな成績にはならんだろう」

学年ビリの成績表を叩《たた》きつけ、先生はそう言い放った。

「見ろ、英語なんて100点満点中5点だぞ！　ちょっとでも勉強してりゃ、最悪赤点だけは回避できたはずだ」

英語5点、数学15点、国語18点、理科10点、社会14点。赤点どころの騒ぎじゃない、酷《ひど》い点数のオンパレードだった。

「このままだと、高校進学どころか、進級だってできませんよ」

母親の方を一瞥《いちべつ》し、先生は冷たく言い放つ。母も僕も、すっかり萎縮《いしゅく》してしまった。

「なあ、西岡。教えてくれよ。なんで勉強しないんだ？」

先生の声は3人しかいない教室に冷たく響き渡った。声はそんなに大きくないはずなのに、その声は僕の心に突き刺さった。

「この質問、前回の面談でも聞いたよな。んで、『これからはやります』って言ったじゃねえか。なのにこの成績だろ？　なんで勉強しないんだ？」

今思うと、先生も参っていたのだと思う。なぜ勉強しないのか、僕自身もわからない。ほんの少しでもやれば、必ず赤点だけは回避できるような試験で勉強しない理由がわからない。

「なあ、答えてくれよ、西岡」

先生のその声は、本当に「わからない」から質問している、そんな声色だった。

それに対して、僕はずっと隠しておくはずだった思いを、本音を、ぶちまけることにしたのだった。

「先生、僕、勉強してます。ちゃんと勉強してるけど、成績が上がらないんです」

「いやぁ……あれはないわよ。あんなこと言ったら、先生キレるの当たり前でしょ」

母親が言う。

そう、事実として、僕の「勉強してます」発言の後、先生はブチギレたのだった。

曰《いわ》く、「それはポーズを取っているだけだろう」。

曰く、「努力していれば結果が出なくてもいいと思っているだろう」。

曰く、「お前の根性が曲がっている」。

曰く、「勉強していると本気で思っているなら、一からやり直せ」。

勉強していないと自覚しているのならまだいいが、それすら自覚していないということに、先生は怒り狂ったのだった。

「30分の予定だった三者面談が3時間になったのよね。それでその後の面談の親御さんから苦情が入って、『まだ話し足りないから明日も来い』って言われるし」

そう言えばそうだった。あの時、自分は2日連続で3時間ずつ、面談したのだった。

「あの時先生が『お母さんも来てください』って言うから、仕事休むことになって」

「流石に私も『あなたのお子さんはバカだ』と6時間も聞くのは辛いものがあったわ」

そりゃ、そうだよなぁ、と思う。

こういうのは、6年経《た》っても恥ずかしい記憶として残り続けていくものだなと思う。成功なんてすぐに忘れてしまうけれど、失敗して恥をかいたり、あるいは他人に迷惑をかけたことというのは心の深いところに刺さったまま残り続けてしまうものだ。

「まあでも、何が言いたいのかというと——」

母親が仕切り直してまとめに入る。色々話した上でまとめに入る、これがこの人の口癖《くちぐせ》なのだ。

「よくもまあ、あんなところから東大を目指して2浪もしたわよね。こう言ったら酷いかもだけど、あんたホントバカだったたじゃない？　だって万年学年ビリで、『なんで勉強しないんだ?』って言ったら『勉強してる』だもの。バカでしょ」

いや、確かにバカなのだが、母親から弄《いじ》られると流石に心に来るものがある。

息子が凹《へこ》んだ様子に気付いたのか、母親はからかうような口調をやめ、真面目《まじめ》なトーンでこう言った。

「そんなバカだったのに、よく頑張ったなってことよ」

確かにそうだ。僕は救いようのないバカだったし、キッカケがなかったらここまで走って来ていないだろう。

「そんなあんたが、師匠に会って、ここまで来れたわけでしょ。東大に受かってるかどうかは知らないけど、あんた本当に師匠に感謝しなさいよ」

師匠。久々にその言葉を聞いた気がする。

「そりゃ感謝してるよ。師匠がいなかったら、東大に3回も挑戦しようなんて思わなかった」

師匠。どん底だった僕を変えてくれた人。東大を目指すキッカケをくれた人。

「あんたどうせ、今日、暇なんでしょ? 会いに行ってきたら」

母親はそんな風に言った。暇だと決めつけるなよと思ったが、しかし確かに暇だったので、何も反論できなかった。

メールを送ると、すぐに師匠から「いいよ、いつものカフェに10時で」と返信が来た。

「いつものカフェ」というのは、僕と師匠が会う時によく使っていた、学校の近くのカフェだ。朝ご飯を食べた後、電車に乗って向かう。

高校、そして浪人時代は毎朝7時台の通勤通学ラッシュの電車に揺られていた。9時台となると電車は空《す》いていて、今日は簡単に座席に座れてしまった。

ふう、と息を吐く。ここから学校まではそこそこ時間がかかる。何をしようかと考えたが、何も思いつかなかった。ずっと1分1秒を惜しんで勉強していたが、もう、そんなに勉強する必要もない。「勉強」という心の大部分を占めていた容量が一気に消えているのを自覚する。

(ま、そのかわり、合格か不合格かが死ぬほど気になるのがこの時期なんだけどね)

「大学受験」というのは、受験生にとって一つのゴールだ。小学1年生から高校3年生まで勉強してきたことのすべてを紙の試験にぶつけられる最後にして最大のチャンス。「学歴」という、人生において重要な肩書きになるであろうものを得るための唯《ゆい》一《いつ》の機会。そしてそのために全力を注いできた受験生にとって、合格発表は天国と地獄を分ける人生のビッグイベントだ。だからだろうか。受験生はこの時期、それまでの人生を走馬灯のように思い出すという。

合格と不合格のせめぎ合いの中で、生きているとも死んでいるとも言えない時間の中で、受験生1人1人が自分の人生を振り返るのだ。

（そうだな、せっかくだし今回は、自分の人生を振り返ることに時間を使おうかな）

僕はこれまで、走り続けてきて、振り返る時間がなかった。さっき母から言われて初めて、「あの頃から比べたら、遠くに来たものだな」と気付いたくらいだ。

（「師匠に感謝しなさいよ」、か）

そういえば母のあの言葉は、本当によくわかる。僕の人生は、あの人に会うまで、どん底と呼ぶに相応《ふさわ》しいものだったのだ。

小学生の時から頭が悪くて、成績は常にドベだった。一生懸命勉強してるつもりなのに先生からは「勉強してない」と怒られるし、中高一貫の学校で高校への進学が危ぶまれるほど成績が悪かった。

運動神経もゼロに等しく、個人競技なら負けるだけだが、チームスポーツとなると仲間の足を引っ張ってしまう。野球では一度もバットに球が当たったことがないし、守備につけば自分のポジションにボールが飛んでくるたびに点数を取られてしまった。

サッカーではボールに触れることすらできない。
勉強もダメ。スポーツもダメ。他に誇れるものも何もない。頑張っても、「人並み」にすらなれない。それどころか周りの人に迷惑をかけて、「お前のせいだ」と責められて、いじめられて。僕はずっと、そんな人生を送っていたのだった。

同級生からいじめられて。先生から怒られるたびに、「どうしてお前はそんなにダメなんだ」と責められるたびに、何も達成できないのも、いじめられるのも、他の誰のせいでもなく、僕のせいだと気付かされた。それをバネに頑張ろうとするけれど、それでもまったく結果が出ず、いつしかすべてを諦《あきら》めていた。

世の中に絶望していた……なんて大それたものではない。ただ、自分が嫌いになったのだ。

それが決定的になったのが、あの「勉強してます」を否定された三者面談だった。

あの時も僕は、何も変えられないし、頑張っても無駄なのだと再確認した。

3時間×2回の時間の中で、嫌というほど、自分が嫌いになったのだった。

そんな暗い思考をしている乗客がいることなどお構いなしに、電車は走る。もう1駅行けば、高校の最寄り駅に辿《たど》り着く。

(でも、「勉強してる」っていう勘違いを正してくれたのも、師匠だったな)

僕は師匠の言葉を思い出す。あれは確か、中学3年生の頃だっただろうか。

「『勉強してる』。それは嘘《うそ》じゃないだろうな」

師匠は言った。「ちゃんと机に向かって、ちゃんとペンを持って、宿題も真面目にやろうと努力している。お前は確かに、ちゃんと勉強しているんだろう」

多くの大人が「ふざけんな！」と怒るようなことを言っても、師匠だけは冷静に話を聞いてくれた。

「じゃあなんでお前の成績は上がらないのか。それは別に、お前の頭が悪いからでも、お前の根性が曲がっているからでもない。お前に『意思』がないからだ」

「意思、ですか？」

「『先生が言うからやる』、『親が怒るからやる』、『周りの子がやるからやる』、お前が勉強する理由はどれも、『自分の意思』がない」

「それ、僕だけですか？　自発的に勉強しない人なんて、僕以外にもたくさんいるでしょ」

「ああ、もちろん。だけど大抵の場合は、『赤点を取りたくない』とか『先生や親から怒られたくない』とか、後ろ向きでも何か『自分の意思』がどこかに存在する。だが、お前には『自分の意思』がない。前向きな理由も後ろ向きな理由もない。怒られたくないとも思ってないし、赤点を回避したいとも思ってない。完全に受け身で、自分から何かが欲しいという意思がない」

　僕は言葉に詰まった。

「意思があれば、『どうやって赤点を回避するか』と考え始める。勉強したくないなら、『いかに効率的に成績を上げるか』を考え始める。でもお前は、先生や親が言うから机に向かうポーズをしているだけ。自分から何も摑《つか》もうとしていない。それじゃ成績は上がらないさ」

　確かにそうだった。僕は、先生が言うから勉強して、母親が言うから勉強して、ただそれだけのことをしているだけだった。

　本当なら、「高校に入学できるくらいに成績を上げなければならない」とか「将来のことを考えて勉強しなければならない」とか、色々自分で考えて行動しなければならないところを、僕は全部放棄していたのだった。

「お前の意思はどこにある？　西岡壱誠《にしおかいっせい》」

　師匠は僕の名前を呼んだ。

「お前は一体何がしたい？　あるいは、何をしたくない？　それがない状態で勉強しても、お前はずっと今のままだ」

僕は、一体何をしたいんだろう？

「それを聞かせてくれよ。俺は別にお前にどうなって欲しいわけでもない。成績を上げて欲しいとも、立派な人間になって欲しいとも思っていない。お前が好きなように生きればいい」


僕はホームに降り立った。

（思い返してみると、師匠はずっとはじめから、そういう人間だった）

改札口を通りながら、ぼんやりとそう考えた。

そうだ、師匠は、別に何も望んでいなかった。どんな生徒にも「やりたいようにやればいい」と言って、やりたいことをやらせるための場を作る。たったそれだけのことを徹底して、師匠自身が生徒に何かを強制することはしなかった。

あの人の生徒はいつも、「自由」だった。

だから僕は、あの人と話すといつも戸惑っていたな。だって僕には何もないのだ。何かを願ってもなんの結果も得られない日々をずっと暮らして来たのに、「何がしたい？」なんて問われても答えられないのだ。

それでもあの人はずっと、僕に「自由」を与えてくれた。

駅からカフェに向かって歩く。僕は歩道ではなく車道を歩くことにした。

別に車が来ていないのなら車道を歩いてもいいはずだ。それなのに大半の人間は歩道を歩く。歩道に人が多ければ車道に出てもいいはずなのに、その道から離れることを拒絶する。

師匠はこういう時、必ず車道を歩く。何者にも縛られることなく、我が道を歩く人間だ。

（そんな人だからこそ、僕は——）

そこまで考えたところで、僕はカフェに辿り着いた。いつも通りコーヒーを注文し、2階に上がる。するといつも通り、そこには師匠がいた。あいもかわらず年齢不詳で、肘《ひじ》を突きながらコーヒーを飲んでいる。

「よう西岡。彼女できた？」

こちらに気付いてそんな風に声をかけてくる。これもいつも通りだ。

僕も、いつも通りの回答をする。

「できるわけないじゃないですか。師匠と一緒にしないでください」

「ははは、そんなんじゃ合格できないぞ」

「縁起でもないこと言わないでくれますか！　合格発表8日後なんですよ」

「彼女もいないのに東大に入ろうなんて100年早い」

「酷くないですか！」

「東大はリア充が行く大学だぞ、非リアのお前が行けるわけないじゃないか」

「泣きますよ！」

　酷いものである。師匠はいつも、こんな感じだ。

「一応言っときますけど、あんたが僕に『東大行け』って言ったんですからね」

「え、そんなこと言ったっけ？」

「言いましたよ！　忘れてたのかよ！」

　5日前に東大を受験してきた生徒に対して、その試験の出来を聞くこともせず、「彼女できた？」なんてバカみたいな会話をする人。

　この人が僕の師匠。僕に「東大」という目標をくれた人である。

「ホント、何にも変わってないですね、師匠」

　師匠と最初に出会ったのは中学3年生、あの6時間三者面談から1年後のことだ。その時から6年経っているわけだが、しかし、今に至るまで、何も変わっていない。

「ん？　何が変わってないって？」

「いやあ、相変わらず、自由だな、と」

「そうかあ？　こっちもこっちで色々大変なんだぞ」

そう言いながら師匠はコーヒーをズッとすする。

「もしかして、今、授業中じゃないんですか？」

「ああ、そうなのかな？　まあ『自由時間ね！』っていつも生徒に言ってるから大丈夫でしょ」

「何も大丈夫じゃないでしょ、それ」

師匠は一応、僕の母校の先生である。一応というのは、多分生徒はみんな、この人のことを先生だとはあまり思っていないからだ。

「初めて会った時から僕は、なんであなたが先生なのか、ずっと疑問で仕方なかったですよ」

「あー、初めて会ったのっていつだっけ？」

「僕が中学3年生の時だから、6年前ですね」

師匠はその年、ウチの学校に来た、新任の先生だった。

「ああ、そうだったそうだった。なんで俺、未《いま》だに先生やってるんだろう？　早く辞めたいんだけど」

「またそんなこと言って……」

師匠の「辞める辞める詐欺《さぎ》」は結構頻繁に発生するのだ。

「それ確か、初めて会った時にも言ってましたよね。『早く辞めたい』って」

「そうだったのか？　よく覚えてるなぁ」

「忘れるわけないでしょ」

そう。忘れられるわけがない。僕は未だに、師匠がクラスに来て初めて教壇に立った時に語ったことを、よく覚えている。

「ええ、なんて言ってたの？　俺」

言った当人は忘れているのかよ、とツッコミたくなったが、それはぐっとこらえた。

中学3年生の1学期の始業式。

聞き慣れない先生の名前が呼ばれ、A組のクラス担任が新任の先生になったことを知った。

名前だけでは、教える科目も性別も年齢も全くわからず、「いったいどんな先生なんだろう？」と期待半分、怖さ半分で戻った教室で、年齢不詳の男性が本を読んでいるのを目撃し、度肝を抜かれた。

(何だこの人⁉)

第一印象は、クラス全員そんな感じだったと思う。驚いたのは、別にその人の容姿が優れていたからでも、何食わぬ顔で本を読んでいたからでもない。

(この人が、先生?)

黒髪でスーツも着ているし、ネクタイもしているし、3年A組の新しいクラスにいるということは、この人は新任の先生なのだろう。しかし、誰がどう見ても、「先生」には見えない。雰囲気が、あまりにも自由過ぎるのだ。他の先生にあるような「しっかりさ」「真面目さ」が一切ない。だらっとした座り方、気怠《けだる》げに本を見る目線、少し乱暴に見える本のページのめくり方、その人の挙措は、何から何まで、「先生らしい」という形容とは正反対だったのだ。

(先生なのか、この人は?)

『GTO』の鬼塚の方がまだ先生らしいとすら思える。誰も彼もが大人しく座り始めた。その異質な人物の存在感に押されて静まり返る中、

「あ、クラスみんな揃《そろ》った?」

不意に、その人物は声を出した。

「は、はい」

クラスの1人がそれに答える。

「よし、じゃあみんな早く帰りたいだろうし、俺も早く帰りたいから、パパッとホームルーム終わらせよう」

およそ先生らしからぬことを言いながら、その人は読んでいた本を置いて腰を上げる。

「このクラスの担任になった、渋谷《しぶや》です」

と、その人は手短な自己紹介に続けて、

「でも、俺から教えられることは何もありません」

なんて宣言したのだった。

当然、全くウケなかった。

クラス全員がポカーンとしてしまった。「何を言ってるんだ？」という疑問だけが頭の中をめぐり、渋谷と名乗ったその人の次の言葉を待った。

「ただ、一応俺は君たちよりも少し先に生まれた人間なので、『先生』と名乗らせてもらっています。だけど別に、君たちの悩みに100パーセントの答えをあげられるわけでも、『こうしたら成功できる!』みたいなすごいメソッドがあるわけでもありません。多分間違ったことを言うこともザラにあると思います」

先に生まれているだけ。だから、「先生」。臆面《おくめん》もなくそんなことを言う人を僕は初めて見た。中学生にとって、大人というのは絶対的な存在で、その言葉というのは絶対的に正しいものだと考えていた。

だが、その人は、自己紹介《しょっぱな》で「先生の絶対性」を自ら壊したのだった。

「でも、先に生きている分だけ、君たちより知っていることが多いのも、また事実です。俺はそれを『教える』ことはしません。ただ『共有』するだけです。どう感じるのか、どう捉《とら》えるのか、どう活《い》かすのかは君たちの自由です」

自由。これから幾度となく聞くことになる「自由」という言葉を、僕がこの人の口から初めて聞いた時だった。

「だから俺は何も強制しませんし、何も教えません。何かあったら一緒に考えて答えを出しましょう。その時に軽く意見は出すけど、それもただの意見だから、自由に解釈してください」

ああでも、とその人は付け加える。

「自由だからって、君たちがあんまり悪いことしたり、問題が起こったりすると、俺が他の先生から怒られちゃうんだよね。いや、俺は別に早く教師なんて辞めたい人間だから、怒られても辞める口実ができるだけなんだけど」

そしてこう続けた。

「でも他の先生から言われたら、俺が君たちを怒らなきゃならなくなるんだよね。だから、そこらへんは各々《おのおの》、自分で考えて行動してね。君たち、怒られるの嫌でしょ？俺も怒るの嫌だからさぁ」

ははは、と。ここに来てやっと笑いが起こったのだが、それはこの先生の話が面白かったから笑ったのではなく、「この人面白いな」とクラス全体が思い始めたからであった。

「師匠は、出会った時からずっとそうでしたね。生徒の『自由』を尊重する。生徒がやりたいようにやればいいし、やりたくないならやらなくていい」

それを聞いて師匠は、「だって、それだけじゃん」と、当たり前のことのように語る。

「別に、お前らの人生なんだから、勝手に生きればいいじゃん。誰かに言われてそれに従ってるだけの人生なんてつまらないでしょ。だから好きなようにやればいい。お前にも、ずっとそう言ってきたつもりだしな」

そう、そうなのだ。この人はそういう人なのだ。

おどろくべきことに、僕は師匠とそれから4時間ほど語り合った。学校でのいざこざや愚痴を師匠から聞いたり、逆に僕から受験の苦労や自分のバカ話を話したりした。学校のあの子がどうだとくだらない話もすれば、深い人生哲学についても語り合った。

新しいコーヒーを注文したあたりで、僕は朝に母親と話したことを師匠に話した。

「師匠、僕が『勉強してます』って言って死ぬほど怒られた話、覚えていますか」

「ああ、三者面談3時間×2＝6時間の話ね。俺がうちの学校来る前のことだけど、あれは教員の中でも伝説だからな。今でもよく聞くよ」

「え、あれ伝説なんですか？」

「そりゃそうよ。1人の生徒と親と6時間も面談したことなんて、後にも先にもあれだけだって川口先生よく話してるぞ」

単純にやめてほしい。あんなに恥ずかしいエピソードを他の先生と共有されているとか、軽く鬱《うつ》になりそうだ。

「ま、まあいいです。あのあと、師匠だけは怒らないで、僕の話を聞いてくれましたよね」

「そんなことあったっけ？」

「それも覚えてないんですか？」

「お前には『意思』がない。お前は一体、何がしたい？」

そう言われたのは確か、中学3年生になって初めての二者面談の時だった。中学2年生でこっぴどく怒られて、でも成績が改善されることもなく中学3年生に上がった僕は、「自由」という言葉を使う新しい担任に、自分の悩みを打ち明けた。

「この先生なら、怒らずに僕の話を聞いてくれるかもしれない」。ほんの少しのそんな期待を胸に、新任の先生に話をしてみたのだ。

そんな僕の期待など知らない渋谷先生は、しかし僕の期待通りに、笑いもせず、怒りもせず、真面目に話を聞いてくれた。

その上で返ってきたのが、「意思がない」という話だったのだ。

「例えば試験でヤマでも張って、2、3個でも出題されそうな単語を暗記すればいい。どんな問題が出るか先生に聞きに行けばいい。本当に『テストでいい点が取りたい』だけなら、いくらでもやりようはある。やり方を知らないわけじゃないはずだ。やろうと思えば、いくらでもできる。それでもやらないのは、お前に『やりたいこと』がないからだ」

確かにそんなものは自分にはない。やりたいことも、したいこともない。

「お前が勉強できないのは、お前の頭が悪いんじゃない。単にお前が、自分の人生を生きていないだけだよ」

そんな僕を見て渋谷先生はそんな風に言った。

「自分が嫌いで、自分には何もできないと思っている。だから、他の人から言われたことをとりあえず形だけコピーして、最低限迷惑はかけないようにしたいなと思っている。お前自身が自分のことを諦めているから、自分に『自由』がない。『お前の意思』がない」

その通りだ。

僕はすべてを諦めていて、なにかをしたいと思う「自由」なんてないと思っている。

このまま高校に上がれないかもしれないけれど、それも仕方ないと思っている。

親や先生から怒られるかもしれないけれど、こんな自分にはお似合いだと思っている。

確かに僕には、何かをする「自由」も、こうなりたいと思う「意思」もなかった。

「だからもう一度聞くぞ。お前は一体何がしたい？　あるいは、何をしたくない？

それがない状態で勉強しても、お前はずっと今のままだ」

「今になって、あの言葉がすごくよく理解できます」

僕は言った。

「『自分の意思』がないと、成績って上がらないですよね」

「そうさ。やらされる勉強してる奴《やつ》が、成績なんか上がるわけがない。どんなにいい授業を聞いても、自分の意思がないと、右から左に流れてしまうからだ」

僕は頷《うなず》く。「何か一つでも自分の力にしよう」「今先生が言ったことを覚えてるかな？」と、受け身的にぼんやり授業を聞いて勉強するんじゃなくて、前のめりになる必要があるわけだ。

「英語で言うとわかりやすい。『授業を受ける』って、英語でなんて言うか知ってるか？」

不意に師匠はそんな質問をする。この問いの答えを、僕は知っていた。

「listen to the class……だと昔は思っていたんですが、違うんですよね」

「そう。listen（聴く）でもhear（聞く）でもaccept（受ける）でもない。答えは、take（取る）だ」

「take the class（授業を取る）。つまりは、授業も勉強も、能動的な行為なんですよね」

「その通りだ。どんなに勉強していても、その意識がないと成績は上がらない。お前は典型的に、その意識が欠けていた」

そりゃ成績上がるわけないって、と師匠は笑う。

「だからこそ、受け身なのをやめて、『自由に』やったら、ほんの少しだけ成績が上がった」

「ほんのちょっとだったけどな」

「それでも、なんとか高校に上がれたんだからいいんですよ！」

中高一貫の学校なのに高校に上がれないほどに成績が悪かった自分は、その面談以降成績が上がった。確かにほんの少しの変化ではあったのだが、なんとか上がってくれたのだ。

「でも、あの時お前……」

師匠は言う。その続きを、僕は先回りして答える。

「そうですね。あの時僕は、師匠の質問に答えられなかった」

――お前は何がしたいのか。

あの面談の中では、ついぞその答えを師匠に返すことはできなかったのだ。

「しょうがないじゃないですか。いくら考えても出てこなかったんです、僕がどうしたいかなんて」

「それで『ああ、こいつは重症だな』って思ったんだ」

「そんなこと思ってたんですか⁉」

「その回答が出てきたのは1年後だったな」

中学3年生で答えられなかったことを、僕が師匠に話したのは、ちょうど1年後。

僕が高校1年生の時だった。

「あれは流石に覚えてるよ」

「そうですよね、あの回答は酷かったですもんね」

そう言い合って、僕ら2人はその「回答」を同時に口に出した。

「〝何もありません〟」

何もありません。

「お前は何がしたいのか」という質問に対して、僕はこう答えたのだった。いや、言い訳させてほしい。我ながら本当に酷い回答だと思う。

ちょうどその日、僕は病院に運ばれた。教室で羽交い締めにされて、そのままペットボトルのキャップの部分で頭をぶん殴られたのだ。

殴られるのは、別にそこまで珍しくもなかった。ただ、ペットボトルのキャップは僕が思っていたよりも「彼ら」が思っていたよりも硬かった。額から血が出て、白いシャツが真っ赤になって、そのまま病院に行くことになった。何針か縫って、お医者さんからは「額の傷の跡は残るだろう」と言われた。

そんな、なんでもない日だった。

白状してしまえば、こんなことは僕にとって本当によくある話だった。小学校でも中学校でも、こんな風に弄られることも、それが行き過ぎて怪我《けが》したり辛いことになることも、よくある話で、どこに行ってもそんなもんなので諦めていた。どこに行ってもいじめられるし、弄られる。それは自分には変えようのないことだし、受け入れるしかないものだった。

僕にとって、人生とは受け入れるもの。自由とか意思とか、そんなものは持っていても仕方のない、意味のないものだった。

そう考えていたからこそ、病院にお見舞いに来た渋谷先生に向かって、僕はこう言ったのだ。

「何もありません」

その時なぜか、僕は泣いていた。

おかしいな、と思った。だって自分はこんな自分であることを受け入れているはずなのだ。それなのに、なぜか目から熱いものがあふれてきて、せぐり上げながら、僕は懸命に言葉を続ける。

「何もありません」

今思うと酷い自暴自棄でしかないのだが、僕は師匠にそう言い放ったのだった。

「先生は前に僕に言いましたよね。『お前はどうしたい？』って」

僕は泣くと、ヒンヒンと音が出る。なんとか涙を引っ込めようとするのだが、そうしようとすればするほど涙が出て、ヒンヒンと音が出る。だから多分、師匠には僕の言葉は相当聞き取りにくかったと思う。

それでも、これだけははっきり言ったのだ。

「何もありません」

15年間生きてきた僕は、そんな風に「本心」を初めて、師匠にぶちまけた。

「僕には何もできません。ずっとこうやって、何もできずに、みんなからバカにされて、いじめられて、人から怒られて、叱《しか》られて、そうやって生きていくんだと思います。そういう人間なんです」

それは過度に自分の人生を悲観しているわけでも、同情して欲しくて言ったわけでもなかったと思う。

「何やってもトロいし、何やってもダメだし、こんなやついじめたくなるみんなの気持ちもよくわかります。でも僕、変われないし。ずっとこうやって生きていくしかないし」

あの時の言葉は、本当に掛け値なしの本音で、本当にそうとしか思えなかったから、口にしたのだった。

「だから先生、僕には何もありません。無理です。ごめんなさい」

師匠は、何を言うでもなく、ただじっとこちらを見ていた。

「こんな僕でごめんなさい。でも僕は、ずっとこのまま、死んだように生きていきます」

「あれは、本音だったな」

師匠は言った。

「ああいうのは普通、本心で言うものじゃない。本当はそう思ってないけれど、否定してもらいたくて言ったり、気を引きたくて言ったりするものだ」

「まあ、そうでしょうね」

「でも、お前のあれは、本心だったな」

そうだ。本気でそう思っていたことを、師匠にぶつけただけだったのだ。僕は本気で、自分は変われないと思っていたし、自分には何もできないと思っていたのだ。

「お前のあれは掛け値なしの本音で本心だった。だから俺も本気でぶつかることにしたんだ」

「それでいいのか？　お前、本当にそのままでいいのか？」

僕の言葉を全部聞き終わって、師匠は、そんな風に訊《き》いたのだ。

「『変われないと思う』というのはわかった。『自分には何もない』というのもわかった。でも、まだ一つ聞いてないことがある。お前は、このままでいいと思っているのか？」

どんなに年月が経っても、この質問だけは、多分、ずっと覚えているのだと思う。

「お前、本当にそのままでいいのか？」

そんなの、答えは決まっている。決まっているけれど、そんなの不可能なのだ。僕にはできない。それを、これまでの人生で嫌というほど味わってきたのだ。

「人間は誰でも、実は一本の線で囲まれている」

何も答えない僕を尻目《しりめ》に、師匠はそんな風に語り出した。

「取り囲むように、一本の線がお前の周りにはある。なんという名前の線だかわかるか？」

僕は首を振る。すると師匠はこう続けた。

「『なれま線』という線だ」

今考えるとダジャレだが、その時の僕にはもう、そんなツッコミを入れる気力はなかった。

「幼稚園の頃、お前はいろんなものになりたかったはずだ。なれると信じていたはずだ。サッカー選手になれると思っていた。プロ野球選手になれると思っていた。宇宙飛行士にもなれると思っていたし、会社の社長にもなれると思っていた」

不意に僕は、小さい頃サッカー選手になりたかったのを思い出した。キーパーをやって6点入れられてからその想《おも》いは消え去ったわけだが、確かに僕はそんな風に思っていた。

「でも、小学校から中学校に上がって、どんどん『なれないもの』が増えてきた。サッカーがもっと上手《うま》い子がいてサッカー選手にはなれない。頭が悪いから宇宙飛行士にはなれない。野球選手にも、会社の社長にもなれない。そうやって、『なれないもの』がたくさん出てきた」

そう、そうだ。その通りだ。だんだん、夢なんてなくなっていった。できないものが、なれないものが、どんどん増えてきたのだ。

「『なれないもの』が出てくると、本当はそんなものはなかったはずなのに、『線』ができてくる。ずっと遠くにあって、そんなものはないと思っていたはずなのに、大人になるにつれて『なれま線』が作られてくる。その線は、人1人を取り囲み、そして人間は、その線を飛び越えて何かをしようとすることはできなくなる」

そこまで語って、師匠は「西岡」と不意に声をかけた。

「お前は、その線がめちゃくちゃ近くにある人間だ。線が近くにありすぎて、一歩も動けなくなっている人間だ。だから、何にもなれないと思っているし、変われないと思っている」

その時僕は、どうしてこんなに息苦しいのか、どうして何もできないのか、なんとなく理解した。そうか、自分の陣地が狭いからなのか。よくわからない線に押し込められて、一歩も動けない世界で生きているから、辛《つら》いのか。

「だけどな、西岡」

師匠はもう一度向き直って、真剣な表情になった。後にも先にも、あんなに真剣な師匠の表情は見たことがなかった。

「その線はな、幻想なんだ。そんな線は本当は存在しない。お前は何にでもなれるし、なんでもできる。変われないのは、お前がお前を諦めているからだ」

本当にそうなのだろうか。自分が最初から諦めているからできないだけなのだろうか。

「自分の意思がないから、何も変えられないと勘違いしている。本当はその線は飛び越えられる。それも、いとも簡単に。それなのにお前にだけはその線が見えて、越えられずにいる。お前は本当は変われるんだ。お前は自由だ。少なくとも俺は、そう信じているよ」

師匠は確かに言った。「そう信じているよ」と。

師匠の真剣な眼差《まなざ》しに、その言葉に反論することはできなかった。

その時、一瞬だけ。ほんの一瞬だけ、もしかしたらできるのかもしれないと思った。

僕はもう、とっくの昔に僕を諦めていた。周りのみんなも、僕を諦めていた。でもおかしなことに、この人だけは違うらしい。僕さえ諦めた僕を、まだ信じているらしい。

それなら、もしかしたら、本当に、僕が僕を、信じていないだけなのかもしれない。

「変わりたいです」

絞り出すように、僕のその想いは声になった。

「変わりたいです。教えてください、どうすれば変われるんですか？」

「まさかあれで、あんなことを言われるとは思わなかったです」

師匠が「僕が僕を変える方法」として語ったのは、「東大に行け」ということだった。

「だって、東大が一番自分を変えるのに適してるんだもの」

師匠は言う。

「勉強は誰にとっても平等なものだ。頭がいいとか悪いとか言うけど、そんなのは微々たるもの。遺伝的な面よりも自分の努力でなんとかなる面の方が大きい」

ああ、この人は中3で出会った6年前から変わっていないな。カフェで話を聞きながら、そんなことを思う。昔聞いたのと同じ理論だ。

「それにスポーツや音楽と違って、たった1回、入学試験でいい点さえ取れば、誰でも東大に合格できる」

たしか、ヨーロッパとかアメリカの入学システムだったら何回も試験を受けなきゃならなかったはず。でも日本なら、試験で1回いい点を取ればいい。

「日本で一番の大学に行く権利を、誰もが平等に持っている。その権利を行使するだけで、ごく簡単に自分を変えられる。夢も希望もない奴でも、夢と希望を持てるようになる」

夢と希望。自分の意思と、自分の自由。

日本で一番の大学に行けば、それを得られる。それが師匠が語る、「西岡壱誠が東大に行くべき理由」だった。

「それに、東大は他の大学と違って、『夢がない人間』が行くべきところだ」

師匠のその言葉を聞いて、僕は「この理論も久しぶりに聞くな」と懐かしく思った。

「1年生と2年生の間は、理系文系関係なく、法学部志望も医学部志望も合わせて駒《こま》場《ば》で『教養学部』に入って、自由に勉強することができる。いろんな学問の最先端を行く人から、好きに話を聞けて、その上で自分の将来を決められる」

そして、これが一番重要だが、と前置きをしてこう語る。

「東大に入ってさえおけば、どんな分野に入りたいと思ったとしても話だけは聞いてもらえる。こんなオールマイティーなチケットは、他には存在しない」

そう、この語り口に押されて、僕は東大を目指すことにしたのだ。本当にできるかどうかは置いといて、自分を変える機会として「東大受験」というのはすごくいいと思えたのだ。

「よくわかりますよ。この5年間、師匠のその理論を胸に、ここまでやって来たんですから」

「2浪までして、な」

あれから5年か、と僕は反芻《はんすう》し、そしてふと、こんなことを聞いた。

「しかし、師匠自身は、別に東大とは縁も所縁《ゆかり》もない人間なんですよね？」

「そうだよ！　だって俺、音大出だし」

ここまで勉強について語っていて、生徒に東大を推しているこの師匠は、音楽の先生なのである。さらに、音楽の先生というのも仮の姿で、本業は知る人ぞ知る高名な音楽家なのだと後で知った。

音楽の先生であるにもかかわらず、新任時からクラスの担任を任せられていたり、ウチの学校の中でもいい役職に就いていたりと、師匠は色々謎《なぞ》の多い人である。

「究極的に言ってしまえば、ごちゃごちゃ理由は並べたけど、別に東大じゃなくてもよかったんだよ。お前は『変わりたい』と言った。だから、俺は『一番手っ取り早く自分を変える手段』を提案しただけだ。俺の時は音楽だった。俺は、お前は勉強なんじゃないかと思った」

僕の師匠は、こういう人だ。

「人間は何にでもなれる。俺は音楽家になりたかったから音楽を頑張った。お前は見つからなかったから、とりあえず勉強を頑張った。それだけの話で、俺はお前が頑張れるキッカケを作っただけだ」

いつも、生徒の意思を尊重する。生徒が自由に生きられるように、その場だけを整える。そういう人だからこそ、僕はこの人を師と仰いでいるのである。

「師匠、ありがとうございました」

僕は、改めて師匠に向き合う。

「なんだ急に。死ぬのかお前」

「死にませんよ。あんたじゃあるまいし」

そういう気分なのだ。5年前のことを思い出して、急にお礼を言いたくなってしまった。

「師匠がいなかったら、僕はずっとあのままだったと思います。僕がここまで頑張ってこれたのは師匠のおかげです。師匠が大切なことを教えてくれたから、ここまで来れたんです」

師匠は黙って、僕の言葉を聞いていた。

「東大目指して勉強して、死ぬほど頑張って、2浪までして、いろんなものを捨てて、ここまで来ました」

少なくとも5日前で、僕は5年間のすべてを出し切った。そう言い切るだけの自信はある。受かっているか落ちているかはわからないけれど、それでも少なくとも、自分のすべてをかけて臨んだのだ。

「合格不合格はわからないですけれど、少なくとも、僕は……」

「捨てたのか？」

師匠は、いきなり僕の言葉に割り込んだ。

「『いろんなものを捨てて、ここまで来た』と。本当に、そうなのか？」

「そうですよ。だって生半可じゃ、東大なんて目指せなかったんですから。当たり前じゃないですか。偏差値35の僕が、東大を目指したんです。すべてを捨てる覚悟で挑んでいるし、何もかも犠牲にして勉強したんです、僕は」

「ふふ、ははは」

ふいに、師匠が笑った。笑って、僕の言葉を断ち切った。

僕はまた変なことを言ってしまったのだろうか。そんな風に困惑していると、師匠は、

「やっぱり、なんもわかってねえな、西岡」

と言った。

マジか。流石《さすが》にショックだった。自分が何がわかっていないのかすら、まったくわからないが、少なくとも師匠からの否定は、心にくるものがあった。そして追い討ちのように、師匠はこう言い放った。

「東大目指して勉強して、あの頃からかなり頭よくなってるはずなのに、やっぱりお前はあの頃からなんも変わってない」

「変わってない、ですか」

「ああ。自分が何がわかっていないのか、わからないだろ？」

僕は一体、何を否定されているんだろうか。全力で東大受験に臨んで、ここまで来た。死にそうになりながらも懸命に、ここまで来た。あの頃の自分からは比べ物にならないくらい、今の自分は強くなったと思う。それでも、師匠は「変わっていない」

と言った。

「それがわからないままだったら、多分お前は東大には合格できないな。今のまま合格発表の日を迎えたら、お前はまた不合格だ」

師匠は冷たく、僕にそう言い放つ。

「いやいや、もう試験は終わりましたよ」

至極当然のツッコミを、師匠は軽くいなす。

「そんなもの関係ないさ。気付けないままなら、必ず不合格になる」

不合格。今まで僕が2回、東大からもらったものだ。2回とも死にたくなるほど悲しかったし、今回こそは、と思って受験している。

「また不合格、ですか。それは流石に、嫌ですね」

そう言うと師匠は、ニヤッと笑ってこう言った。

「嫌だよな、そうだろうよ。なら一つ、いい方法がある」

ああ、この笑い方をする時は、大抵、ロクでもないことを僕に言ってくるのだ。過去に2回、この笑い方をする師匠から無茶振りをされた時も、本当にロクでもないことだった。

「明日から、毎日1人ずつ、ここで人に会え。お前が今までの人生で関わった人と会え」

「はあ。会って、何を話すんですか？」

「なんでもいいさ。世間話でも昔話でも、なんでもいいから話をして、それでお前が自分の間違いに気付ければ、お前は合格できる」

「逆に、自分の間違いに気付けなければ、不合格ですか？」

「そういうこと」

ははは、とまた師匠は笑う。僕もつられて、苦笑いをする。

なんてバカげたゲームなんだろうか。だって、もう試験は終わっている。ここでどんなに足掻《あが》こうが、どんなに頑張ろうが、合格か不合格かが変わるわけなんてない。

それでも僕は、このバカげたゲームを、なぜか拒否できなかった。

「1週間で、お前が捨ててきた、人間関係を清算しろ」

師匠は言った。その目は真剣だった。勘弁してほしい。僕はこの目に弱いのだ。この目に押されて、僕はこんなところまで来てしまったのに。また僕をそんな目で見るのか、この人は。

「わかりましたよ。どうせ、やることもないですしね」

どうせ暇でしょ？　と朝、母親から言われたが、確かにそうだ。やることなんて、何もない。

「天国と地獄の狭間《はざま》」は、僕には長すぎる。やりたいこともないし、会う友達もいない。

昔から僕は、やりたいことをやっていいと言われても何もやることのない人間だった。何も変わらない。ここ5年間は、東大を目指すという目的のためだけに生きていただけ。他でもない師匠から言われて、ここまで来ただけだったのだ。

それなら確かに、もう一度、師匠の提案に乗ってみるのも、悪くはない。

「よし、決定。はじめの方は俺が連絡しておくから、お前は同じ時間にここに来るだけでいい。だんだん自分が会うべき人がわかるようになったら、自分で探しに行け」

「そうですか、わかりましたよ。弟子は弟子らしく、師匠の言うことを聞きますよ」

僕が諦《あきら》めたようにつぶやくと、師匠は「それでいい」と笑ったのだった。

こうして、僕の「天国と地獄の狭間」の8日間が、自分の人生の走馬灯のような8日間が、幕を開けたのだった。

合格発表まで、あと8日。

2章　3月3日　合格発表まであと7日

「西岡、東大に行きたいのなら、まずはじめにやらなければならないことがある」

師匠は言った。あれは高校1年生の時のことだったと思う。

「これをやっておけば、東大がグッと近くなる」

やけに自信満々で話していたのだが、今思い返すと、師匠はあの「ニヤリ」顔をしていた。つまりはロクなことではないのだが、当時の僕が知る由《よし》もない。

「僕みたいな、学年ビリの人間でも、ですか？」

「そうだ。お前は今、東大から学力的に一番遠い位置にいる。だが、これをやれば東大がグッと近付く。お前にぴったりのソリューションが一つあるんだ」

「そりゅーしょん？」

「解決策という意味だ」

英語はこの頃から大の苦手だった。

「とにかく、これさえやっておけば東大合格がグッと近付くぞ」

「えっと、それって、なんかの勉強ですか？」

「いや、勉強じゃない。勉強する前にやっておくべき、大切なことだ」

勉強する前にやっておくべきこと。東大は、勉強ができなければ合格することができない。それくらいのことは、いくら僕でもわかっていた。しかし、勉強を差し置いて、やらなければならないことがあるという。

それはなんなのだろうか。僕は純粋に興味を惹《ひ》かれた。

「一体なんですか？ 僕は、何をすればいいんですか？」

この質問に対し、師匠はまたニヤリと笑って、こう言ったのだった。

「西岡、生徒会長になれ」

「やめろ！ その誘いは悪魔の誘いだ！」

ベッドから飛び起きた時、僕はそんな風に怒っていた。

あれ？ 夢か……。どうやら昔の夢を見ていたらしい。

(そうか、師匠に久々に会ったから、昔のことを思い出したんだなぁ)

高校1年生のある日、僕は師匠に突然「生徒会長になれ」と言われた。

そして結論から言うと、僕は生徒会長になってしまった。いじめられっ子で根暗な僕は、なぜか生徒会長という意味のわからない役職になってしまったのである。

「本当にもう、師匠はいつも、わけわかんないなー」

「東大に行け」と言ったり、「生徒会長になれ」と言ったり、「このままでは東大に行けない」と言ったり。そして僕は、あの時と同じように今も、あの人に振り回され続けている。そして、それが少し楽しかったりする自分もいるのだった。

でも、それはそれとして、マジで生徒会長の件だけは許さない。

僕は拳《こぶし》を握った。

「じゃあ今日は、誰が来るのかしらね？　あんた友達少ないから、結構今までお世話になった人なんて限られるんじゃない？」

朝ご飯を食べながら、母親に昨日のことを話す。今日は昨日の夜の料理の残りで、カレーだった。朝カレー、っていうのもまあまあ美味《おい》しいなと思いつつ、僕は、

「全部聞いた上で、そこなの？」

と突っ込む。もっと色々ツッコミどころはあったはずなのだが。

「私には、あんたが受かるか落ちるかなんてのはわからないからね」

そう言って母親もカレーを頰張る。

「でもなんというかこう、母親的に、息子に足りてないと感じていることとか、ないの？」

と、恐る恐る聞いてみる。

「あー、まあそれはいっぱいあるけど」

「あるのかよ！」

「まず寝癖《ねぐせ》今日酷《ひど》いわよ。だらしない」

「それは関係ないだろ」

「あと部屋が汚い」

「それはすいません」

「そういうだらしのないところは気になるわよねー」

「そういう話じゃないと思うんだけど」

参考にならないなぁと思いつつ、考える。

師匠はこう言った。「お前には、気付いていないことがある。わかっていないことがある」。「そして、それがわからなければ、東大には合格できない」

一体それは、どういうことなんだろうか。

「あと威厳がないわよね、やっぱり」

と、母親は欠点を挙げるのをまだ続けていた。

「ほら、1回あんたがウチに友達呼んだことあったじゃない？」

「えっ、いつ？　浪人中は友達なんて呼んだことないし」

「ほらほら、後輩の。生徒会の子達を呼んだじゃない」

僕が生徒会長をやっていたのは高校2年生の時。ということはもう、4年前の出来事ということになる。

「あの時、面白かったじゃないの。ほら、あの男の子が……」

あれは4年前。生徒会の用事があり、後輩を家に呼んだ。僕なりに気を使って駅まで迎えに行こうかと伝えたが、別にわかりにくい場所でもないので自分たちだけで行けると言われ、数人の後輩が直接ウチに来ることになった。

「……なんか、緊張するな」

友達の少ない僕は、柄にもなく部屋の掃除をしながら、後輩を待った。

ピンポーン。急いで部屋を出る。が、その前に、もう母親がドアを開けていた。

「はじめまして！」

そう言って後輩は母親に挨拶《あいさつ》した。

「いっせーの先輩です」

「いや違うだろ！」

「あったなー、そんなことも」

「あんた本当に後輩から舐《な》められてたわよねー」

「まあ、基本どの後輩も、呼び捨てで『いっせー』呼びだし、1人は母親に『先輩です』って言うしなぁ」

「やっぱり身長が低いのが問題だと思うのよね」

「冷静に分析しないでくれる？　悲しくなるから」

そういえば、あれから家に友達を呼んでいないのではないだろうか。

「なんだかんだで生徒会長時代は楽しそうだったわよね」

不意に母親が、そんな風に言った。

「お、嫌そうな顔ね」

思わずため息をつく。生徒会にいい思い出はあんまりないのだ。

「あの時の後輩くんたちとか、また家に呼ばないの？　お菓子ぐらい用意するわよ」

ははは、と僕は乾いた笑いを浮かべて、ご馳走《ちそう》さま、と言った。

あのカフェに入って、人を待つ。

母親が言う通り、僕には友達が少ない。だから、会う人となると限られている。でも、その中で、現れそうな人間といったら……。

「あっ」

思わず声を出す。見知った顔が、店内に入ってきたのだ。

「おお、本当にいるね、いっせー」

そう言って、彼は向かいの席に座った。

「しぶやんがこの店に行ったら、いっせーに会えるよって言ってたから会いにきたんだけど、本当にいるとは思わなかった」

「……小田《おだ》」

卒業式以来だから、2年ぶりだろうか。

「そうだよ、あんたの先輩の、小田だよ」

「そのネタずっと使う気なの？」

僕の前に現れたのは、母親に「先輩だ」と名乗った、あの後輩だった。

「ひさびさだね。2浪してるんでしょ？　いっせー頭良くないのによくやるね」

あいかわらず失礼なことを言ってくれるなあ、と思うが、しかしもう慣れたものだった。

彼の名前は小田俊樹《としき》。僕が生徒会長を間違ってやっていた時代に、いろいろ手伝ってくれた後輩だ。2年ぶりだが、あいかわらずズケズケとモノを言うところは変わっていない。

「今日さ、君の話を母親としてたんだよ」

「え？　そうなの？　なんの話よ？」

「いや、1回僕の家来たじゃん、君」

懐《なつ》かしい、と小田は笑う。

「その時、僕の母親に挨拶したじゃん？　さっきみたいに、『こいつの先輩です』っつって」

「はいはい、あったあった。覚えてるよ」と言って、アイスコーヒーに2個もガムシロップを入れてかき混ぜる。結構甘党らしい。

「あの時は『違うだろ！』って言って笑ってたけどさ、実際、そうなっちゃったよね」

「え？　どういうこと？」

「いや、僕2浪だからさ。小田は、現役ストレートで大学入学したじゃん？　本当に先輩後輩逆転しちゃったんだよね」

「ああ、そうじゃん！　いっせー後輩じゃん!!」

そう。学年が一つしか違わなかったものだから、誰かさんが2年間足踏みしている間に、彼は僕を追い抜いてもう大学1年生になってしまったのだった。4月からは、僕が大学1年生で、彼は先輩の大学2年生だ。まあ、合格できれば、の話なのだが。

「いっせーが今年も落ちたら、もう1年差が開くね」

「そういうこと言わないでくれる？　一応、合格発表待ってる身なんだから」

変わってない。こんな風にカラッとした性格で、めちゃくちゃ頭のいい後輩だった。

「それで君さ、早稲田大学の国際教養学部にいるんだよね？」

「そうだよ。毎日楽しいよ」

早稲田大学に現役合格できるほど、優秀な頭脳を持った後輩だ。何度「なんでこいつじゃなくて僕が生徒会長やってるんだ？」と思ったかわからない。それくらい優秀だった。

「いや、実は今年、僕もその学部受けたんだよ」

「マジで⁉」

マジである。

流石《さすが》に今年で受験を終わらせるつもりの僕は、第二志望の大学として早稲田大学を選んだ。そして、東大受験の10日前に受験をしておいた。その合格発表もまだなのである。

つまり本当に、比喩《ひゆ》でもなんでもなく、僕は彼の後輩になる可能性がある。

「で、しかも、合格発表、今日なんだよね」

「マジで⁉」

マジである。

「え、どうすんの？　いっせーこれで受かったら俺の学部に来るの？」

「まあ、そうだなあ。一応第二志望だからね」

「おー、じゃあ履修の方法とか教えてやるよ。まずうちの学部はさー」

と、嬉々《きき》として大学入学後の話をし出す小田。

「いやあの、ごめん、待って待って、まず第二志望の君の学部まだ受かった訳じゃないし、そもそも第一志望の大学落ちたと決まったわけじゃない」

「いやー、もういっせーは俺の後輩になるでしょ」

「いろんな意味でシャレにならないからやめてよ」

ぎゃあぎゃあとじゃれ合う。なんだかこんな風に、友達とバカ話をするのも久しぶりだと感じる。話題が話題なだけに、なかなか辛《つら》いものがあるが。

「合格発表、何時？　ここで見ようぜ」

「えっ、流石にちょっとそれは……。っていうか落ちた時に気まずくない？」

「大丈夫大丈夫、俺は気にしないから」

気にするのは、こっちなんだけど。

合格発表は12時。あと1時間で、第一志望に合格しているかどうかがわかるわけだ。

「じゃあ1時間くらいここでだべって、合格発表ネットで見よう」

「ええ、ちょっと、それは」

「楽しみだな、いっせーが後輩になる瞬間！」

「だからシャレにならないんだって」

2浪して挑んでいる東大に落ちたら、後輩が先輩になる、というのはもう、本当にシャレにならない。

「ああ、でも、小田、やっぱり僕、落ちると思う？」

恐る恐る聞いてみる。

「東大？　無理なんじゃね」

「あっさり言わないでくれる」

一応こっちは3年間の挑戦の末の話なのだが。

「だっていっせー、バカだもん」

「バカだけどさあ！」

「俺、今でも忘れないよ。『新しい制服のデザイン』って黒板に書いてって言った時に、『正服』って書いたこと」

「それは流石に……なんてミスしてんだよ」

優秀な役員の後輩と、バカな会長の先輩と、という非常にアンバランスなコンビで生徒会は成立していたのだった。本当に足を引っ張った覚えしかない。

「ほんとさ、いっせーってよくわかんないよね。バカのくせに東大に行くなんて言って、2浪してるし、いじめられっ子のくせに生徒会長になるし」

小田は不意に、そんなことを言った。

「そうだよなあ。僕も、らしくないことしてるなーって感じだよ」

確かに、傍から見たら謎《なぞ》だろう。よくわかんない奴《やつ》が、よくわからない行動をしているようにしか見えないのだと思う。

「前から聞きたかったんだけどさ、いっせーは、なんで生徒会長になったの？」

もっともな問いだ。どうしてこんな陰キャのいじめられっ子が生徒会長になったのか。

僕は今朝見た夢の続きを思い出す。

師匠に、「東大に入りたかったら生徒会長になれ」と言われた時のことを。

師匠は僕に、「生徒会長になれ」と言った。

場所は教室。「話がある」と前置きされて、いきなりそんなことを言われたので、はじめは本当に意味がわからなかった。

「とりあえず、これにサインしろ」

と言われて出されたのは、生徒会長選挙の立候補用紙だった。

驚く僕を尻目《しりめ》に、師匠は話を続ける。

「大丈夫だ、お前以外の立候補者はいない。そしてこの選挙の応募締め切りは今日の15時だ」

今日の15時。そう聞いて、ふと教室の時計を見る。

【14時52分】

「あと8分じゃないですか」

「そうだ。だから早くサインしろ」

一瞬、頭が真っ白になる。そして次の瞬間にはもう、疑問が口から出ていた。

「いやいやいや！　あと8分って、なんでこのタイミングなんですか？　き、決められませんよ、そんなこと。だいたい僕が生徒会長なんて」

「大丈夫だって、今からサインして職員室前の応募箱の中に入れるだけだから。5分あれば事足りる」

「そこを気にしてる訳じゃないですよ」

「大丈夫大丈夫、さっきこっそり箱の中を見てきたけど、生徒会長志望は誰もいなかったから。応募したらもうお前が生徒会長だよ」

「いや、何、職権乱用してるんですか」

サインさせようとする師匠から逃げながら、僕は必死で抵抗した。このまま押し切られるわけにはいかない。なんとか逃げなければ、と教室の中を走り回る。

「だいたい、僕には無理ですよ生徒会長なんて！」

「なんで」

「僕いじめられっ子ですから。生徒会長なんて目立つ行動したらすぐ目付けられますよ」

「そこまで目立てば多分いじめられはしないと思うが」

「だいたい、他の生徒が許しませんよ！　選挙で落とされますって」

「他の立候補者がいないから無条件でお前は生徒会長になれるぞ。とりあえず誰かが候補者にならないとな」

と、師匠は僕との距離を詰めながら語る。

「あれ？　先生、まさかとは思うんですけど」と、そこで僕は気付く。

「誰かが生徒会長候補にならないと困るから、僕にそれを押し付けようとしてませんか？」

「ギクっ」。おい、「ギクっ」て言ったぞこの人。

「やっぱりそうじゃないですか！　嫌ですよ僕は」

「い、いや違うって。東大合格のためだって」

「それ言えば、僕がなんでもやると思ったら大間違いですからね」

ぎゃあぎゃあと声を上げ、逃げ回る。ちらっと時計を見るとあと5分だった。流石にもう間に合わないはずだと、教室内を走りながらぼんやり考える。

師匠もそれに気付いたのか、不意に僕を追うのをやめて、踵《きびす》を返し、今度は教壇の方に向かって歩き出した。

「なあ西岡。生徒会長になりたくないって言うなら、別にいいよ。俺だってお前がやりたくないことは強制しないさ」

でもさ、と言いながら、師匠は教壇に手をかけた。そして、次の瞬間。

「よっ、と」

教壇の上に飛び乗って、土足で机の上に立った。

他に誰もいないからいいようなものの、こんなところ、誰かが見ていたら確実に驚いて、怒られるだろう。

「おお、思ったより高いな」

教室の中を見回しながら、そう言って師匠は笑う。

「上からの風景って、見たことあるか？」

と、さらに師匠は意外な言葉を口にした。

「上からですか？」

「お前ってずっと、下から見上げるだけの人間だろ。誰かから、見上げられた経験ってないんじゃないか？」

下から見上げる、というのは、その通りだった。いじめられっ子だった。いじめる側のことを、ぼんやりと下から見上げていた。

ずっと教えられる側だった。師匠のことを見上げて、教わっているのが現状だ。生徒会とか、先生とか、親とか、先輩とか、そういう人を、下から見上げているだけなのは、その通りだなと感じた。

「登ってみろよ、西岡」

師匠は教壇から降りて、僕の前に来た。

「1回登って、上から下を見てみろよ」

「いや、でも……」

「お前は今、視野が狭い。人からどう見られているのか、人が人をどう見ているのか、わかっていない。上から下がどう見えるのか、想像がついていない。だからさ、1回、登ってみろよ。どうなるかはわからないけれど、違う景色が見えることは確かだと思うぞ」

そう言って、師匠は教壇の前まで僕を引っ張る。そして「ほれ」と促した。

「違う目線から物事を見れないと、東大になんて入れないさ」

ああ、もう。こうなったら、ヤケだ。そう思った。教壇の机に手をかけ、足をかける。

「どうだ？　上から見える風景は」

教壇の上に立って、あたりを見渡す。教室はこんな風に見えるのか。

「なんか、怖いです」

「だろうな、高いもの」

師匠は笑った。


「ふーん、そんなことがあったんだ」

カフェの2階。2人で新しいコーヒーを飲みながら、小田は言う。

あの後は大変だった。あと3分だったので急いでサインして、走って応募箱の中に入れた。係の先生が仕舞う直前だったので、入れる時にすごい顔をして見られたのを覚えている。

「実際なってみた感想はどうだったのさ？」

コーヒーを啜《すす》りながら、小田は言う。

「その上から見える景色っていうのは、わかったわけ？」

「それ、君だって答え知ってるだろうが」

小田は、自分の後に生徒会長になった男だ。僕と同じように教壇の上に立って、そこから見えた景色を知っている男だ。だから、この僕の答えも、わかっていて、彼は聞いているのだ。そんなバレバレの答えを、僕はあえて口にした。

「無力感、だよ」

その答えを聞いて、やっぱり、といった表情で小田は笑った。

「だよなあ。なんでこんなに、闘わない奴等は笑うんだろうか、って思ったよな」

そう、僕が生徒会長になって感じたのは、無力感だった。

正直な話、生徒会長になってからは、いじめられなくなった。そこまで目立ち切ってしまうと、下手に何か手を出すのではなく陰口を叩《たた》くだけになるということなのかもしれない。

小学校でも中学校でも高校でもいじめられていた自分にとって、全くなんの嫌がらせもされない状態というのは初めての経験で、とても新鮮な気持ちになったものだ。その分、陰でヒソヒソといろいろ言われていることはわかっていたが、そんなことは今までと比べたら全然たいしたことはなかったので、全く気にならなかった。

ひょっとしたら、渋谷先生はこれが狙《ねら》いだったのかもしれない。しかし、いいことだけでは決してない。僕が生徒会に入って感じたのは、「無力感」だったのだ。

単純に、何もできないのだ。

例えば、目安箱を作り、「何か意見や要望があれば仰《おっしゃ》ってください」と意見を募集して、「携帯電話の持ち込みを許可して欲しい」とか「傘入れを設置して欲しい」とか、そういう要望が入っていたとする。

それを先生に持っていくと、どうなると思うだろうか？「なぜそれがダメなのか」の理由だけが、つらつらと書いてある紙を渡されて、終わりだ。議論もない。というか、会話すらない。「忙しいから」「そんなことに付き合っている時間はない」で終わってしまう。

そして僕らはそれを掲示して、終わり。

「なんだよ、なんの議論もできてないじゃないか」「こんなの目安箱の意味ないじゃないか」と生徒はもちろん怒る。怒るのだが、その怒りの矛先は生徒会だ。

「やっぱり無能な生徒会長だな」と、吐き捨てるように言われ続ける。生徒会というのは、こんなことを1年に20回以上繰り返す。何も変えられない。変えられないままに、生徒からのヘイトだけを溜《た》めていき、先生から言われた仕事をやるだけの団体だ。

「いっせー、こんなことやってらんねーよ。なんかやりようないの？　このままだったら、本当に俺ら、なんのために生徒会なんてやってんのかわかんねーじゃん」

ついに小田はキレた。もっともな意見だと思った。だから僕らは、行動を起こすことに決めた。なんとか先生と会って話をしてもらえるようにするとか、生徒総会を開いたりとか、何かやりようはないものかと模索した。

しかし実は、問題はもっと根深いものだったのだ。

僕らはいろんなアイデアをもとに、闘おうと決意した。生徒の意見がちゃんと学校に伝わるように、そして先生と生徒が議論する場が生まれるように、いろんなことを考え、実行しようとした。しかし、すべてが無駄に終わった。先生に生徒の意見を聞いてもらうとか、もうそれ以前の問題だったのだ。

元からおかしいと思っていた。どうしてウチの学校は、立候補制なのに生徒会選挙が行われなかったのか。先生方が議論をしないのか。生徒総会が行われないのか。

それは、ウチの学校に、そもそもそういうルールが何一つなかったのが原因だった。生徒規約と呼ばれる、学校の生徒のための規則が何もなかった。だから生徒会選挙をいつやり、生徒会長をどう決めて、生徒総会をやるのか、生徒会はどんな活動をして、そして生徒会はどんな権利を持っているのか、何も、明文化されていないのだ。

明文化されたルールがないということは、誰も決められないということに他ならない。そこには、裁量すら存在しなかった。なんとなく、場の空気で決まっているだけで、誰か1人の先生が決めているわけではなく、逆に1人の先生が決められるものでもなかったのだ。

「なんだそれ」と、僕も小田も言った。

誰も決めていないことを、変えることはできない。僕らはどうしようもない壁にぶち当たったのだった。

そして、さらに問題なのは、「じゃあこの現状を変えるために生徒みんなで一致団結して何かを変えよう」というのも、不可能に近いということだった。

「そんな面倒なことなんだったら、もういいよ」と生徒会役員の1人は言った。

「そこまで生徒会に興味ないし。あと半年とかだろ？　そんなの我慢しろよ」と相談した友達は言った。

何かを変えるには、結束しなければならない。みんなが一丸となって行動しないと、不可能だ。でもみんなは、そこまでやりたくないのだ。別に、普通に学園生活が送れているのならそれでいい。そう考えている人がほとんどだったのだ。

「バカじゃねーの」

あの時、小田は壁を蹴《け》りながらそう言った。普段なら流石に注意する行為だが、僕は何も言えなかった。

「こんなバカなことあるのかよ。ルールもないし、誰も決められないって」

変えようと思っても、変えようがない。その事実に気付いてしまった僕らは呆然《ぼうぜん》とするばかりだった。

「なあ、いっせー、この学校はこれまで一体何をやってきたんだ？　俺たちの先代は、みんな変えようとしないで、また変えられないんだったら諦《あきら》めるしかないって受け入れたのかよ？」

その言葉に、僕は何も答えられなくなってしまった。きっとこれまでも、変えようとしてきた人はいたはずだ。でもきっと、できなかったか、壁にぶつかってUターンして、普通の日常に戻ったのだ。

「なあいっせー。なんで人間は闘わないんだろうか」

「闘わない？」

「何かを変えようと努力する奴が、なんでこんなに少ないんだろうかって話だよ」

それはウチの学校の先生も生徒も、そして先輩方も、みんなそうだったんだと思う。

そして、闘わないだけなら、まだいい。

「俺がイラつくのはさ。この『変えられない』って状況じゃないんだよ。変えようと努力する奴が超少ない上に、闘う奴等を笑う奴等が超多いって話なんだよ」

闘わない奴等が、笑う。その言葉に、僕はいろんな感情が芽生えた。

「さっきもさ。クラスメイトに『なにマジになってんの？　そんなことやって意味ある？』って言われたよ」

そう言って小田は、イライラした表情で壁に拳を当てる。

「つってもまあ、いっせーが一番そういうのは言われてるか」

その言葉に、何も返せなかった。その通りだったからだ。

周りから見ると僕は、意味のないことに必死になっているバカなのだと思う。実際、そういう風に何度も言われた。

「無駄なことして、俺らに迷惑かけるなよ」、「生徒会長になって、いい気になってるんじゃないの？」と、そんな言葉ばかりを投げられる毎日だった。まあ、もともといじめられっ子なので、そういう言葉には慣れているのだが。

それでも、傷付かない訳ではないのだった。

「そうだね。闘わない奴等は、笑うもんだね」

そう肯定すると、小田はため息をついた。

「何かを変えようと努力したり、前に進もうとする人間のことを肯定しない。それどころか否定して、足すら引っ張ってくる。それがこの世の中なのかね」

怒りを通り越して諦めた、といった表情で小田は語る。

「俺、今日は帰るわ。なんか疲れちゃった」

小田はさっさと鞄《かばん》を手にした。

「なんかさー、いっせー」

「ん？　どうした？」

「こうやって、自分にできないことを見つけていくのが、大人になるってことなのかね？」

そう言い捨てると、僕の言葉を待たずに、ドアをピシャリと閉めて帰ってしまった。部屋には、1人になった僕だけが残る。

「あー」と声を出しながら、頭を机にガンとぶつけた。そしてそのまま、グリグリと押しつける。ショックだな、と思った。

立場が変われば、こんな僕でもなんかできるようになるかもしれないと思った。でも、実際はそうではなかった。世の中には変えられないことがあって、自分にはできないことがある。

「どうしたらいいのか、本当にわからないや」

僕は、自分という人間が本当に、無力なんだということを思い知らされたのだった。

「あの時、正直、生徒会辞めようと思ったんだよね」

氷が溶け始めて薄くなっているアイスコーヒーを飲みながら、小田は言った。

「別に生徒会にそんなに思い入れがある訳でもないし、こんなつまんないことばっかりなら、いっそ辞めてやろうかなってさ」

それは察していた。というか、ずっと不思議に思っていた。なんでこんな無能な僕の下で、こんな頭のいい子がこんなにつまらない仕事をしてくれるんだろうか、と。

「でもほら、あのあといっせー、すごいことしたじゃん」

「あー、そうね」

思い出したくない記憶だな、と思う。そうだった。そこからあの、地獄みたいな闘いが起こったのだった。

「あれ、すげえびっくりしたんだけどさ。いっせーは一体、なんであんなことしたの？」

僕は過去の記憶を振り返る。

「実はあのあと、師匠が、渋谷先生が、生徒会室に来たんだよ」

「よう、随分たいへんそうだな」

そう声をかけられて、顔をあげる。

「渋谷先生」

「どうだ？　って言っても、その顔を見ればだいたいわかるよ」

そう言って、僕の前に座る。

「先生、一ついいですか。先生は、こうなることわかってて、僕を生徒会長にしましたね？」

僕は一気にまくし立てた。

「先生は2年前来たばかりですけど、この学校の状況とか、結構知っているはずです。じゃなかったら生徒会長にみんながなりたがらないってこととか、知らないはずです」

先生は何も言わない。僕は構わず続ける。

「先生は多分、こういう状況を変えて、学校をよくするために、僕を生徒会長にしたんじゃないですか？」

この人のことだから、別に僕に嘘《うそ》をついていたわけではないだろう。本当に僕のことを考えて、生徒会長になれと言ったのだと思う。

でも、「上からの景色」を見せるだけなのであれば、生徒会長でなくてもよかったはずだ。それでも生徒会長だったのは、きっと何か理由がある。もともと僕はそんな風に考えていた。そしてここに至って、その理由が、ハッキリしてきたという訳である。

「どうだった？　上からの景色は」

その質問には答えずに、先生は言う。今度は僕が黙る番だった。

「結構長い時間、生徒会長やってみただろ？　だいたい見えてきたんじゃないのか？」

確かに思っていないものが見えた。だが、思っていたものとは全然違った。

「先生、ここって本当に上なんですかね？」と、ずっと思っていたことを聞く。

「上からみんなを見ているようには、どうも感じられないんですよ。上の立場になったって言いますけど、実際はどんどん下に降りてってるんじゃないかって」

いろんな意見を聞いて。いろんな批判を浴びて。それでも何かを変えようと頑張って。それでもなかなか上手《うま》くはいかなくて。

「上から見下ろしてるんじゃなくて、下にいてみんなに傅《かしず》いてるんじゃないかって、思うんですよね」

ははは、と先生は笑った。

「間違ってないと思うぞ。先生だって親だって、それこそ政治家だって、みんな同じように感じてるはずだ」

「みんな、ですか？」

「そうだよ。例えば会社で出世して、自分の意のままに振る舞えると思ったら大間違いで、もっと上の何かに支配されたり、下の人に逆に支配されていたりする。先生だって生徒に批判されるし、別の先生にいじめられたりもする。上の立場に行っても、上から目線で物事を見られるとは限らないんだ」

さらに先生は続けた。

「ひょっとしたら、大人になるってことは、下に下がるってことなのかもしれない」

それが本当だとしたら、救いがない。

「西岡、世の中において一番上にいるのは、実は人間じゃないんだよ」

不意に先生は意味深なことを言った。

「今お前らが挑戦しようとしている相手は、先生でも、生徒でもない。『環境』であり、『伝統』だ」

「環境と、伝統……」

言われれば、確かにそうかもしれない。「今までこうだったんだから」というものが、僕らのことを縛っている。そしてその縄を、僕らは断ち切れないでいる。

「西岡、伝統ってどうやって作られるか知っているか？」

「えっ？　どうやってって言われても」

「有名な実験がある。これは、猿《さる》を使った伝統を作る実験だ」

「伝統を、作る実験？」

そう、と言って、先生は黒板を使いながら、話を始める。

「まず、5匹の猿を檻《おり》に入れる」

「檻の中には一つの梯子《はしご》が設置されていて、その梯子を登るとその上にあるバナナを手に入れることができるようになっている」

「当然、猿は梯子を登ってバナナを取ろうとするよな？」

「が、ここで問題が起こるんだ」

「実はこの梯子を1匹猿が登ると、登らなかった残りの猿に水が降り注ぐようになっているんだ」

「そうなったらどうなるか、わかるよな？　他の猿達は、水をかけられまいと、梯子を登る猿を攻撃するようになるんだ」

「そしてその内に、どの猿たちも段々と梯子を登ろうとしなくなる」

「……この実験が面白いのはここからだ。今度は、元々いた5匹のうち、1匹を新しい猿に入れ換える」

「すると、どうなると思う？」

「新しい猿は梯子とバナナを発見し、なぜ他の猿はバナナを取らないんだろうか？　と首をかしげる」

「そう疑問に思うが、しかしバナナが欲しい新しい猿は、梯子を登ろうとする」

「すると当然のごとく、他の猿達は新しい猿を攻撃する」

「新しい猿はなぜ攻撃されたのか理解できない。が、攻撃されないために梯子を登ることを諦めるようになる」

「そして、さらにもう1匹新しい猿に入れ換える。すると新参者の猿は梯子を登ろうとして攻撃される」

「この時、実験をする側にも予想外のことが起こった。前に攻撃された新しい猿も、他の猿がやっているため今回の猿を攻撃するのに加わるんだ」

「もちろんその猿は、何故《なぜ》梯子に登ろうとする猿を攻撃するのか理由を理解していない。それでも、自分がやられたのと同じように、一緒になって攻撃するんだ」

「このようにして、1匹ずつ新しい猿に入れ換え、5匹の猿はすべて、新しい猿になった。元いた猿は全員檻からいなくなる」

「檻の中にいる猿は、1匹として水を浴びせられたことはない。それでも、梯子に登ろうとする猿もいない」

「すべての猿は何故こんなことをしているかわからないまま、梯子に登ろうとしなくなった」

「そして残るのは、『梯子に登ったら攻撃する』『梯子を登ったら攻撃される』という伝統。この伝統が生まれた理由も、伝統を守る理由もわからないままに守られ続ける、形骸《けいがい》化した伝統だけ」

「これが、伝統を作る実験だ」

そう締めくくって先生はチョークを置いた。

「どうだ？　どっかで聞いたことないか？」

と、先生は僕に言葉を投げかけた。

「僕たちも、この檻の中の猿だってことですか？」

「そう。人間社会でも、この猿の檻の中と同じことが起こってるんだよ」

そういって、チョークで黒板に文字を足していく。
・理由はわからないが、存在しているもの
・守らないと他者から攻撃されるもの／あるいは攻撃してもいいと批判対象になるもの
「こんなものが、世の中にはいっぱいある。どうして守らなければならないか聞いたら、『今まで守られていたから』『みんながやっているから』とだけ答えて、どうしてそんな伝統があるのかわからない。それが、伝統だ」

今この学校で起こっていることもそうだった。先生に聞いても先輩に聞いても、

「今までそうだったから」という理由以外はなかった。それなのに、変えるとなると非常に多くの人から反発を食らう。こうやって伝統は作られているのか、と痛感した。

「でも先生。その話だと、伝統にも意味はあるってことなんじゃないんですか？　水をぶっかけられるって話を、確かに新しい猿は知らないです。でも、わかっていないとしても、水をぶっかけられるっていう理由は存在しているわけじゃないですか」

だったら、伝統にだって意味はある。もう誰も覚えていないかもしれないけれど、伝統が生まれた経緯も背景も存在するわけで。

それは結果的に、僕らのことを守ってくれているのかもしれない。

「それはもちろん間違っていない。素晴らしい伝統も、これからも続けていくべきルールも確かに存在するさ。でもな、また水がかけられるかなんて、誰もわかんないじゃないか」

そういえばそうだ。

「確かに1回、ほんの1回は、バナナを引っ張った時に水がかけられたさ。でも、本当にそこに因果関係はあるのか？　たまたま通りかかった人が水をかけただけで、バナナなんて関係なかったかもしれないじゃないか。それにその時1回かけられたからと言って、次も水がかけられるとは限らない。もしかしたら機械はもう壊れているかもしれないし、またその機械を壊すことだってできるかもしれない」

　先生は黒板にこう書く。

・なぜその伝統（ルール）が存在するのか？
・伝統的に守られているのはなぜなのか？
・バナナを引っ張れば水が本当にかかるのか？
・水がかからないようにする手段はないのか？

「人間はいろんなことに疑問を持つことができる。伝統に疑いの目を向けて、何かを変えようとすることができる。逆にもし疑いの目を向けないのなら、それは猿と一緒だ」

「猿……檻の中にいて、伝統を変えようとしない猿と同じだってことですか」

「そうだ。この学校は生徒も教師もみんな、猿だった。逆に、お前や小田は、人間だった。これはそれだけの話だよ」

　酷《ひど》い言い方だ。先生も生徒も合わせて、猿だなんて。

「言っておくが、これはお前の人生全部に当てはまるぞ。『頭が悪いから東大にはいけない』『周りの人が言うからこんなことをやってみよう』、そんな風に言っていたのは、伝統とか、環境とか、そういうものを守っていたってだけなんだよ」

反論できない。

「この学校から東大に合格した人間はいない。又は、偏差値が低かったら東大には合格できない。そういう、固定観念が、お前のことを縛っていた。それだって、猿と同じさ」

猿——本当に酷い言い方だ。そして酷い話だ。でも、納得できてしまう。

「お前はさっき、『ここは上じゃない』って言ったな。その通りだよ。ここは上じゃない。その上には、環境とか、伝統とか、そういうもっと上のものがあるんだ」

そうだとしたら、さっき先生が言った通り、大人になるというのは、下に行くということなのかもしれない。環境とか伝統とか、そういうものの下に身を置く行為なのかもしれない。

「じゃあ、諦めた方がいいんですかね」

そして言う。そっちの方が賢明だ、ということなのかもしれないと思ったからだ。

「なあ、西岡」

そんなことを言う僕に、先生はこう声をかける。

「争う気はないか？」

「えっ」

「闘わないか？　この伝統を、この環境を、変えてみないか？」

「そんなこと言ったって、いっぱい批判されますよ」

きっとたくさんの猿が、攻撃して来るだろう。きっといろんなものに、阻《はば》まれるだろう。

「それでも、やってみたらいいじゃないか。それができたらきっと、お前は、お前の人生も、変えられるんじゃないか？」

「で、その口車に乗せられた結果が、あれだよ」

ぷっと、小田は噴き出した。

「なんだよそれ。それでしぶやんといっしょに、あんなもの作ったの？」

「そうだよ。必死こいて、躍起になって、作ったんだよ」

あんなもの。それは、規約だ。生徒規約の草案だ。師匠は、ルールがないと言うのならば、ルールを作ればいいと言ったのだ。

「どうやって作るんですか？」

「頑張って作るんだよ」

そう言われて、ぽかんとしたのを覚えている。そしてそこから地獄のような時間を過ごすことになった。

もちろんルールなんて作ったことはないから、とにかくいろんな学校の校則や市・都の条例を片っ端からあさり、何が必要で、何が必要ないかを考える。その上で、その条文を元にしながら、切ったり貼《は》ったり、あるいは書き換えたりして、文案を書き出す。それを師匠がチェックして「ここはダメだ」とか「ここをこうしろ」とか言われて、やり直す。

そうやって2人で、新しい規約の案を作った。そして「まずは半分くらいです」と言って、学校側に提出したのだった。

「びっくりしたよ。だってあれ、誰にも言わずにやってたんでしょ？」

小田の言う通り、最初はそうだった。でも、半分くらいできて提出した段階で、種明かしをして小田やほかの生徒会役員に手伝ってもらった。正直僕が作った案は穴だらけだったわけだが、そういうのも小田をはじめとする優秀な後輩たちが修正を加えてくれた。

「そこまでやったけど、なんだかんだでみんなに反対されて、ダメになっちゃったんだよね」

　と、僕はため息をついた。そして自嘲《じちょう》気味に笑った。

「本当にこの規約で大丈夫なのか」と否定的な先生や、「この規約はここがダメだ」と指摘する同級生、「決め方が悪い」と怒る後輩、「なんでこんなことに付き合わなきゃいけないんだ」と批判する先輩、いろんな人からいろんなことを言われて、結局、何も上手くいかなかった。

　そうしている間に僕は生徒会長の任期が終わり、次の生徒会長に後を任せることになった。

　結局、団結した猿の力は強かった。伝統の重みは強かった、ということだ。そして、僕にはそんな力に耐えられるほど、勝てるほど、力がなかったということでもある。

「いっせーが東大に行きたいのはさ」

　と、小田は不意に聞いた。

「あの時の無力感を、払拭《ふっしょく》したいからなの？　なんにもできなかったから、何かができるようになるために、東大に行くの？」

　いつになく、小田は真剣な表情だった。その顔をみて、僕はよく考えてみる。

「どうだろう。正直、よくわからないんだ」

「わからない？」

うん、と頷《うなず》く。

「生徒会長になったのは、立場が変われば見える世界が違うのかもしれないと考えたから。立場が変われば、こんな僕でもなんかできるようになるかもしれないと思ったからだった。でも、そんなことはなかった」

いろんなことを思い出す。立場が変わって、それでも何もできなかったことを。

「それでさ。生徒会長になっても変えられなかったみたいに、きっと東大に行っても、僕は何も変えられないと思うんだよね」

小田は黙って聞いている。

「変えられるか変えられないかは、別にその人の立場が問題なんじゃない。きっと、別のものが関係しているんだよ」

だって、と僕は続ける。

「小田は、ほら。変えたじゃん？　その伝統を」

そう、僕の後を継いで生徒会長になったのは、彼だった。

彼は、僕ができなかったことをやってのけた。つまり、生徒規約を作ってくれたのである。

「いや、僕も後から規約見たけどさ。君たちが作った規約は、完璧《かんぺき》だったもん。それで進め方も、批判が出ないように上手くやってさ。やっぱ小田ってすごいなって思ったもん」

これは本当に、本気で思ったことだ。彼は本当に上手くやった。文案作りも、進め方、決め方も、本当に恙《つつが》なくやってのけたのだ。

「多分さ、僕にはできなかったってだけなんだよ。きっとそれは、東大生になったって、変わりはしないんだと思うんだよね」

「だったら」と、小田は口を挟んだ。

「だったらなんで、東大生になりたいのさ？」

「なんで、か」

「おかしいじゃん。変えられないと思っている人が、偏差値35から、東大なんか目指さないだろ。それで、しかもそこから2浪なんかしないだろ。だいたい、規約を作るって言って行動し始めたのはあんたじゃんか。あんたがやり始めたから、達成できたんじゃないか」

「いや、あれはだって。渋谷先生に言われたからやっただけだし、規約ができたのは、小田の力だろ」

「いっせーはやっぱりバカだね」

「いきなり！　酷くない？」

小田は大きなため息を吐《つ》く。

「変えようと思って、行動した。それが、誰かに伝播《でんぱ》して、実際に変わった。つまりは、あんたが変えたってことだろ？」

「そういうことなのかなあ。小田が優秀だからできただけでしょ？」

「違う。さっきも言ったけど、俺は生徒会辞めるつもりだったんだ」

そういう風に、言うこともできるのか。確かにそういう風に、何かが後輩に伝わっていたのなら、次につながったのならば、あの時間も、無駄じゃなかったのか。

「少なくともあんたは、闘わない奴等《やつら》に立ち向かったじゃないか。闘わない、外野から見て、何もしないで、批判ばっかりしている奴等に、立ち向かったのはあんたじゃないか」

「まあ僕は、立ち向かって、負けたんだけどね」

でも、小田の言う通りなのかもしれない。あの時、闘わない人がたくさんいた。でも、少なくとも僕は闘うことはできたんじゃないだろうか。

「俺さ、本当は東大行きたかったんだよね」

不意にそんなことを小田が言って、僕はびっくりした。

「えーっ、小田も東大目指してたの⁉」

「違う。行きたかっただけ。受験すらしてないし、目指すことすらしなかった」

これは嘘だ、と思った。もし彼が東大を目指していたら、きっと合格できていたんじゃないか。早稲田大学の国際教養学部は、彼が行きたがっていたような、自由で開放的な雰囲気で学びができる場所だ。僕を励まそうとして、言ってくれているだけなんじゃないか、と思った。彼は、口は悪くて先輩を先輩とも思わないような言動をするけど、優しい後輩だから。

「あ、そろそろなんじゃないの？　合格発表」

「……あ、もう12時越したのか」

時計を見ると、12時10分だった。もう1時間以上、2人で話していたのか。

「ほら、見ろよ早く」

「え、本当にここで見るの？　マジで？　ちょ、ちょっとそれは」

「いいから。第一志望じゃないんだから、そんな緊張してんじゃねえ。なんだったらいっせーの結果、俺が見てやるよ」

「さ、さすがにそれはやだ！」

小田の視線を感じながら、スマートフォンを操作する。本当にここで見るのか、と思いつつ、早稲田大学の合格発表のページにアクセスする。

「番号は、これで……」

慎重に、慎重に画面をスクロールする。

「どうよ？　結果」

スクロール。スクロール。スクロール。

「……合格だって」

「そうか。でも間違っても来ないでくれよ。あんたが後輩なんて、なんか、気持ちが悪い」

「酷いなあ」

合格を伝えられた人のセリフではないなと思いつつ、突っ込む。

「え、でも、おおお」

でも、本当に合格だ、すげえ、と思う。なんとかこれで、３浪はしないで済みそうだ。

「何喜んでんだよ」

「いや現役で受かった小田にとっては、あんまりすごいことじゃないかもしれないけどさ」

「いっせーは、東大行くんだろ」

小田の言葉は、肯定に満ちているように聞こえた。

「なあ、小田ってさ、僕が東大に合格できると思う?」

不意に、質問をしてみる。

「さあ? でも、いっせーはバカだからなぁ」

小田はそう返した。

やっぱり酷いな、とちょっと凹《へこ》んでいると、彼はこう続けた。

「でも、バカな方が世の中変えられるのかもしれないね」

3章　3月4日　合格発表まであと6日

「人は、なりたい自分になってしまう」

いつか師匠からオススメされた漫画に書いてあったセリフだ。

人間は人から求められるように演技をして、演技をしているうちにそれが本当の自分になっていく。

相手が思う理想の恋人になろうとすれば、いつの間にかそういう理想の相手になれる。

親が思う理想の子供になろうとすれば、いつの間にかそういう理想の子供になれる。

演技しているうちに、演技していることも忘れて、なりたい自分になっていく。だから、できないと思うことでも、そうできる自分を演じてみればいいのだ、と。

「師匠、それって本当にいいことなんでしょうか？」

僕は暗闇《くらやみ》に向かって聞いた。

「だってそれって、本当の自分にはなれないってことじゃないですか」

どうあがいても、そう演じているだけ。本当の、根っこの部分は変わらない。ということは、人間はいつまで経《た》っても、根本的には変わらないということなんじゃないか。

「ねえ、師匠――」

僕は虚空《こくう》に向かって話しかけ続ける。

「答えてくださいよ」

いつもの部屋で、いつも通り起きる。さっきの夢には、師匠は出てこなかった。ふと部屋を見渡す。

この部屋で自分は、この3年間ずっと勉強しかしてこなかった。机に向かって、参考書を開いて、ノートを書いて……。おかげで本棚は参考書・プリントの束・ノートでいっぱいだ。

しかし最近になって、本棚の奥やベッドの下を漁《あさ》って、昔買った漫画やライトノベルを取り出した。久々に読むと、「ああ、こういう作品だったな」と懐《なつ》かしく思う反面、「こんなシーンあったっけ、やっぱり面白いな」と新鮮な喜びに包まれる。

ずっと勉強道具しかなかった机に漫画やラノベが置かれていると、なんとなく変な気分だ。

そういえば僕はオタクだった。忘れてた、と1人で笑う。自分がオタクだったことを笑っているのではなく、自分がオタクだったことすら忘れていたということを笑っているのだった。

高校3年生になった時に、僕は二次元オタクをやめて、ガリ勉キャラを演じるようになった。そしてつい最近まで、それを続けてきた。

「なりたい自分、ねえ」

それはなりたい自分になるために、つまりは東大生になるためにやったことだったのだが。

「僕は本当に、なりたい自分になれたのかな」

そういえば、師匠も、昔、そんなことを話していたなあ、と思い出す。

「東大に行きたいなら、恋愛をしろ」

「何言ってるんですか。恋愛と勉強は関係ないです。恋愛している暇があったら勉強します」

呆《あき》れ半分で返答した。僕はすっかり受験生モードになっていた。

目指すは東大だ。いまだに実力は伴っておらず、まだまだ全然ダメダメだった。恋愛なんてもってのほかだ。

「それがあるんだなー」

師匠は言う。

「恋愛というのは、理想を押しつけ合う行為だ。自分の理想を相手に求め、相手はその理想を自分に投影する」

正直、よくわからない。

「わからないか？　例えば好きな人が『優しい彼氏が欲しい』と言ってきたら、お前ならどうする？」

「その人に優しくします」

「だろう。優しい自己を演じ、優しい人間になろうと努める。お互いにそれをし合って、相手に理想を求め相手の理想に合わせるのが恋愛だ」

「なんというか、お詳しいですね、先生」

師匠は見た目かっこいいから、恋愛経験は豊富なんだろうか。

「でも、それと勉強にどう関係があるんですか？」

なんとなく話はわかるが、全然勉強との関連性が見えてこない。

「わからないか？　東大生というのは、頭が良くてモテる奴《やつ》のことだ。ってことは、モテるくらい優等生になろうとすれば、東大に合格できるってことだ」

「本末転倒じゃないですか？」

電車はいつもどおり空《す》いていた。角の席に座り、ふう、と息を吐く。

恋愛。僕はとことん、女子と縁がない。というかはっきり言って苦手だ。女子と接するのが、過去のトラウマから、本当の本当に苦手なのだ。

（……恋愛らしい恋愛は、本当にしたことがないなぁ）

20年の人生のなかで、そりゃ何度か、告白したことがないわけではない。だが、その度にこっぴどく振られてきた。

（そう考えると、僕って女子にも振られるし東大にも振られるし、そういう星の下に生まれてしまった哀れな奴なのではないだろうか）

だとしたら嫌だなあ、と思う。これから先も振られ続けるということだし、東大にも合格できないということだ。

電車の天井を見上げる。なんの変哲もない、荷物置きと吊革《つりかわ》があった。

(まあでも、そんなもんか。僕ってそういう奴だよなあ)

僕の人生は99パーセント、女子とは無縁の人生なのだ。そういう人生なのに、どうして恋愛なんてできようか。

そう思っていたのだが。

(マジかよ、流石《さすが》にそれはないだろう)

いざカフェに入ってみて、驚愕《きょうがく》する。

ありえないと思っていた。そんなことはどう考えてもないと思っていた。

「あ、西岡くん!」

「星川《ほしかわ》、さん?」

まさか、99パーセント女子との出会いがない人生のうちの、残り1パーセントが来ると誰が予想できるだろうか?

「久しぶりだね。卒業以来かな?」

彼女は元クラスメイト、星川佳奈《かな》。もう会わないと決めていた人だった。

「つかぬことをお伺いするんですが」

カフェで向かい合って座る。向かい合って座るが、直視できずに彼女の飲んでいるコーヒーに目線を移す。勘弁してほしい。こっちはまともに女子と話せないのだ。うつむきながらの会話になってしまう。

「どうして、ここに？」

目を合わせられないながらも、どうにかして今思っている質問を投げかけた。なぜこの人が、ここにいるのか。それをきちんと問わなければならないのだった。

「え？　どうしてって……」

彼女が戸惑いながら口を開く。

なんというか、懐かしい声色だ。2年ぶりに声を聞いたなあ、と思った。

「渋谷先生から連絡があって」

そりゃあの人の仕業だよな。ここまでは想定内だ。だが次の言葉は想定外だった。

「『西岡が、君に話があるそうだから』って」

（おい師匠！　何してんだあんた！）

そう叫ばなかった僕を褒めてほしい。心の中だけに留めた僕の理性を、誰か称賛してはくれないだろうか。

僕は、彼女に話す話題なんてないし、合わせる顔なんてないのだ。

いや、会いたくなかったわけじゃないのだ。だがしかし、会って話すという踏ん切りが付かない。突然目の前に現れたって、対処に困る。そして僕は、女子と話すのが苦手だ。それもわかっててやっているのだとしたら、師匠は本当にただのドSなんじゃないか。

「西岡くん？」

彼女に声をかけられて、思考をストップさせる。

「大丈夫？　すごい顔色だけど」

「心配をおかけして申し訳ありません」

「というか、なんでさっきから敬語なの？」

「気にしないでください。すいません」

どんな風に話せばいいのかわからず、敬語になってしまっていた。落ち着け、落ち着け。流石にダメだろう。ちゃんと普通に、話をしなければ。

「ええと、星川さんは、今は大学生？」

まずは近況を確認しよう。とにかく会話を続けていけば何か見えるかもしれない。

「あ、うん。大学生」

まあ、そりゃそうだ。そしてこう聞かれる。

「西岡くんは？」

しまった。何やってるんだ僕は。「今は大学生？」なんて聞いたら、自分の近況を話さざるを得なくなるじゃないか。２浪して大学生活なんて送れてないです、って本当のことを言わなければならなくなるのだ。

チラッと彼女の方を見る。顔は見られないが、女子大生っぽい、明るめの服を着ていて、おしゃれだ。そういえば、彼女の私服姿を見たのは初めてかもしれない。

僕はこの人と、ずっと会わないつもりだった。一生、会わないでいるものだと思っていた。だから、彼女からどう思われたとしても、関係がない。もう、そう割り切ろう。どう思われるかとか、何も考えずに話そう。そう、腹を括《くく》った。

「僕はまだ、浪人中なんだ」

「そうなんだ」

声色を聞いて、さほど驚いていないな、と感じた。もしかしたらどこかで聞いて知っていたのかもしれない。

「じゃあ、今は、もしかして」

「ああ、合格発表を待ってる身だよ」

「うわ、ドキドキだね」

そう言って彼女はコーヒーに口をつけた。

「わたしなんて、合格発表の待ち時間が嫌で嫌で仕方がなくてさ」

めっちゃわかる。僕も嫌だもの、と思う。

「即日で発表して欲しいよね。生殺しみたいな状態で10日も放置されるなんて」

「まあ、それは確かに」

「西岡くんは、いつ発表なの？」

「あー、6日後の、10日だね。26日に試験が終わったから、まあ10日間くらいか」

「うわ、そうなんだ。長いね」

「まあ、採点に時間がかかるのは仕方ないよ」

東大は全問記述式という珍しい大学だ。マークシートでパパッと採点することはできない。

「そっか、東大だったもんね」

彼女はそう言った。

「東大を3回も受験してるなんて、すごいよ」

すごくはない。頭が悪かっただけだ。すんなり東大に合格できる人だっているわけで、そんな人と比べたら僕なんて——。まして、まだ東大に合格していない身の上なのだ。

でも、彼女は僕のことをすごいと言ってくれる。

「わたしは現役の時に落ちちゃって、そのまま第二志望の大学に行ったんだ」

初耳だった。彼女は第一志望をずっと目指し続けると思っていたし、そもそも合格すると思っていたからだ。

本当なら、こういう会話は卒業する前にするべきなのに、3年越しになったことに違和感を覚える。まあ、彼女を避けていたのは僕なのだが。

「第二志望の、医学部？」

「ううん。普通に理工学部」

これまた意外だ。彼女は医者を目指していたはずだ。理工学部に行ったということはきっと、その夢を諦《あきら》めたということだろう。

もっと詳しく聞きたかったが、そんな勇気はもちろんないのだった。

「だから、西岡くんのことはすごいと思うよ」

彼女は僕のことを、すごいと言ってくれる。それは高校時代からそうだった。だが、それは偽りなのだ。僕は彼女の前で演技をしていて、だから僕は彼女の前から逃げたのだった。

「あのさ」

僕は、その演技を今日で終わらせなければならない。

「話さなきゃいけないことがあるんだ」

「モテろっていうのは流石に冗談だとして」

やっぱり冗談だったのかよ、と思いつつ、僕は師匠の話を聞く。

「いいか西岡。モテるくらいに、優等生になれ。これから東大合格まで、お前は優等生を演じ続けろ」

師匠は言った。

「優等生、ですか」

いつものようにたった2人の教室。師匠は教壇に立って、僕にそんな話をしてくれた。

「勉強ができて、人に優しくて、努力家で、『東大に合格しそうな』人格を演じるんだ」

僕は、はあ、と気の抜けた返事をする。師匠の言うことは大体全部やってみようと決めているのだが、いつもと同じように、今回もあんまり意味のわからない指令だなと思った。

「『演じる』んですか？　そういう奴になれ、ということではないんですね？」

僕は聞いた。ちゃんと勉強しろとか努力しろとか、そういうことではなく、他人にそう思われるようになれ、というのは変な話だったからだ。

「ああ、そうだ」

だがしかし、師匠は即座に肯定した。他人から思われるだけでいい、と言うのである。

「なんでですか？」

「だってお前、そういう人間じゃないじゃん。頭がいいわけでも、努力家なわけでもない。全く優等生ではないじゃんか」

そりゃその通りだけど、反論はできないけれど、と頭を掻《か》く。

「いいか西岡。この世のすべての人間は、演技をしているんだ」

師匠は不意に、真面目《まじめ》に語り出した。

「大人は大人になったように振る舞うし、子供は子供であることを望まれてそのように振る舞う。上の立場になったら偉そうに振る舞うことを求められ、下の立場の人はそれを敬うようなフリをする」

「そういうもんなんですか？」

そういう人もいるかもしれないけど、大人はきちんと中身まで大人で、子供は中身まで子供なんじゃないか、と思う。

「そういうもんだよ」

本当にそうなのかな。

「スタンフォード監獄実験、と呼ばれる実験がある」

師匠はまた突然黒板の方に向かうと、そんな言葉を書いた。

「これは、心理学の実験だ」


「実験参加者を募り、参加者を二つのグループに分ける」

「一つは看守側。もう一つは囚人側。疑似的な監獄を作るわけだ」

「そこでこの二つのグループに共同生活をさせ、看守側は看守の、囚人側は囚人の演技をしてもらう」

「看守側は看守の制服を着て、囚人側はもちろん囚人服」

「さらに囚人は実際にパトカーに乗せるところ、監獄に入れるところからやった」

「その上で、2週間の共同生活をさせた。看守に命令させ、囚人にはそれを聞き入れさせた」

「……もちろんこれはただの実験だ。実際にこの二つのグループに上下関係はない」

「実際、始めてから1日は、どちらも困惑している様子だったそうだ」

「だが、実験を進めるにつれて、参加者は積極的に看守は看守の、囚人は囚人のフリをするようになった」

「看守は囚人に無理な命令をしたり、横柄《おうへい》な態度を取ったり、時には暴力的な行為すらするようになってしまった」

「結局、2週間を予定していた実験は、6日間で打ち切りとなった。看守側はそれに対して『話が違う！』と怒り出したそうだ」

「この実験から何がわかるか。それは、人間は『そう振る舞っているうちに、本当にそういう人間になる』ということだ」

「本来の人格とか、個性とか、関係なく、演技している通りの人間になってしまうのが、人間なんだ」

「恐ろしい実験ですね」

人間が本来の性格ではなくなってしまう。僕は本気で怖いと思った。

「だろ？　だが人間は、こういう性質をもっている生き物なんだよ」

師匠はさらに話を続けた。

「人間は、『人の間』と書く。『間』というのは、周りの目線だ。その人がどういう人間かよりも、周りがその人をどのように見るのかの方が、実は重要なのさ」

この話には抵抗感がある。本当の自分より、周りが思う自分の方が重要だなんて。

「この実験の面白いところは」

師匠の声が、僕の思考を一瞬止めた。

「実際に、やってみせたということだ。命令させるだけじゃなくて、行動させた」

「行動？」

そうだ、と師匠は首を大きく縦に振った。

「人間は、どう思ったかより、どう行動したかの方が重要だ。何を考えていても、その行動を取った時点で、そういう人間になる」

「例えば、善行をした人間は、みんな善者だってことですかね」

「そう、よくわかってるじゃないか。善行をする人間は善者だ。その心の中で何を思っていたとしても、いい行いをしているのであれば、それはどんな人間であれ、偽善者ではない。それと同じように、看守の行動を取らせたら、看守になるんだ。それがどんな人間であれ、な」

まあ、善者と偽善者の話はわからなくはない。確かにその二つは、見分けがつかない。だが、本当にそういうものなのだろうか？

「前に伝統の話をしたよな？　伝統を疑わない奴は、猿《さる》だ。『前もそうだったから』という理由だけでその伝統や環境を疑わずにいる、猿と同じような奴がこの社会にはたくさんいる」

「身をもって、体験しましたよ」

「だが、奴等だって本当は、その伝統や環境が疑わしいことを知っているんだ」

「そうなんですか？」

「知っているけれど、逆らったら面倒臭い。他の猿から攻撃される。だから納得したフリをする。肯定したフリをする。猿の真似《まね》をするんだ」

「でも、本当はその人たちは、猿ではないんですよね？」

疑わしいと思っていることは、少なくとも、猿ではないのではないか。

「いいや、奴等は猿だ。最初は猿の真似をしていただけだった。でも、猿の真似をするうちに、自分が猿だったのか人間だったのかなんてわからなくなるんだ。わからなくなって、誰かのことを攻撃しだす」

師匠は笑った。笑ったが、それは楽しそうな笑いではなく、苦しそうな笑いだった。

「人間は、演技をしているうちに、演技をしているという事実を忘れる。だからあんなに、『猿』が多いのさ。猿の大半は、そう演技をしているうちにそうなってしまった人間でしかないのさ」

確かに納得できる話ではある。明らかにおかしいことでも、「周りがそう言っているから」という理由で、疑わずにいることもあるのだと思う。

「だから、演技をすればいい、ってことですか？」

優等生の演技を。東大生になれる人間の演技を。中身なんて関係ない。外見を取り繕えば、いつかはそうなれると言いたいのだろうか。

「そうだ」

師匠は黒板に三つの項目を書いた。

1　数字にこだわって勉強する

2　東大に行くのだと、周りに公言する
3　他の人の質問を積極的に受けて、時には教える

「いいか西岡、この3ヶ条を守れ」

師匠は言った。

「まずは数字だ。勉強時間でも、模試の点数でも偏差値でも学校の順位でもなんでもいい。とにかく、いい数字を取れ。どんなに些細《ささい》なことでも、小テストでも定期テストでも関係なく、1位上を、1点上を目指せ」

それは、まあ、わからなくもない。

「まずは1科目でいい。1科目でいいから、偏差値70を目指せ」

「はい」

「次は東大に行くと公言しろ。今までは恥ずかしがっていたかもしれないが、とにかく周りに言い続けるんだ」

「は、はい」

正直、それは、ハードルが高いなと思った。元々いじめられっ子の僕だ。笑われるのではないかという思いが強い。

「大丈夫だ。数字さえあれば、周りの大人は必ず納得する」

「そういうものでしょうか」

「結果が伴っていることを否定できる人は少ない。言われたら、結果で返事をしてやれ」

だとすると、僕が東大に行くと言ったら笑われそうなのは、結果がないからだ。結果さえあれば、周りは僕のことを「東大に行けるかもしれない人」と思ってくれるのかもしれない。

「そっか、そうですね。頑張ります」

そして3番目を師匠は指差す。

「最後に、他の人の質問を積極的に受けて、お前が人に教える立場になるんだ」

そんなこと、できるのか？　僕は口下手だし、人に何かを教えられるとも思えない。

「西岡、東大生が誰でもやっている勉強法が、これなんだ」

「へっ？」

僕は素《す》っ頓狂《とんきょう》な声を出した。

「自分がインプットしたことを、他人に対してアウトプットする。東大生は自分で誰かに教えたり、勉強したことについて周りの子と議論することが多い。東大合格者が多い学校では、毎回授業ごとに誰かが授業の内容を噛《か》み砕いて他の子に説明したり、みんなで授業を元に問題を作ったり、考えを共有しあったりすることが多いんだ」

「本当ですか？」

ガリガリ机に向かうことの方が多いと思っていたのだが、そうではないのか。

「本当だぞ。それにこれは学力面以外のことでもメリットがある。周りがお前のことを、頭がいいと認識するんだ」

「はあ」

今度は気の抜けた返事をする。それ、本当にメリットなんだろうか？　そしてそんなことってあり得るのだろうか？

「優等生というのはみんな、小さい頃からずっと『頭がいい』と言われ続けていた人間だ。優等生になることを求められ、もし順位を落としたら笑われ、優等生じゃなくなるかもしれないというプレッシャーがあって、その演技をし続けている人のことだ」

そう言われてみると、そうかもしれない。確かに僕の周りの優等生は、学年をまたいでもずっと変わらず優等生だった。いきなりぽっと出で優等生になる人はいなかった。

「だからお前は、優等生という仮面をかぶれ。周りから、勉強において頼られるくらいに、優等生だという演技をし続けろ。それこそ、女にモテるくらいにな！」

「まだ言うんですね」

「当たり前だ。あながちバカにもできないだろ？」

まあ、確かにそうだが。

「大丈夫だ、この三つをやり続ければ、成績も上がるしモテるようにもなるさ」

いいや、もう突っ込まない。そう決めて、僕はノートにその三つを写す。

「まあ、やってみます。どこまでできるかはわからないですが、でも、頑張ってみます」

師匠の言うことだ。ちゃんと守り続けよう。

そしてノートに書きながら、不意にこんなことを聞いた。

「そう言えば、師匠も何か仮面をつけているんですか？」

ん、と師匠は不思議な表情をした。

「いや、師匠は何にも演じてなさそうだなと思って」

そう聞くと、師匠は、

「俺も、一つ演じているよ」

意外だな、と思った。そしてそれ以上は聞かなかった。

今思えば、突っ込んで聞いておけばよかったと思う。

だが、師匠が何を演じているのかは、この後、すぐに僕は理解することになるのだった。

そしてその時、師匠はすでに姿を消していたのだった。


「こういう経緯で、僕は意図的に『演技をする』ようになったわけなんだ」

過去の師匠とのやりとりを星川さんに話す。星川さんは黙って聞いていた。

冗長にならないように話したつもりだが、つまらなくはなかっただろうか。

（いや、今更か）

僕の話という時点でなんの面白みもないはずだ。話が面白いかどうかなんて気にしていてはいけない。そう開き直って、続けようとする。すると、

「いつか、西岡くん、『ある人に東大に行けって言われた』って言ってたよね」

と星川さんが声を出す。

「それって、渋谷先生のことだったんだね」

「ああ、そうだよ」

そういえば、そんな話をした気がする。あれはいつのことだっただろうか。

「すごいね。渋谷先生って、音楽の先生なのに」

「それは確かに」

あの人は音楽の先生のはずなのに、なぜか僕の受験を引っ張ってくれていた人だった。

「それで？　渋谷先生にそう言われた後は、どうしたの？」

「その後は」

そう言って僕は語り出す。

「渋谷先生に言われた三つを、すぐに実践してみた。まずは数字から——」

①　数字にこだわって勉強する

僕はとにかく、1時間でも多く勉強することにした。点数を上げるとか、順位だの偏差値だのを上げるとか、そういうことはよくわからなかったからだ。

「とにかく僕は、めっちゃ勉強することにしよう」。そう決めて、学校の自習室に入り浸るようになった。朝早く来て勉強をして、授業を受けて、その後夜まで勉強する。学校に一番長く滞在するようにしようと決めた。

でも、数字にこだわると言っても、何時間くらい勉強すればいいのかがわからない。これでは師匠の言ったことが達成できない気がする。

なので僕は、ストップウォッチを買った。ストップウォッチで、自分が何時間くらい勉強しているのかを測ったのだ。自分が勉強している時はストップウォッチを押し、ちょっとサボったり休んだりしている時や眠い時はストップウォッチを切るようにした。

そうすると、自分が思ったよりも勉強していないことに気付いた。例えば「3時間は勉強しているかな」と思って、サボっている時間を差っ引いたストップウォッチのタイムを確認すると、実は2時間くらいだったり、「休日は12時間はがっつり机に向かっているはず！」だったのに、ぼうっとしている時間が意外に長くて、たった9時間しか勉強していなかったり。

そう、自分はサボってばかりだったのだ。

数字を意識すると、数字を比べてみたくなる。自分より勉強している人はどれくらいいるのか？　東大合格者はどれくらい勉強しているのか？　そんなことを考えるようになったのだ。

ネットで調べると、案外簡単に東大合格者の勉強時間のデータを見つけることができた。そこには「学校の授業時間を除いて週50時間」と書いてある。「平日5時間で、休日12時間ちょいってことか。結構きついな」。だが、達成できない数字ではない気もした。次の目標が決まった瞬間だった。

今思うと、数字を意識するというのは、こんな風に自分の勉強をより前に進めていくのに最適なものなのだと感じる。10時間より12時間。10位より9位。D判定よりC判定とか。少しずつ前に進むためには、数字が役に立つ。それを師匠は伝えたいのかもしれないと思った。

② 東大に行くのだと、周りに公言する

まず「一体どういうつもりだ？」と先生に聞かれた。なんの話かはすぐにわかる。僕が志望大学調査書に「東京大学」なんて書いたからだ。

「お前、本当に東大に行くつもりなのか」

担任の佐藤先生は聞いてきた。別にこの先生とは特別仲が悪いわけではない。ないのだが、流石にクラスの落ちこぼれみたいな生徒がいきなり「東大目指します」って言って、「よっしゃ頑張れ！」ってなるような関係ではない。

それでも、師匠に言われたのは、とにかく公言しろ、ということだった。ならもう、反対されるのが目に見えているとしても、言わなければならない。その先で、バカにされたり、怒られたり、考え直せと言われたりしたとしても、だ。

「そうか。まあ、じゃあ、仕方ない」

だが、想定されるはずの反論はこなかった。

「じゃあ科目選択は、お前は文系だから2科目だろ？　そうするとこのカリキュラムで……」

「えっ、先生」

たまらず、僕は話を遮《さえぎ》る。

「反対しないんですか？」

先生は僕の顔をよく見て、こう言った。

「お前、目の下に隈《くま》あるぞ」

その時、僕は寝不足だった。週50時間勉強という訳のわからないものを自分に課した結果、睡眠時間を削らざるを得ず、そうなってしまったのだ。

「そんなになるまで勉強しやがって。そんな姿見たら、反対できないだろうが」

先生は、そう答えた。

「東大に行くって言うなら、俺は止めない。だが、授業中とか頻繁に当てるから、覚悟しとけ。『この程度の問題も答えられないなら東大になんか行けないぞ』って言ってやるよ」

正直な話、僕が数学にこだわって勉強し始めたのなんて、ほんの2週間くらい前のことである。でもそれを、佐藤先生は知らない。まあもしかしたら、知らないふりをしてくれているのかもしれないが、しかしそれでも騙《だま》されてくれているのだ。

（こういうことなのか？）

僕は考える。師匠が言っていた、優等生の演技というのは、こういうことだったのではないかと。

（優等生の演技をすれば、優等生として周りが扱ってくれるから、いろんなことが、うまく行くって、そういうことなのか？）

この後、僕は、授業で頻繁に当てられるようになった。先生からの質問に答えるのは大変だが、しかし、答えられるように一生懸命になると、その分勉強するようになった。

そして、それに釣られるように、最初は僕が東大を目指すと言ったのをバカにしていた人たちも、次第に何も言わなくなっていった。それもこれも、僕が東大を目指すと周りに公言したからおきた現象だ。

（演技が、本当になっていく、か）

その事実を、僕は噛み締めるのだった。
③　他の人の質問を積極的に受けて、時には教える
「ねえ西岡くん、さっきの授業で出されたこの問題、わかった？」

星川さんに話しかけられたのは、授業でよく当てられるようになってからだった。

「あの問題、難しくてさ。ここまではわかったんだけど、先ができなくて」

はじめに断っておくが、僕はそれまで星川さんと話したことはほとんどなかった。

というか、皆無に近い。クラスが同じでもまったく話さない上に、そもそも高校３年生で初めてクラスが一緒になった、そんな相手が星川さんだった。

（そりゃ、話す話題がないんだもの）

オタクの僕と、真面目で勉強のできる星川さん。接点もなければ共通の話題も皆無なのだ。

「ねえ、ここわかった？」

「あ、あああえと」

たじたじとなりながら、問題を見る。

これ本当なら逆だろ、と僕は思った。僕よりも彼女の方が絶対に頭がいい。彼女は医学部を目指しているらしく、学校でもトップクラスの成績だ。そんな彼女が、僕なんかに質問するなんて、何かの間違いなんじゃないかとすら思う。それでも、頑張って答えないといけない。

「ええと、これってbe about toが解答なわけだけど、この意味って『まさに今、しようとしている』ってことになるよね」

「あ！　だからjustの意味と同じになって、この選択肢になるわけね。わかった！ありがとう、西岡くん」

ほぼ教えていない。というか、何も言っていないに等しい。彼女は説明する前に、パパパッと答えにたどり着いてしまった。

頭いい人ってこうやって答えにすぐに行き着くんだなあ、僕とは格が違うなあ、せっかく話しかけてもらったのにチャンスを無駄にしたなあ、と泣きたくなる。

（死にたい……）

なんにもできなかったことにナーバスになっていると、彼女は信じられないことを口にした。

「西岡くんって朝も自習室に行ってるんでしょ？　努力家だね！」

「いや、そんなことはないよ」

そう、本当にそんなことはない。朝に自習室に行っているのは、他に数字を作る方法が思い浮かばなかったからだ。週50時間勉強は自分にはきつい。きついから、朝から自習室に行く他ないのだった。

「みんな言ってるよ！　西岡くんがすごい勉強してるって」

「いやいやいや、そんなことはないんだけど」

勉強は確かにしているのだが、それで成績が上がるかは別問題なわけで。そんなふうに噂《うわさ》されるというのは、まあ悪いことではないが、強烈な違和感があるのも確かだった。

「そんな風に謙虚な人っていいね」

いいね、とか綺麗《きれい》な女子に言われると、モテない男子は緊張する。やめてほしい、本当、勘違いしそうになる。

「西岡くんって、英文法得意なの？」

そして不意に、そんなことを聞かれる。

「え、まあ、得意な方かな？」

嘘《うそ》である。得意でも不得意でもない。英語自体苦手な中で、とりあえず長文よりは解けなくはないのは英文法、というくらいである。

さっきのやりとりも、「英語ってマジで何から手をつけていいかわかんないから、とりあえず英文法から始めるか」と答えただけのものだった。

「私、英文法苦手なんだよね。今度また、教えてよ！」

「え、ああ、僕でよければ」

「ありがとう！」

そう言って、彼女は去っていく。

ちょっと待って、反射的に返事をしたけど今とんでもないこと言ってなかったか？今度また、教えてよ！　いやいや、絶対あなたの方ができるだろう、星川さん。そう思いつつ、はたと師匠の言葉を思い出す。

「ああ、人から質問されて、そして説明するって、こういうことか」

優等生だと周りから認知されたら、誰かが質問をしてくる。星川さんは、授業中に頻繁に当てられたり、自習室に入り浸っている僕を見て、優等生だと認識したのだろう。そして他の生徒も、そんな風に誤って認識してしまうこともあるのだろう。

そうやってきっと、優等生ではない僕は、優等生になっていくのかもしれない。

「英文法、勉強しなきゃなあ」

とりあえず、そう決めたのだった。

「だから、僕はずっと、星川さんに聞かれても困らないように必死で英文法の勉強をしてたんだ」

種明かしをする。自分がいかに取り繕っていたのかの、種明かしだ。

「うまくごまかせるように新しい参考書買ったり、聞かれそうなポイントを予習したりして」

必死だったと思う。それでもうまくごまかせないところもあった。そういう時は「持ち帰らせて欲しい」と言って、その足で佐藤先生に聞きに行ったものだ。「おお西岡、お前にしてはいい質問だな」と言われたのを覚えている。そりゃそうだ、僕の質問じゃないんだから。

彼女は何も言わない。ひょっとすると、怒っているのかもしれない。そう思うと、心が痛くなる。

「でもおかげで、英文法の成績は結構上がった。だから僕は、星川さんにお礼を言わなきゃならないんだよね」

彼女は不意に口を開いた。

「いや……わたしはただ、質問したいことを質問していただけだし」

「まあ、それでも助かったのは事実だから」

そう言うと、彼女はコーヒーをマドラーでかき混ぜる。

「でも、わたしも助かったんだよ。勉強の話ができて、わたしの知らない英文法の話が聞けて、助かったんだよ」

星川さんは、医学部を目指していた。

「じゃあ、将来はお医者さんってこと?」

「うん。医者志望。小さい頃からの夢なんだ」

あれから自習室で勉強していると、星川さんに話しかけられて、自習室の外で勉強のことを話すことが多くなった。

美人の星川さんと話していると、他の男子の目線が痛かった。でも、まあ役得なのはその通りなので、仕方がない。そんな中で、将来のことが話題になることがあった。

「でも医学部に行くためには、相当頑張って勉強しなきゃいけないからね」

偏差値高いんだろうなあ、と思う。医学部に行くのは生半可な努力では難しい。彼女がどこの医学部志望なのかは知らないが、しかし、どこであってもきちんと時間をかけて勉強しなきゃ合格できない。

それも、小さい頃からの夢を追って努力している、だなんて。

「いいね。そういう努力って、すごく綺麗な気がする」

僕はそう言った。夢とか理想とか、そういうのってキラキラしているよな、と思った。「星川」という名前の通り、星の輝きのような綺麗さがあるな、と思った。

「ありがとう」

その時彼女は、ちょっと困ったように笑った。

あ、まずい、何をこんな変な褒め方をしているんだ僕は。気持ち悪かったに違いない。

「あ、そ、そうだ」

話を変えよう。気持ち悪いと思われたのなら、なんか一つでも彼女の役に立つような知識を提供して、いいところを見せよう。

「英語って、『すべき』って意味の単語とか熟語が多いよね。have to とか should とか be supposed to とか」

「あ、確かに多いよね。使い分けられなくて困る」

「そうそう。その中でも be supposed to って『そう期待されている』っていうのが原義らしいんだ」

「そう期待されている？」

よしよし、いい感じに食いついてきてくれたぞ。この前新しい参考書を買った甲斐《かい》があったというものだ。まあその参考書の丸パクリなのだが。

「suppose って、sup と pose に分けられるじゃん？ sup はラテン語の sub の変化形で、sub は潜水艦のサブマリンとか地下鉄のサブウェイとかに使われている通り、『下』って意味なんだって。で、pose は『はいポーズ』の『そういう姿勢で置いておく』ってことだから、suppose って『下に置く』らしいんだよね」

「あ！ だから、そういう姿勢を取るってことで、そう期待されている、ってことなんだ。確かに日本語でも、『こういう姿勢で頑張ります』みたいな感じで『姿勢』って使うもんね。面白い！」

「うん。そうだよね、面白いよね」

また言われてしまった。解説の途中でもう答えにたどり着かれてしまうということが非常に多くて、なんとなく自信を失うことが多いのだった。

「でも、『下に置かれる』って、なかなかない表現だね」

と彼女は言った。

「期待したり、望まれたりして、『そうすべき』って状態になるのは、『下に置かれる』のと同じなんだね」

それはそうだ。僕は演技をするようになってから気付いたことがあった。それは、自分が自分を変えようとしているのではなく、周りの環境の支配下に置かれているということだ。相手の認識に合わせて、行動を変える。相手が思った通りに動く。わざと影響下に、入るようにする。それはまさに「自分を誰かの下に置く」ということに他ならない。

（自分で自分の環境を作る、って師匠は言ってたけど、それはつまり、「どう自分を下に置くかを決める」ってことなんだろうな）

ぼんやりとそんなことを考えた。

「西岡くん？」

と、星川さんが僕に言う。

「あ、ごめんごめん」

そんな思考を中断して、星川さんとの話をまた再開する。すると、

「おい大変だ！」

突然、廊下の向こうから声が聞こえる。

「渋谷先生が倒れたらしいぞ！」

「えっ、何？」

「どうしたんだろう、大丈夫かな、西岡くん」

身体《からだ》が勝手に動いていた。変な胸騒ぎがして、僕は走った。星川さんが何か後ろで言っているような気がするが、それどころじゃない。階段を駆け下り、声がする方に行く。その先では人だかりができていた。

「ちょっとすいません！」

人を押し除《の》けて、前に進む。そこにいたのは、倒れている渋谷先生だった。

「そういえば、あの時の取り乱しようは尋常じゃなかったね」

彼女はその時のことをよく覚えていた。

「渋谷先生は、西岡くんにとって、普通の先生とはちょっと違ったんだね」

僕はコーヒーに口をつける。砂糖を入れたはずだが、やはりちょっと苦いな、と思う。

「やっぱり、ちょっと普通の先生とは違う。あの人のこと、師匠って呼んでるから」

「師匠？　ああ、でも確かに関係的にはそっちの方がしっくりくるかも」

ははは、とお互いに笑う。そして僕は語る。

「そんな師匠がいなくなったから、僕はより一層、演技をするようになった。星川さんにも迷惑をかけたよね」

渋谷先生は、実は心臓が悪かったそうだ。幼い頃から、心臓病で入退院を繰り返していたらしい。すぐに入院となった。

３日後。僕は佐藤先生に、渋谷先生のことを聞いた。あの後、渋谷先生は病院に搬送された。命に別状はないと言われたのだが、生徒たちは皆一様に心配していたのだった。それは、僕も同じだった。と言うか、僕が一番心配しているんじゃないかと思った。自惚《うぬぼ》れだろうか。いや、流石《さすが》にそんなことはないはずだ。

どうして……。

「なんで、渋谷先生は、心臓の病気のこと隠してたんですか？」

佐藤先生にそう聞いた。僕はこれでも、渋谷先生と長い時間を共有していたように思う。渋谷先生が健康に問題を抱えているなんて知らなかったし、そんなこと考えたこともなかった。本当に、ひとかけらも、そんな素振りは見せなかったのだ。

「うーん。ああいうキャラの先生だし、多分、他の人から過度に心配されたりするのが嫌だったんじゃないかな」

と佐藤先生は言った。キャラ、か。そうか。

(なんだ、あの人も演技してたってことなのか)

優等生の演技をしろと、あの人は言った。そして僕は、演技をするようになった。それはプレッシャーになって、自分のことを成長させてくれている。

あの人も、それと同じように、演技をしていたのだ。

健康で、自由で、他の人から心配されることなんてない、そんなキャラクターを、演じていたのだ。

今思うと、あの人、学校に何度か遅刻してきたことがあった。それでも、「渋谷先生だから」とみんな笑っていた。あの人はきっと、自由だからそういう行動を取ったんだろうと。でも、あの遅刻の理由は、おそらく病気だろう。検査か何かで病院に行っていたのか、体調不良だったのかはわからないけど。

「渋谷先生は、もう、学校に帰ってこないんでしょうか」

佐藤先生は黙った。

「学校で倒れて、3日も帰ってこないなんて、普通じゃ考えられないですよね。それに、学校の先生方もみんな、『命に別状はない』としか言ってくれない」

つまりそれは、「命に別状はない」以外の保証はできないということだ。

「渋谷先生は、きっと帰ってくるさ。君にできることは、渋谷先生にいい報告ができるように頑張ることなんじゃないか？」

僕はぼんやりと渋谷先生のことを考えた。

東大に行けと言ってくれてから、2年が経《た》った。あの時から、ここまでやってこれたのは渋谷先生のおかげだ。

でも、逆に言えば、渋谷先生がいなかったら、一歩も前に進めないのだ。

（いや、違うか）

「そうですよね。渋谷先生に、いい報告しなきゃですもんね」

渋谷先生は、僕に「演技し続けろ」と言った。そして渋谷先生自身も、演技を続けた。ぶっ倒れるまで演技し続けたのだ。僕に心配をかけないようにするために。なら、僕もそうしなければならない。辛《つら》いとか悲しいとか、そういうのは全部捨てて、僕も演技を続けなければならないんだ。だって、僕にはもう、それしか残っていないのだから。

それからというもの、僕はそれまで以上に、勉強に打ち込んだ。勉強して勉強して

勉強して、自分が演技しているのなんて忘れるくらい、演技していた。

「西岡くん、大丈夫？　顔色悪いよ。流石に根詰めすぎじゃない？」

そんな時に、自習室にいた僕を連れ出して、星川さんは聞いた。それに対して、僕は心配かけてごめんね、と返しつつ、「受験も近いから、頑張らないと」と言った。

「いや、そうは言っても」

星川さんは優しい人だな、心配をかけてしまっているんだな、とその時すぐわかった。

「ありがとね。でも、本当に大丈夫だから」

そう言うと、星川さんは「本当に？」と言って、引き下がったのだった。そう、僕は大丈夫だ。大丈夫な演技をしなきゃならない。努力を続けて、勉強を続けて、その上で、演技を続けなければならないのだ。

「大丈夫、大丈夫」

血走った目で、そう呟《つぶや》いた。口にしたら、大丈夫なように思えてくるから不思議だ。

西岡くん？　とどこかで星川さんの心配する声がする。それに対して、大丈夫、と言おうとして、

「西岡くん⁉」

僕はぶっ倒れたのだった。

目が覚めたら、保健室だった。

「起きた？」

ベッドから身体を起こして横を見ると、星川さんがいる。

「ごめん」

何が起こったのか瞬時に理解して、すぐに星川さんへの申し訳なさでいっぱいになる。どうやらぶっ倒れたのを彼女が誰かに連絡して、そして目が覚めるまで待ってくれていたらしい。

「『大丈夫』じゃ、なかったね」

彼女はそう言った。それは、僕が彼女に何度も言った言葉だった。

「ねえ、今、西岡くんって何時間睡眠なの？　ひょっとして、睡眠時間削って勉強してるんじゃないの？」

２、３時間くらい、と言ったら怒りそうだな、と思った。そう思って口をつぐんだのだが、彼女にはそれが回答になってしまう。

「なぜ、そんなに東大に行きたいの？」

たしかに、なぜだろう。なぜ自分は、こんなになるまで頑張っているのだろう。そう思った時に、渋谷先生の顔が頭を過《よぎ》る。

ああ、そうだった。

「ある人に言われたんだ。『自分を変えるために、東大に行くんだ』って」

彼女は黙って聞いてくれる。僕は続ける。

「僕って、もともといじめられっ子で、何にもできない中途半端《はんぱ》な人間だからさ。だから、せめて勉強ぐらいは頑張って、一番を目指したいなって思って」

東大に合格できたら、こんな自分でも変われたんだと言えるかもしれない。そう思った。

「そう思って、ここまで頑張ってきたんだ」

今、僕がいじめられずに、星川さんとこんな風に話しているのは、きっと演技をしているからだと思う。優等生の仮面を被《かぶ》っているから、いじめられていなくて、なんとか前に進むことができている。この演技をやめたらきっと、前に逆戻りになってしまう。

だから僕は、嘘を吐《つ》き続けなくちゃならないんだ。

「僕には、この道しかないんだよ。自分を変えるには、東大に合格するしかない。だからこうやって、頑張ってるんだよ」

そんな風に、僕は星川さんに言った。

何だか恥ずかしいな、と思った。こんなことを語るのなんて、ほとんど初めてに近い。彼女は聞きながら、少し考えているようだった。そして僕が話を終えると、こう言った。

「西岡くん、今だって、十分変わったんじゃないの？」

それは予想外の言葉だった。

「他の人にも負けないくらい、頑張った。もう、それでいいじゃない。きっと今だって、ものすごく変わったと思うよ」

変わった。頑張った。他人に言われるのは、初めてかもしれない。

「わたしもはじめは、全然勉強を教えてもらおうなんて思わなかった。でも、誰よりも一生懸命に取り組んでて、わたしよりも頑張ってて。そんな風に西岡くんが変わったから、そんな君とライバルになれればいいなって思った」

ライバル？　と思う。いやいや、誤解だ。僕はそんな人間ではないのだ。演技をしているだけ。だが返答する前に、彼女は語る。

「だから、わたしは西岡くんに話しかけるようになった。それで、いろんな話をして、『ああ、西岡くんは変わったんだな』って思うこと、いっぱいある。だから、もういいじゃない。もう、ここでやめたっていいじゃない」

やめたっていい。指摘されて、初めてその事実に気付いたような気がする。

そうか、この茨《いばら》の道を進む必要性なんて、実はないんだ。

「なんでそこまで東大に拘《こだわ》るの？　もう、やめたっていいじゃん」

そう言われれば、そうだ。僕は、別に東大に行かなくたって、もうここまでの頑張りで変われたのかもしれない。

彼女の言う通り、東大に拘る意味なんて、ないのかもしれない。

だが……僕は師匠のことを思い出した。あの人なら、どう答えただろうか、と考えた。

でも、わからなかった。そりゃそうだ。そんなのわかるわけがない。僕は師匠じゃないんだから。そして、師匠は今ここにはもういないんだ。

例えば、このまま諦《あきら》めて、渋谷先生もいなくなったら、どうなるんだろうか。僕は別に死ぬわけではないだろう。でもきっと、死んだようになるんだと思う。だってやっと、変われるかもしれないと思えたのだ。ここでやめたら、きっと後悔する。

でも、何で後悔するんだろう？　そうは言ったって、別に師匠にはもう会わないかもしれなくて、他のクラスメイトとも前と同じように距離を取り続ければいい。それなのに、何で後悔するんだろう。そう思って、星川さんを見る。

演技をしなければ、絶対仲良くなれなかったであろうその人は、まっすぐこちらを見ていた。

ああ、そうか。そこで気付いた。

「東大目指すって言ったら、みんなが助けてくれるようになったんだよね」

という言葉が思わず漏れた。師匠も母親も佐藤先生も、そして星川さんも、そんな風に助けてくれたのは、きっと僕が東大に行くって言ったからだ。そういう演技をしたから、みんな助けてくれた。

「だから僕は、それに報いなきゃならないんだ」

手伝ってくれた分だけ、演技している僕を認めてくれた人の分だけ、自分は前に進まなきゃならない。そういう責任があるのだ。

「そっか」

彼女は、納得したように頷《うなず》いた。

「そうなんだね。それが、西岡くんが選んだ道なんだね」

そう言うと、彼女は椅子《いす》から立ち上がった。

「ねえ。じゃあ、早く全部終わらせようね」

「え?」

「受験とか勉強とか、早く全部終わらせて、早くその思いに報いられるようにしようね」

彼女はそう言って笑った。美しい笑顔だった。

「そうだね」

全部終わったら、また彼女と話したいな、と、僕は思ったのだった。

この後、僕は、東大に落ちる。落ちて、もうこれ以上彼女に演技ができないと悟った僕は、逃げたのだった。

「僕はずっと演技してたんだよ」

カフェで僕は彼女と目を合わさないまま語っていた。もう僕のコーヒーはない。空っぽだ。

「本当は全然頭なんて良くないし、アニメとか漫画とかが好きなオタクだし、根暗だし、優しくもない。東大に合格できるような頭の良さなんて持ってない。そういう演技をしていただけの、ただのバカなんだよ」

彼女は、どんな顔をして聞いているのか。でも、彼女の顔を見ることはできなかった。できないので、ただ話し続ける。

「だから2浪して、今、3回目の不合格発表を待っているってわけです」

「まだ不合格だって決まったわけじゃないじゃん」

彼女はそんな風に言ってくれた。優しいな。思い出の星川さんのままだ。

「まあ、まだそうなんだけどね。でも、2回、落ちたからさ」

そうだ。僕は落ちた。

「落ちて、これ以上虚勢を張り続けられないなって思って、だから卒業式でも挨拶《あいさつ》せずに、そのままいなくなったんだ」

そう、僕は逃げた。僕は現役で東大を受験して、普通に不合格になった。

師匠にいい報告がしたかった。

彼女に、演技をし続けられる自分でいたかった。でも、うまくいかず、僕は落ちた。

「逃げたんだ。僕とは違って、真面目《まじめ》でひたむきな、星川さんに向き合う勇気がなかった。だから今日まで会わないようにしてた」

そう言って、僕は意を決して、彼女の方を向いた。

こっちをまっすぐ見ている、彼女の姿があった。

ああ、なんつーか、綺麗だな、この人。ずっと直視できなかったのでわからなかったのだが、2年前よりも垢抜《あかぬ》けて、綺麗になったなと思った。

「ごめん」

僕は頭を下げる。そうしなきゃいけないと思ったから、そうした。そして、彼女からの罵声《ばせい》を待つ。怒りの言葉が飛んでくるはずだ。

「受験生の時にね」

だが、彼女から出てきたのは、意外な言葉だった。

「be supposed to は期待によって、そうすべきだって意味になるって話してくれたじゃん？」

ああ、あの苦し紛れに披露した話か。

「前って言っても、相当前だと思うけど、まあそんなこともあったね」

よくそんな話を覚えているな、と思った。

「それ聞いた時に、思ったの。わたしはそれだなって」

どういう意味だろうか。

「西岡くんは、周りから期待されて演技していたわけじゃない。自分から、そう振る舞おうと決めて、そうした」

それは、be supposed to じゃないと、彼女は言う。

「自分を他人の下に置くわけじゃなくて、自分が思う理想を、きちんと演じていたんだよ」

そこで彼女はさらに語気を強めた。

「be supposed to は、むしろ、わたし」

「え？」

「なんか自分だけ演技しててごめんって言ってるけど、そんなことないよ。わたしだってずっと、演技してた」

彼女はこっちを、悲しそうな目で見て、そんな風に言った。

「真面目とか、努力家とか、ひたむきとか、やめてよ。わたし、そういう人間じゃないの。わたしは、親に『そうして欲しい』って期待された通りにやってるだけだったの」

僕は、彼女の目を見る。

「医者になるって言ったのも、本当は親が言うから。『あんたは真面目に勉強して、医者になりなさい』って言うから、そう演じてただけ。夢だとか、そんな物じゃない」

彼女は、泣きそうな目で話す。

「わたしは、自分の意思で受験をやめたの。本当は、受験生の時から、医者になんてなりたくないって思ってた」

そうだったのか。彼女は、本気で医者になりたいんだと思っていた。努力家なんだと思っていたし、彼女が頑張るのは自分の意思なんだと思っていた。でも、違ったのだ。

「第一志望に落ちた時に、何にも悔しくなかった。これでいいって、そう思っちゃったんだ。結局自分は、親から期待されているようにやっていただけだってことに気付いた」

ここでやめてもいいんじゃない？　と僕に言ってきた彼女を思い出す。あれはきっと、彼女が自分自身にも向けた言葉だったのだろう。

「もうこんなこと続けたくないって、演技するのやめたの」

そうなのか。そんなこと、想像もしなかった。

「なんだ。僕ら、2人して演技してただけだったんだね」

なんだか笑えてくる。お互いが、お互いに、演技していただけだったなんて。

「わたし、アパレル系の仕事に行きたいんだ」

不意に彼女は言う。

「アパレル?」

「そう。ファッションが好きで、デザインの仕事がしたいの」

そう言われてみると、彼女の服はとてもオシャレに見えた。正直僕はまったくファッションに疎《うと》いのだが、きっと、最先端なのだろう。

「今度こそ、演技しないで、自分のやりたいことをやりたいの」

僕も、それがいいと思った。

「演技とか、そういうのじゃなくて、やりたいことをやるのが一番だと思う」

「そうだよね」

彼女は笑った。なんとなく、あの時よりも自然な笑顔だなと思った。

「だから、謝らないで。謝って欲しいことがあるとするなら、いなくなったこと」

「ごめん」

それは本当に申し訳ないと思う。逃げなければよかったというのは、結果論だけど。

「いいよ。だってこうして、また会えたんだから」

師匠は、どこまで見越していたんだろうかと考える。あの人はどこまで僕のことを理解しているのかと、少し恐ろしくなった。

最初に僕は、「西岡が、話があるそうだ」と彼女を呼び出したことに腹を立てた。だが、結果的にはそれでよかったのだ。

（何もかも掌《てのひら》の上なのかな）

そして、こういう展開になると予想していなかった僕はふと、気が付いたことがある。

（あれ、ということは僕は、また彼女と仲良くなれるのだろうか）

僕は今まで逃げていた。逃げたから、会えなかった。だが今、それは許してもらえた。ということは、また昔のように、会えるようになるのだろうか。

「西岡くん、東大に合格したら、わたしにもう連絡しないでね」

僕の淡い思いは、彼女のそんな言葉に打ちのめされた。

「もうわたし、演技できないからさ」

そう言って、彼女はコーヒーを飲み干した。

「真面目で、努力家で、医者を目指したわたしはもういないの。そういう演技は、やめたの」

本当にそうなんだろうか。ひたむきに頑張って、夢を目指していたあの姿は、全部、嘘だったというのだろうか。全部、演技だったと。そう、本気で、言っているのだろうか。

「周りからそう望まれるままに生きていくのは、もうたくさん。わたしはやりたいようにやるの」

でも、と一呼吸置いて、彼女は言う。

「西岡くんの前では、わたし、演技してたいからさ」

だから。だから、これでお別れだと、そう言いたいんだろうか。

「そんなの……」

そんなの関係ない。

演技とか、そういうの関係なく、君と話していたい。

それだけなんだと、伝える前に。

「西岡くんはさ」

彼女の言葉に遮られた。

「すごいと思う。だって、これで本当に東大に合格したら、最後の最後まで演技し続けたってことじゃん」

だから、「東大に合格したら」なのか、と気付く。

「演技だったとしても、その演技を、ずっと続けられたってことじゃん。それってすごいことだと思うし、わたしには、できなかったこと」

何か言え、僕。何か言わないとダメだ、と思う。思うのに、言葉が出てこない。

僕は彼女に、なんと声をかけたらいいんだろうか。彼女を失わなくて済むのだろうか。

「だから、合格してね。演技できなかったわたしの分まで、精一杯」

ああ、これは無理だな。僕が何を言っても、もう無理だ。

「星川さんは、僕が東大に受かってると、思う？」

かろうじて、僕はそんな質問をした。それを聞いて、彼女は笑う。

ああ、こういう風に笑っている姿に、僕は惹《ひ》かれたんだよなあ、と思う。

そして、彼女はこう言ったのだった。

「きっと大丈夫だよ。わたしの中では、西岡くんはいつも、頑張り屋で、なんでも教えてくれる、東大に合格するくらいの、優等生だから」

4章　3月5日　合格発表まであと5日

People only see what they are prepared to see.

ガイウス・ユリウス・カエサルが言った言葉。訳すと「人は見たいものだけを、見たいように見る」。自分にとって不都合な真実は消して、自分が見たいものだけを選んで見ているのではないか、という意味だ。

「まあでも、人間なんてみんな、そんなもんですよねぇ、師匠」

と、虚空《こくう》に向かって僕は言う。

「戦争は今もどこかの国で起こっているのに自分の身の回りが平和だから『平和な世の中だ』って言うし、嫌いな人が現れたらその人の粗《あら》ばっかりが見つかるし、またはその逆で、恋は盲目で好きな人のことは全部が好きに見えてくるし」

真実はいつも一つなんて言うけれど、実際はそんなことはなくて、見る人によって複数個の真実がある。

同じ人について話していても、印象は全然異なる。誰もが自分の色眼鏡を持っていて、知らず知らずのうちにそれを着けて話してしまっている。

実際そんなもんだ。

「みんなわかっているはずなのに、それでもその色眼鏡のことを忘れて、目の前にあることが真実だと思ってしまうんですよね」

この話は、そんな色眼鏡の話だ。

西岡壱誠という人間の、色眼鏡に関するお話だ。

頭が痛い。

「そうか、僕は振られたのか」

昨日僕は、間接的ではあるが、星川さんに振られた。「もう会わないようにしよう」と言われてしまった。

枕《まくら》に顔を埋《うず》める。なんだろうか、この感情は。この感情に、言葉をつけることができない。悲しいわけでもない。苦しいわけでもない。ただ、彼女の顔が、頭の中に浮かんでは消えていくだけだった。

「あーそうか、これが失恋か」

ふと、本音が口に出た。

告白したわけでもない。好きだったのかと言われれば、まあ好きだったのだろうが、でも今まで自覚してはいなかった。それでも、僕は昨日、失恋をしたのだ。こんな思いを抱えたままベッドに入ったのでなかなか寝つけず、明け方までぼうっとしていた結果、寝不足で頭が痛いのだった。

あーあ、好きだったのになぁ、と。僕は口には出さなかったが、心の中で大きなため息を吐《つ》いたのだった。

「なんかあったの？」

寝不足で、少し声が沈んでいることに気づいたのだろう。母親は、今日は優しい言葉をかけてくれた。

「何？　失恋でもしたの？」

なんでこの人はピンポイントで当ててくるんだろうか。

今日の朝食はパンだった。西岡家は基本的に朝は和食なので、パンは珍しい。トーストにバターを塗って一口食べる。美味《おい》しいはずだが、今日はなんだか味がしない。

「あんたって振られてばっかりねぇ」

母親はジャムを塗りながらそんな風に息子の傷口に塩を塗る。

「別に振られてばっかりってこともないでしょ？」

「いやいや、2回東大に振られてるじゃん」

そっちの話か、まあ、厳然たるただの事実だった。

「それはそうだけど、もうちょっと手心ってないかな？」

なんて抗議をするが、お構いなしに母親は続ける。

「なんか今日のあんた、はじめて東大に落ちた時と同じような感じよ」

「はじめて東大に落ちた時、か」

普通はこういう表現はしない。東大に何回も落ちたことのある人間でないと、こういう言い方にはならない。

その点、僕は確かに2回も落ちている。それが3回にならないことを祈りながらここ数日を過ごしているわけだが。

「私も、自分の子供が大学受験で落ちるのははじめてだったから、色々困ったなぁ」

なんて母親が言う。

「色々困ったって、いやまあ、そうなんだろうけどさ……」

と僕は言いつつ、昔のことを思い出す。

2年前。東大の合格発表というのは、ここ数年はネット上だけで行われている。工事のために、大学内で掲示がされていないのである。

「いや、あの、一緒に見るの？」

母親のパソコンで一緒に見るハメになる。

なんという拷問《ごうもん》だ。まあでも結局は結果をすぐ伝えることになるもんな、と思った。

「じゃあ、見るよ」

手応えは、正直よくわからなかった。やれるだけのことはやった気がするが、結果につながっているかどうかはわからない。

だから、手の震えを抑えながら、ボタンを押す。番号が表示されて、自分の番号を探す。

（A30623……A30623……）

スクロール、スクロール。

ない。それは一瞬だった。ここ数年の頑張りが、なんの躊躇《ためら》いもなく、なんの捻《ひね》りもドラマもなく、消えていった。

「あああ」

へたり、と肩を落とす。

思考回路がうまく回らない。母親の方を見ることもできない。

目の前が真っ暗になる、というのはこういうことを言うのだろう、と思った。

「母さん、ごめん……」

と言った。かろうじて、胸の奥から、絞り出すように僕は言う。

どうしようもない自分は、どうしようもないまま、東大受験を終えたのだ。

「よしっ」

そんな僕を見て、母親は意を決したように、こう言った。

「ピザを頼みましょう」


「落ちて、ピザ頼む家ってのも、ウチくらいのもんだろうね」

僕は当時を思い出しながらそう言った。母親は、何も言わずにピザーラへ注文した。

ものの30分で届き、2人でピザをドカ食いした。

食欲なんてなかったが、しかし何故《なぜ》か、ピザは食べる気になった。

「あの時は、マルゲリータとイタリアーナとポテトを頼んだんだっけ」

「バジルをトッピングしたわね」

2人で笑いながら話す。母親は落ちた僕に何か話をするでもなく、僕は何かを語るでもなく、僕らはピザを食べた。食べて、食べて、食べて。

「本当に、何も言わなかったよね」

「だって、何言っていいかわかんないじゃない」

母親はあっけらかんと言う。

「私は大学受験なんてしたこともないし、惜しかったのかとか、これからどうすればいいのかなんて、何にもわからないわけ」

そんな思い出話を口にする母親の隣で、僕はトーストを平らげる。

「だから、とりあえず美味しいものでも食べようよ、と思った。あれは本当に、それだけ」

僕は思う。多分母親は、何も考えずにそうしてくれたんだろうな、と。打算も裏もなく、とにかく「ピザを食べよう」と提案したんだろうな、と。

「そんな風に、自然体で接してくれて、ありがとね」

母親には感謝しかない。

「私なんて、ピザ頼んだだけじゃない」

「それでいいんだよ」

何も触れず、何も語らず、ただ美味しいものを食べようと提案してくれた。

ショックで何も考えられそうにない僕に、とにかく飯を身体《からだ》に入れさせてくれた。いろんなことを言いたいだろうに、何も言わずにいてくれた。

僕がどれだけ救われたことか。この人はそれに気付いていないのかもしれない。

「何も言わないでいてくれて、ありがとう」

そう言うと、母親はそれについては何も触れず、「ピザ、美味しかったわね」と笑った。

僕は、また電車に乗って例のカフェに向かう。

今日は誰がいるのだろうか、と考えるが、まあ大体、察しはついている。

というのも、浪人の時にできた友達を除けば、僕が卒業しても話をしている友達と呼べるような人なんて、2人しかいないからだ。きっと今日は、そのうちの1人がいるんじゃないか。そんなことを考えてカフェに行くと、そこいたのは案の定、2人のうちの1人だった。

「葉山くんじゃん！」

声をかけると、かつての同級生は不機嫌そうな顔をしてこっちを向いた。

「久々じゃん！　最近どうしてたの？　師匠に言われてここにいるの？　いやーほん

と久々。ここ半年くらい会ってなかったじゃん！　元気してたの？」

いやあ本当に、久しぶりに会えて嬉《うれ》しい。昨日は師匠マジでふざけんなよと思ったが、今日はやるじゃん師匠！　と思った。だが――。

「いやいやいや、おかしいだろ」

「どうしたの葉山くん？」

「俺とお前は仲良く話をするような間柄じゃないだろ。なんなんだお前のその反応」

葉山くんは僕を拒絶するかのようなことを言う。酷《ひど》いなあ、もう。

「コーヒー買ってくる。葉山くん、ちょっと待っててね！」

「いや帰る。俺は帰らせてもらう。コーヒーも買いに行くんじゃねえ」

「えー、なんでさ！　久々に会えたんだし話でもしようよ、積もる話もあるでしょ」

「ない。本当にお前と話す話なんてない」

そんな風にぎゃあぎゃあと戯《じゃ》れあう。

まあでも確かに、彼の言うこともわからなくはない。いじめの被害者と加害者が、こんな風に仲良く話すなんて、ちょっと考えられないことなのは、確かだと思う。

カフェで向き合って座る。彼は僕に根負けしたのか、観念して渋々座ってくれた。

「僕、ずっと考えていたことがあるんだ」

彼に、僕はそんな風に話を切り出したのだった。

「なんだよ」

神妙な顔つきをして、彼は言う。

「あのね、この店のパフェ、食べてみたいんだよね」

「は？」

「いや、このメニュー見たんだけどさ、すごいパフェの量多いんだよ。それでいて値段が安いの。頼んでみたくない？」

ガシャン、という音がする。葉山くんがテーブルに頭をぶつけていた。

「葉山くん？」

「お前、お前バカじゃねえの？」

「だってこの店、パフェめっちゃ種類あるんだよ！　何種類あると思う？」

「んなもんどうでもいいわ！　どうせ5種類くらいだろ？」

「20種類」

「多っ！」

葉山くんも驚いてメニューを見る。

「マジじゃねえか⁉　なんだこの店」

「ほらほら、すごいでしょ！」

テンションが上がって僕は話をする。

「これ見て、抹茶わらびもちパフェ！　凄《すご》くない？　わらびもちついてくるんだよ」

「知らねえよ！　なんでそんなテンション高いんだお前」

「いや僕、和風のパフェが好きでさ。京都の修学旅行の時も抹茶パフェ食べててさ」

「なんで修学旅行中にパフェ食いに行ってんだ、お前は」

呆《あき》れた顔で葉山くんは言う。

「っていうかそん時、それこそ俺らがお前のことといじめてて、班行動なのにお前1人で行動させたりしてたよな。そん時に食べに行ったのか？」

いきなり露悪的なことを口にした彼に、僕は「え？」と返す。

「僕に1人でパフェ食べに行かせてくれたんじゃないの？　あれ」

「んなわけねーだろ。アホか！」

「あー、そうだったんだ。気付かなかった。まあでもパフェは美味しかったよ」

「そういう話じゃねえだろ！」

はああ、と葉山くんはため息を吐《つ》く。なんだか彼を呆れさせてしまったみたいで申し訳ない。

「なんなんだよ、お前」と、頭を抱えながら、彼は言う。「お前はどうして、昔、いじめてた俺とこんな風に会話できるんだよ」

僕は彼に昔いじめられていた。中学時代にずるずるといじめられていた。正確には、彼のいたグループの男子5人くらいがちょっかいを出してきて、弄《いじ》られて、その延長線でいじめられていた、くらいのものだ。ちょっと殴られたり、パシリで焼きそばパンを買いに行かせられたり、まあそんなことが何度かあった程度だが、当時の僕にとっては深刻な悩みではあった。

そして彼の言うとおり、一般的には、いじめというのはいじめられた側は恨み辛《つら》みが溜《た》まって、いじめた側に対して悪感情を持つものなのだろうと思う。

それはわかる。僕もそういう思いがないわけではない。というか昔は、それなりに恨んでいたもんな、と思う。でも。

「だっていじめられたのは、僕に原因があるし」

メニューを閉じながら、僕はそう言った。

「は？　お前、何言ってんだ？」

葉山くんは、信じられないものを見るような目でこっちを見る。

そんな目で見ないで欲しいんだけど。

「あれは、君が悪いわけじゃなくて、僕が悪いんだよ。だから、葉山くんが罪悪感を感じるのは間違ってるんだよ」

そんなことを言ったら、僕は2年前の東大の試験を思い出した。

東大の試験は2日間に分けて実施される。

1日目は国語と数学。文科の2日目は地理歴史と外国語だ。

すべての問題が記述式で、選択問題はほとんどない。自分の頭で考えて自分で結論を出す能力が求められる。合格ラインは正答率6割で倍率3倍だ。

半分ちょい点が取れれば合格で、隣に座っている2人を蹴落《けお》とせば合格できる計算になる。

ふと隣の2人を見る。まぁ頭が良さそうだなぁという印象だった。

そして肝心の僕は、こんなことを考えていた。緊張するとか、そういう次元の話ではない。

なんで僕はここにいるんだろうか？　どうしてこんなことをしているんだろうか？

そんなことまで思ってしまうほど、精神的に追い詰められている。広い試験会場に味方はいない。

そして受ける人数が多いからか、とにかく休み時間が長い。きっとその間に、試験問題の回収や解答用紙の不備がないかなどのチェックを行っているのだろう。

机に座ってそのまま待機してください、という風に何度もアナウンスが流れる。早く終わって欲しいが、かなりの時間、待たされる。

そういう時間、僕は勉強のことを考えればいいのに、全く違うことが頭に浮かんで、そしてぐだぐだとマイナスな方に思考が進んでいってしまったのだった。

（僕は、変われたんだろうか？）

渋谷先生に変わりたいと言って僕はここに来た。そしてそのために、生徒会長になったり、超勉強したり、優等生のふりをしたり、いろんなことをした。

（でも、本質的には何にも変わってない気がするなぁ）

やっぱり「演技」は「演技」だったような気がする。いじめられっ子でチビでデブ、何もできない自分のままなのではないかと思う。だって、この場でこんなに緊張しているんだから。

（そもそも、いつから僕はこんなにどうしようもない性格になったんだっけ？）

小中高と、どこにいってもいじめられた。どうしてなのかはわからないが、きっと僕の中の何かが、相手をイラつかせてしまうのだろうと思う。だから、自分の中の悪いところを変えようと思って、東大を目指している。

(それに、見返したいって気持ちもある)

いじめっ子のみんなを見返したい。みんながバカにした僕でも、こんなことができるんだと言いたい。そういう思いがあってここにいるのだった。

(なんか、でも)

なんとなく、自分の中に腑《ふ》に落ちない部分がある。

自分は本当に、それで満足なんだろうか？　本当に僕は、これで合格すれば変われたことになるんだろうか？　何か見落としていることがあるのではないだろうか？

「すいません」

前の人から、試験冊子が配られていることに気付く。「あ、ごめんなさい」と言って一部取り、それを後ろに回す。

いけない、いけない。いろんなことを考えすぎてしまっていた。ともかく、この試験を全力で受けなければ。

問題用紙に目を落とすと、「英語」と書いてあった。

(うわあ、そうだった。最後は英語だった)

僕の試験戦略はもともと、数学と地理歴史で点を稼ぐプランだ。先生たちから教えてもらって、どうにかこうにか、なんとか闘えなくはないレベルにはなっているのがこの2教科だ。

逆に僕が苦手なのが国語と英語だった。英語に関しては本当にダメダメで、高校3年生の最初の模試の結果が3点だった。偏差値26・9という驚異的に低い数字で、「うわ、僕はもう英語捨てたほうがいいんじゃないかな?」と思ったのを覚えている。

それでも、英語で点を取れなければ東大には絶対に受からない。今までの国語、数学、地理歴史に関しては、微妙だった。できたとも、できないとも言えない感じだった。

微妙だということは、この英語の試験で点が稼げないと、落ちるということでもある。

「それでは、開始してください」

ようやく、試験が始まる。

僕は試験開始と同時に問題冊子のとあるページを開く。

（自由英作文、自由英作文……）

与えられた文章に対して自分の意見を述べよ、という問題が東大では頻出であり、その問題の配点は高い。そしてこれは英語力がさほど高くなくても、答えることができる問題だ。ここで点を稼ぐのが、僕の英語の試験戦略だった。

(さあ、どんな問題だ？　ここで点を稼いで)

問題に目を落とす。

(え？)

そして、驚く。

(なんだ、この問題？)

その瞬間、僕の不合格は、決まってしまったのだった。


「僕が英語の試験で解けなかった問題がこちら！　じゃじゃん！」

「お前、そんなキャラだっけ？　なんでノリノリなんだ」

葉山くんが突っ込む。パフェを2人で注文して、念願の抹茶パフェを食べながらなので僕は上機嫌で話しているのだが、そのテンションに彼はついて来れないらしい。

「俺の質問には答えないくせに、いきなり東大受験の話を始めやがって。なんなんだ」

「この問題面白いんだって。見て見て、ほらほら」

「そんな、お前、押し強いキャラだったか。まあいいや」

彼はしぶしぶ、僕がスマホの画面に表示させた問題に目を落とす。

「なんだこれ？」

　これについてあなたが思うことを述べよ。

　People only see what they are prepared to see.

「これだけか？」

「これだけだよ」

あー？　と葉山くんは頭を掻《か》きながら考えだす。

「prepared to で準備する、だろ？　ってことは、『見る準備をされたものしか見ない』か」

「そうだね。『準備』っていうのがちょっとニュアンスが通じにくいから、もっと考えると」

「見たいものを、見たいように見る、ってことか」

「流石《さすが》、葉山くん！」

「煽《あお》ってんのかテメエ、ブン殴るぞ」

「いやいや。僕、現役の時そこまでうまく訳せなかったから。本当にすごいなって」

「なんで『ブン殴るぞ』って言われて引き下がらねーんだよ。バカか、お前は」

「あはは！」

「なんで笑うんだよこのタイミングで。マジでこいつわけわかんねえ」

葉山くんが頭を抱えてしまった。

なんだか申し訳ない気分になるが、しかし本当にすごいと思ったのだから仕方がない。

「そもそも、見たいように見るって、どういうことだ？　ここがわからないと解けないだろ」

それに対して、僕はスマホの画面を切り替えて見せる。

「予備校の模範解答としては、『一面的な事実だけを切り取って話をしてしまう』とか、『人間は物事にバイアスをかけがち』、とかそんなことが書いてあったよ」

「要するに、色眼鏡か」

と葉山くんは納得したように呟《つぶや》いた。

「自分にとって都合のいいこととか自分がそう信じたいことっていうものの方が情報

として目に入りがちで、それ以外のことっていうのは、なんとなく自分の目の前から消えてしまうような傾向があるっていうやつだろ」

「流石！」

「お前ほんとにブン殴るぞ」

「なんで？　褒めてるのに」

「煽ってるようにしか聞こえねえんだよ、マジで……」

葉山くんはため息をつく。なんだか申し訳ない。

「そこまで書いて、後は具体例を入れて説明できたら満点なんだろうね」

葉山くんはパフェを食べながら僕の話を聞いていた。

「僕はここで具体例が書けなかった。自分がどんな色眼鏡をかけて生活しているのか、実はあんまりよくわかっていなかった」

「だから落ちた、ってか」

そういうこと、と答えつつ、パフェをスプーンでつつく。

「僕はなんにもわかってなかった。だから東大にも落ちた」

「へえ、じゃあその後で具体例思いついたってことか？」

「そうだよ。『葉山くん』っていう具体例を、ね」

葉山くんのパフェを食べる手が止まる。

「何言ってんだ、お前？」

卒業式。僕は東大に落ちたので、謝恩会から逃げ出すことにした。

クラスや学年の友達はみんな、自分たちの4月からの生活についてや、これまでの高校生活のことを楽しそうに話している。

しかし、東大に落ちて、これからどうするか、もう一度受験するかどうかも決まっていない僕にとっては、その場でみんなと顔を合わせるのがつらい。僕には居場所はないのだ。そもそも友達なんてほとんどいないし、あんまりいい思い出もなかった。

「お！　西岡、逃げるのか？」

鞄《かばん》を持って帰ろうとした時に廊下で気さくに話しかけてきたのは、僕が唯一《ゆいいつ》、学校の中で話す機会が多い男、田中くんだった。

「なんでわかるの？」

「いやまあ、付き合い長いし、それくらいわかるっしょ？」

そう言いながら、彼は壁にもたれかかる。

「まぁ落ちちゃったし、お前は友達も少ないし、この学校にいい思い出もないし、渋谷先生もいないし、すぐ帰りたいんだろ？」

「全部正解だけどさ」

あはは、と笑ってごまかす。

「星川さんには会わなくていいのか？」

「合わせる顔がない」

そう。合わせる顔がない。僕は一刻も早くその場から逃げて、彼女にはもう会わないでおきたいと思ったのだった。

「まぁ、お前がそう言うなら止めないけどさ」

そう言って彼は、本が入った袋を鞄から取り出して僕に渡してきた。

「借りてた本」

その袋には20冊以上の漫画が入っていて、ずっしり重い。

「僕、こんなに君に貸してたっけ？」

漫画やラノベがたくさん入っていた。確かに僕の漫画だ。

「相当借りっぱなしだったわ。すまんすまん。お前の本のチョイスが秀逸だったからさ」

「いや、別にいいけどさ」

なにも悪いことはないのだが、こんなに貸しっぱなしにしてたのか、と驚愕《きょうがく》する。

「しかし、お前はほんとにこの学校で嫌な思い出しかなくて卒業するんだな」

嫌味でも同情でもなんでもなくそう言う。彼はそういう奴《やつ》だった。事実だけを述べて、客観的に話をする。そこに主観はない。

「まぁそうだったね」

いじめられっ子で、生徒会長になってもうまくいかず、モテもせず、東大にも落ちた。

「考えてみると本当に踏んだり蹴ったりだったなぁ」

「まあでも、そんなもんかもしれないぜ？」

田中くんは言う。

「幸せそうに卒業していく奴等だって、そのうちの何人が悔いなくいい高校生活だったって胸を張って言えるかはわかんない。そして、そうやって卒業して、大学行ったりしたら、それもただの思い出として色褪《いろあ》せていく」

「なるほど。そうやって、忘れていくってことか」

いい思い出も悪い思い出も全部色褪せて、そうやって人は前に進んでいくのかもしれない。

「だからこそ、ああやって、ほんの少しの間だけでも色褪せないようにつなぎとめてるんだ」

そう言う彼の視線の先には、卒業アルバムに何かを書いたり、連絡先を交換したり、泣いたり笑ったりしているクラスメイトの顔が見えた。

「なあ西岡、お前、なんか心残りとかないか？」

「どういう意味？」

「別にただ、お前は、このまま全部、思い出として色褪せてしまってもいいと思ってるのかなって」

言いたいことはわかる。ここで誰にも挨拶《あいさつ》もせずに帰ったら、おそらく彼以外とはきっとずっと、卒業以降会わないで生きていくことになるんだろう。ここでの思い出を全部捨てて、前に進んでいくんだろう。それでいいのかと、彼は言ってるのだ。

「……うん、いいんだ。僕にはもう、必要ない」

みんな楽しそうにしている。だが僕は、あの輪の中には入れなかった人間だ。今更どうこうしようとは思わない。

「僕は全部捨てて、前に進もうと思うんだ」

渋谷先生もいなくなった。星川さんには合わす顔がない。それ以外の人とも、僕は会おうとは思えない。僕は今までのすべてを清算して、前に進むのだ。

「そっか。それならいいさ。卒業おめでとう。お前はこの檻《おり》の中から出て、自由になったんだ」

檻。いつか僕が話した、伝統の話を引き摺《ず》ってそう言っているのだろう。思えば、居心地の悪い檻だった。いじめられっ子には息苦しいし、変えようと思っても変えられなかった。

それでも、この中での出会いは悪くなかったと、今なら思える部分もある。

じゃあね、と言って、本の袋を鞄にしまおうとする。

すると、袋の中に僕の本じゃないものが混じっていることに気付く。

「ああ、それは俺の漫画だよ。面白かったから貸すよ」

「貸すって、お前……」

「また今度返してよ」

今日は卒業式。ここで貸すということは、学校以外で会うということに他ならない。

彼はそれも込みで、この本を貸そうとしているらしい。

「わかった。いいよ、借りとく」

そう言うと、彼は、

「まあその本は本当に面白《おもしれ》えからさ」

と笑った。

ああ、彼はいい奴だな、と思った。

じゃあ、と本格的に帰ろうとすると最後に彼はこう言った。

「それと駅までは用心しろよ！」

「ん？」

「お前みたいに、この学校から一刻も早く離れたい奴はすぐに帰ろうとするだろうから、電車とか一緒にならないようにな—」

「流石に、そんな人は、僕以外にはいないよ」

学校の最寄駅で、ばったりと葉山くんに会ってしまった。

いた。

（ええ、嘘《うそ》だろ）

この時間に帰るということは、謝恩会に出ないということだ。

卒業生の大半が出席する謝恩会に出ない人間なんて、僕以外にはいないと思っていたが、彼はバッチリ鞄を持って電車に乗ろうとしていた。

「なんでお前、ここにいるんだよ」

柄悪く、彼は僕につっかかってくる。心底嫌そうな顔をしながら。

いや、それこそこっちのセリフなんだけど、と思いながら返事をする。

「受験落ちたし、友達もいないから帰ろうかなと」

ああ、と、なんとなく納得、みたいな空気で彼は相槌《あいづち》を打った。

「え、葉山くんはどうして帰るの。君、友達いっぱいいるでしょ？」

すると、葉山くんは黙った。微妙な沈黙が辺りを覆《おお》う。気不味《きまず》い。

高1の時にいじめられたりちょっかいを出されたりして、それ以降は僕が生徒会長になってから本当に一言も話していないような間柄だ。マジで話題がない。

「お前、落ちたのか」

不意に、葉山くんが言う。

「え、あ、うん」そういえば、あんまりその話を周りにしないで卒業しようとしていた。「東大受けたんだけどね。やっぱ僕には無理だったわ。あはは」

「何ヘラヘラ笑ってんだよ」

「ごめん」

やっぱ不機嫌だ！　と思ったが、そもそも機嫌のいい彼を見たことがないことに気付く。

「お前、どこまで行くんだ」

その時、ちょうどホームに電車が来た。

「し、新宿まで」

電車に乗りながら、僕は答える。本当は、そのまままもう少し先に行くのだが、一緒の電車に乗っていると居心地が悪いので、とっさに新宿で降りると言ってしまったのだ。

だが、それは悪手だった。

「俺も新宿だよ」

僕は自分が下手を打ったのだと気付き、舌打ちしたい気分になった。こうなると一緒に乗って、一緒に降りるしかない。そして流れで葉山くんと隣り合って座ったが、話しかける話題がない。

(そもそも僕は、葉山くんのことをよく知らないんだよなぁ)

彼はいじめっ子グループの中にいた1人であり、直接話すことはほとんどなかった。

「焼きそばパン買ってこいよ」くらいしか言われたことがない。

僕は本当に彼のことを知らない。彼がどんな人間でどんな生活を送ってきたのか知らない。

なんで僕のことをいじめていたのかも。

「それ」

不意に、彼が僕に声をかける。

「鞄のやつ、漫画か？」

田中くんから返してもらった漫画が、鞄に入りきらずに少しだけ見えてしまっていた。

「田中くんに貸してて、今日返してもらったんだ」

「すげえ量だな」

「ああ、こんなに貸してたんだって、僕も驚いてる」

そういえば、葉山くんは漫画とか読むのだろうか？　でも、そんなことについて聞く勇気はなく、再び沈黙が訪れる。

そして、あっという間に新宿に着く。一旦《いったん》ホームに降りて、どうやって彼から離れようか。そんなことを考えていた僕に、葉山くんが、

「なあ、お前」

と言いかけたところで、

「Excuse me, sir.」

と口にしながら、外国人が近づいてきた。

「I want to go to Asakusa, but I don't know how to get there.」

旅行者らしいが、ちょっと怪しげなおじさんで、英語も聞き取りづらい。どうやら道に迷ってしまったらしく、どの電車に乗ればいいのか、と聞いてきたのだろう。

僕はこういう時、スルーしてしまう。よくわからないし、怪しい外国人なら、なおさら関わりたくない。そもそも僕の英語が通じるのか。だから僕はきっとその場から離れただろう。そう、普通なら。

しかし葉山くんは、「おい西岡、どっちだ」なんて言う。

「よくわかんないけど、この人、浅草行きたいんだろ。どっちに行けばいいんだ、これ？」

彼は、なんと対応し始めた。あの葉山くんが、外国人の道案内をしだしたのである。

「多分乗り換えだよな。どっちに行けばいい？　スマホでもなんでも使って調べろ」

僕が慌《あわ》てて調べて、別の電車に乗り換えなければいけないことはわかったが、それを英語で説明するのは難しい。すると今度は、

「じゃあ、ついてきてもらおう」

と葉山くんが言い出した。

「えーと、おい西岡、『ついてこい』ってなんて言うんだ?」

「え? Follow meとかじゃないかな?」

「おし。『Follow me!』」

葉山くんが外国人にそう伝えると、彼は「Oh, Thank you!」と声を出して、笑みがこぼれた。

「You will go there, and go straight. えっと、And you ride that subway.」

結局、改札口まで案内し、僕が口頭でいくつか指示を出す。難しい英語は使えないので簡単な言葉で繋《つな》いで、浅草までの経路を説明する。

何回か「Pardon?」「What?」と聞き返されたが、「OK!」と概《おおむ》ね理解した様子だった。

「Thank you very much!」

と、彼は最後にこちらに手を振り、僕が言った通りに進んで行った。

「Bye! はー」

僕が大きなため息をつくと、葉山くんもふう、と息を吐く。

「お疲れ様、葉山くん」

「途中から、全部お前が対応してたじゃねえか」

「いやいや、最初に対応したのは葉山くんじゃん。びっくりしたよ」

「びっくり、だと？」

と睨《にら》まれる。ちょっと失言だったなと反省する。

「まあ、柄じゃねえって言いたいんだろ」

と、葉山くんは言う。

「まあ、うん」

本当に僕は彼のことをよく知らない。知らないから、いじめっ子のイメージしかないのだ。

そんな彼が道案内とか、柄じゃない。その一言に尽きる。

「そりゃ、お前には殴ったり蹴ったり焼きそばパン買って来させたりしてたからな」

「ははは」

「また、何笑ってんだよ」

「そうだよね。葉山くんと『焼きそばパン買ってこいよ』以外話したことないんだよね」

また僕がははと笑うと、彼は、一度ため息をついてから、

「いや、何が面白いのか全くわかんねーけど。まあ、でもそうだよ。俺はお前に酷《ひど》いことして、謝りもせず、ここにいるんだよ」

と口にした。

「え？　どうしたの葉山くん」

そんな、自分を省みて、まさか反省しているかのようなことを言うなんて、と口に出かけたが、流石にそれは失礼か、と思いとどまった。

葉山くんはその空気を感じ取ったのか、「お前の言いたいことはわかるよ」と言った。

そして、微妙な空気が流れる。もう帰っていいのだろうか？

「お前に会いたくなかったんだよ」

と、急に葉山くんが声を上げる。

「え？」

「だから、謝恩会。お前に会いたくなかったから、逃げてきたの」

「は？　僕と？　なんで？」

僕は耳を疑った。

「わかんねーやつだな」

と彼は、頭を掻きながら苛立《いらだ》った表情でさらに続ける。

「お前に、謝ってないから、会いにくかったんだよ」

「はあ？」

と、僕は無遠慮に声に出してしまった。

だって、はい？　なんだそれ。その疑問に答えるように、彼は語り出す。

「中学入りたての頃、お前は教室でよく漫画読んでただろ」

「ああ、そうだったね。うん」

「俺、家厳しいから漫画買うの親に止められてて、ずっと羨《うらや》ましかった」

羨ましい？　僕に対してそんな気持ちを持ってたのか？

「それで俺ん家《ち》、片親でさ。ちょうど、中学上がった時に父親が死んで。家に金もねえし、母親は全然帰ってこないし、居場所もないし、ずっと荒れてた」

「そうなんだ」

お父さんがいないというのは初めて聞いたし、そんなに家が大変だったなんて、知らなかった。

「そんな時に、同じグループの奴が『西岡って変な奴でキモいから弄ろうぜ』って話になって」

喋《しゃべ》り方なのか行動なのか体型なのか顔なのか、それともすべてなのかは知らないが、なんとなくキモいからという理由で目をつけられた。

「俺もストレス溜まってたし、グループの奴らに『ノリ悪いな』って言われたくないから、それに参加した」

そこらへんの流れは知っている。

「あいつらはクズだったけど、俺にとっては大切な居場所だし、友達だった。あの時の俺は、それくらいしか、なかった」

僕は黙って話を聞く。彼が何をいいたいのか、なんとなくわかってきた。

「殴ったりした。蹴ったりもした」

そんなこともあったような気がする。まあ、自分にとっては弄られたりいじめられたりは日常茶飯事だったので、今更なんの感情もないのだが。

それでも、彼は今、自分のしたことを、言葉にしている。

「それで、お前が生徒会長になったあたりで、みんな『冷めた』っつって、お前にちょっかい出すのやめて。俺はなんか、高校生になって、大人になるにつれて、なんとなくそういうの、悪いことしてたなって思って。でもあいつらは、そういうの気にしてなくて」

まあ、そんなもんだよなあ、と思う。普通いじめっ子は、いじめたことなんて忘れて生きていくもんだ。

「だから俺は、お前に謝んなきゃなって、思ってたんだよ」

「うん」

「俺、教師になるんだ」

……うんうん、って頷《うなず》いていたら、いきなり想定外の回答が返ってきてしまった。

「――葉山くん、先生になるの？」

「柄じゃないよな。しかもいじめっ子がさ」

葉山くんが視線を落とす。

「いや、そんな風には思わないけど」

「渋谷先生みたいになりたいって思ったんだ」

渋谷先生。ああ、ここでもその名前が出てくるのか。

「あの人と、色々話した。お前の話もした」

マジか、と思う。先生は僕の何を話したんだろうか。

「お前が、色々頑張ってたのも、聞いた」

ということは、多分全部知っているのか。東大を目指した理由も、落ちたことも。

「今、渋谷先生はいないけど、でも先生みたいになりたいなと思って、教育学部受験した」

その気持ちはわかるような気がする。渋谷先生に憧《あこが》れる気持ちも、そのために前に進もうとする気持ちも、わかる。僕もそうやって、ここまで来たんだから。

「なあ、西岡」

僕は彼と向き合う。こんなの初めてだな、と思った。

「申し訳なかった」

彼はそう言って、深く頭を下げた。

「あの時は申し訳なかった。そして、謝るのが遅くなって、ごめん」

ああ、これか。その時、僕は気付いた。

People only see what they are prepared to see.

これが僕が、決め付けていたものか。僕が見たいように見た結果が、目の前にあった。

(そっかあ。そういうことか)

なるほど。こりゃ、僕は受からないわけだ。こんな大きな勘違いをしたまま、東大なんかに入れるわけがなかったのだ。

そして僕は、こう言った。

「葉山くん、僕の方こそ、ごめんね」

「は？」

「いや、うん。許すよ、許す。君は何も悪くないし、罪悪感を感じる必要はないよ」

「そうじゃねーだろ、というかそんなわけはねーだろ」

彼は困惑した表情でそう言う。

「いや、いいんだ」そして、僕はこう続けた。

「別に僕は、君のことを恨むこともない。あれはもう、誰が悪いとかそういうことじゃない」

強いて言えば、多分僕が悪かったんだ。彼がどんな状況にいたのか、僕は知らなかった。知らないままで、僕はずっと、彼のことを悪い人だと思っていた。

葉山くんは納得いっていない表情で、こちらを見る。本当に、いいんだけどな。そんな風に罪悪感を感じているってだけで、僕は十分なんだけどな。

「あの、葉山くんさ」

ふと僕は思いついた。

「なんだよ」

僕は鞄から漫画を取り出す。その中から、田中くんから借りた漫画を取り除き、袋を彼に渡す。

「これ、読んでよ」

葉山くんは渡された袋を訝《いぶか》しげに見つめる。

「これ読んで、返す時になったら感想聞かせてよ」

「いや、それはお前……」

田中くんから教えてもらった手法をこんなに早く使うことになるとは思わなかったなぁ、と内心思いながら、いいからいいからと彼に押し付ける。

「その漫画、面白いんだよ。漫画あんまり読んだことないんでしょ？　じゃあきっと面白いと感じるはずだからさ」

そう言うと、彼は観念したように袋を受け取って言った。

「わかった、ありがとう」

「僕はその一件を経て、葉山くんは悪い人じゃないことを知り、仲良くなりたいと思い、卒業後も何度か会う仲になって、今ここで一緒にパフェを食っているのでした」

葉山くんはずっと黙っていた。

「あれ？　無反応？」

　あらかた話を終えて、僕はもうパフェも食べ終わっていた。なのに彼はじっとパフェを見つめて、何かを考えているかのようだった。

「僕が葉山くんを、見たいように見ていた、って話だったんだけど、ごめん話のオチが伝わりにくかったかな？」

　心配になってそう聞くと、顔を上げて、

「いや、お前、そういう話じゃないだろこれ」

「え？　どういうこと？」

「え、逆に西岡、おかしいと思わないのかよ？」

　葉山くんは、そう言って僕にスプーンを向けて話をする。

「つまりお前は、あの時のことは自分が悪くて、俺を悪者にしていた自分に気付いたって、そう言いたいのか？」

「うん、そうだよ」

「お前は、俺が悪くなかったって、そう言いたいのか？」

「仕方のないことだった、強いて言うなら僕が悪かったんだと思うよ」

　すると、葉山くんは頭を抱えてこう言った。

「お前、マジでその考え方は本当にやめろ」

葉山くん、もしかして怒ってる？

「お前の言う通り、お前が悪い面もあるのかもしれない。俺が10割悪いわけではないのかもしれない。でも、いじめの原因がお前にあったとしても、いじめた責任は俺にあるんだ」

原因と、責任。彼はそれを使い分けた。つまり「どちらが悪いか」ということなのだろう。

「あれは、俺が悪いよ。誰がどう見たって、俺がお前をいじめたのが悪い。それ以上でもそれ以下でもない。お前が変な奴だとか俺の親が面倒臭《くせ》えとか、そんなのはどうでもいいんだ」

葉山くんは顔をしかめ、こんなこと本当は言いたくないという空気を漂わせていた。

「割り切れよ、俺を悪者にしろよ。そうじゃないとお前、何もかも自分の責任にしなきゃいけなくなるぞ」

割り切れ。この言葉は、重い言葉だな、と思う。自分の目の前にあることを一面的に見て、裏なんて気にしないようにすることで、「知らなければよかった」と思うようなことを回避する。葉山くんを悪役にすれば、きっと僕は被害者のまま、幸せに生きられる。

わざわざ彼は悪くないと言ってしまうのは、自分自身を傷付けることになる。

彼は僕にそう言いたいのだろう。

「僕はさ、東大落ちて、もう1回東大受けようと思ったのは、『頭良くなってよかった』って思えたからなんだ」

僕はまったく違う回答をする。

「頭良くなって、よかった？」

「東大受験とか関係なく、そう思った」

東大に落ちて。彼と話して。そのあと僕は浪人しようと決意した。なぜかと言えば、この努力にも意味があると感じたからだった。

「僕はバカだった。バカだったから君を傷付けたし、バカだったから君を悪役にしていた」

彼は黙って聞いている。僕は構わずに続ける。

「君は、割り切って僕にバカになれって言ってるんだろうけど、それじゃダメなんだ」

バカなままだったら、誰かを傷付けてしまうのかもしれない。

勉強して、相手に対する想像力を養えれば、誰かに優しくできるかもしれない。

「人は見たいものを、見たいように見る。そうしないために必要なのは、知識と教養なんだと思うんだよね」

「勉強して、相手の立場になれるほど知識を蓄えれば、相手の心情を慮《おもんぱか》れるってことか」

葉山くんはそうつぶやいて、ほとんど残っていないパフェをスプーンで掻《か》き毟《むし》るように掬《すく》い、口に入れた。

「見たいものを見たいように見たほうが、幸せになれるかもしれないのに、その幸せをお前は否定するのか？　それは、お前自身が傷付く行為なんじゃないのか？」

それを聞いて僕は、葉山くんって優しいよな、と思った。こうして話してみると、口は多少悪いけど、本当はいい人で、悪い人じゃなかった。状況が悪いだけだったんだろう。

「傷付くかもだけど、こうやって葉山くんと仲良くなれたんだから、いいんじゃない？」

僕はそう言った。

「仲良く？」

「あれ、僕たちやっぱり仲良くない？　僕の自惚《うぬぼ》れ？」

そりゃそうか、僕なんて友達認定もらえないよな、とちょっと落ち込む。

「そういうことじゃねえよ。はあ――」

葉山くんはまた、ため息をついた。

畳み掛けるように、僕は話を続ける。

「僕も全然自分の父親と会ってなくてね。単身赴任で1年に1回くらいしか会わないし、そんなタイミングで会っても、その度に大喧嘩《おおげんか》になるから、嫌いでさ。もう1年以上も会ってない。君に比べたら、僕の大変さなんて、多分めちゃくちゃ小さいもんだと思う。君がどれだけ大変だったのか想像もつかないけど、でもだからこそ、大変だったのはわかる」

ひょっとしたらそんな小さな問題と、比べることすらして欲しくないかもしれない。それはそれで申し訳ないな、と思って謝ろうとする。が、それに葉山くんが割り込んだ。

「もういい。お前が俺のことを悪くないと思っているのはわかった。もう、いい」

吐き捨てるように、彼は言った。

「だけど、俺にも一つ、お前の勘違いを正させろ」

「勘違い？」

そう聞くと、彼は僕に向き合ってこう言う。

「俺が悪くないって言うんだったら、お前だって悪くないんだよ。自分を責めるんじゃねえ。お前だって悪くなかったじゃないか。お前はそういうキャラで、それを俺たちが許容できなかった。間が悪くて、状況が悪かった。ただそれだけの話だよ」

「間が悪かった？」

「強いて言うなら、な」

間が悪かった。誰も悪くなくて、ただ状況が悪かった。そう言えば、師匠が前にそれと同じような話をしてくれたことがあるような気がする。

「暗い部屋に男が2人向かい合って座っている。そのテーブルにはナイフが置いてある。2人は口論になり、片方がもう片方の男を刺した。さて、この場合、誰が悪いのか？」

「なんだそれ」

「渋谷先生が前に言ってたんだよ。思考実験だって」

ふーん、とつぶやいて、葉山くんはコーヒーを飲み干す。

「俺は刺した奴が悪いと思っていた。お前は刺された奴が悪いと思っていた。でも、答えは違うんだろ？」

「うん。渋谷先生は、『テーブルにナイフを置いた奴が悪い』って」

「なるほどな、あの人の言いそうなことだ」

あの人が言ったからなのか、葉山くんは妙に納得した顔だった。

「暗い部屋。テーブル。2人っきり。ナイフ。どちらか片方が悪いって話じゃなくて、その状況自体が悪いってことか」

罪を憎んで人を憎まず、と言う。いじめも、犯罪も、この世の悲劇は実は、大抵のことは「間が悪い」だけなのかもしれない。なんとなく、そう思った。

「渋谷先生から、『伝統の作り方』の話聞いたことある？」

「ああ、猿《さる》の実験だろ？　聞いたことあるぜ」

僕は頷く。小田と生徒会をやっていた時に痛烈に思った、伝統の圧力の話だ。

「あれもさ、渋谷先生曰《いわ》く、みんな演技してるから、ああなるんだってさ」

「演技？」

「そう。本当ならこんなの間違ってるって思うかもしれないけど、環境が、人に対してそう振る舞うことを強要しているんだって。それで人間は、猿の真似《まね》をしているうちに——」

「いつのまにか猿になるってことか。なるほどな」

人が悪いのではなく、環境が悪い。環境が悪くて、いじめとか、悲劇とか、そういうのが繰り返されている。

これはそういう話なのだと思う。僕が彼に怒りをぶつけることも正しくなくて、彼が僕に怒りをぶつけるのも間違っている。

見たいものだけを見て、そう考えるのはきっと、間違っているのだ。

葉山くんは、空っぽのコーヒーカップを見つめる。

「じゃあお前はさ。環境に復讐《ふくしゅう》しろよ」

そして不意に、そんなことを言った。

「環境に、復讐？」

「ああ。お前みたいなバカでも東大受かるって証明して、このクソみてえな環境をちょっとでもよくしてくれよ」

そしたら、きっと同じようなことはなくなる。彼はそう言いたいのかもしれない。

「俺に復讐するのも、お前自身を責めるのもやめて、この社会に復讐しろよ」

復讐か。何度か頭の中で、その言葉が繰り返される。

そうか、そうやって世の中を変えようとすれば、あの辛《つら》い時間にも意味があったと言えるようになるのか。

僕は彼らを恨んでいた。でもそれは間違いだと気付いて、今度は自分を恨んだ。

しかし、そうじゃなくて、環境を恨めばそれでいいのだと、彼は言うのだ。

「そっか。そうだね」

僕は彼の方を向いて、大きくうなずいた。

「だからさ」

葉山くんは不意に僕の目を真っ直《ます》ぐ見つめた。

「お前、合格しろよ」

「いや、もう受験したあとだから頑張りようがないんだけど」

「うるせえ、そういうことじゃねえんだよ」

口は悪いが、口調は優しく彼は言う。

「合格して、俺にいじめられた分、世の中に復讐しやがれ」

「はは、すごい言葉だね」

それに対して、彼は「うるせえ」と一言、照れ臭そうに吐き捨てたのだった。

5章　3月6日　合格発表まであと4日

雨が降る道を、僕は歩いていた。

雨粒が当たっては落ちてを繰り返して、傘はぽたぽたと音を立てている。

そんな中で、僕は一歩、また一歩と足を前に進めていく。

ふと、空を見る。灰色の空には、光は見えない。ただ曇り空がずっと広がっていて、どこまでも続いているかのようにも感じる。足を進めるたびに、パシャリ、パシャリと音がする。

道は少し坂になっているので歩きづらく、また前に進むたびに、僕の靴の中は少しずつ浸水していくのだった。

（ちょうど1年振りくらい、か）

前にここに来た時も、雨の日だった。今日と同じように雨が降っていて、今日と同じように、気持ちに折り合いがつかないままにその場所へと向かっていたのを覚えている。

きっと何年経《た》ったって、変わらない。きっといつだって今日と同じような雨の日で、気持ちの整理なんてつかないままにこの場所に来るんだろうな。

「それが、生きるということだと思うんだよなあ」

なんて、意味深ぽいことを独りごちる。特に意味はないが、ここに来ると毎回、生きるとか死ぬとか、そういうことを思う。

都内のとある霊園に、僕は来ていた。

「なあ西岡、お墓っていうのは、死者のためのものじゃないんだ。むしろ生者の……生きている人が、死者とどう折り合いをつけるかを考えるためのものなんだ」

昔、師匠がそんなことを言っていた。ということはきっと、僕がここにいるのは、彼と折り合いをつけるためなのかもしれない。いつまで経っても気持ちの整理はつかないけれど、それでも前に進むために、僕はきっとここに来たのだろう。

そんなことを考えながらトボトボ歩いて、とある墓標の前に、僕はやっと辿《たど》り着いた。

墓にはお供えの花が雨に打たれて萎《しお》れていて、墓石にも水滴がついて、大きな粒を作ったと思ったら流れていく、を繰り返していた。

さて、僕は今日、彼に会いに来た。僕の人生で、初めて死んだ身近な人に。

「久しぶり。会いに来たよ」

墓に向かって、そう声を掛ける。墓は何も言わない。何も言わないが、僕は続ける。

「昨日まで、高校時代の友達と話したから、今日は、高橋かなと思って、会いに来たんだ」

彼の名前は高橋。浪人して初めてできた、友達だった。

2年前の4月。浪人することになった僕は、まず家で勉強を始めることにした。学校と違って、勉強するためにどこかに行くこともなければ、誰かが教えてくれるわけでもない。家で自分1人で勉強して、東大合格を目指そうとしたのだった。

(だけどまあ、そうは言っても)

朝早く起きるのは辛《つら》いし、ゆっくり8時くらいに、またはもっと寝て9時、10時に起きればいいのでは、なんて考えていたところで、

「起きなさーい!」

と大声をあげて、母はベッドから僕を叩《たた》き起こした。

「朝よ、朝なのよ。起きなさい!」

「え、なんで！？」

「え、まだ７時じゃん！　なんで起きなきゃならないのさ」

「朝だからよ！」

「理由になってねえ！」

そう言いながら、僕はベッドから這《は》い出す。

「ほらほら、早くカーテン開けて。寝癖《ねぐせ》つけてんじゃないわよ」

「寝てたんだから寝癖くらいつくわ！」

「ほら、早く寝癖直して、着替えてご飯食べて」

「いや、もう学校は行かなくていいんだから」

まだ寝ぼけた頭で、母親を観察する。本当になんでこんなことになったんだ？

「今日は勉強以外に予定なんてないし、まだ僕はこのまま寝ててもいいのでは」

「よくない！　早く起きないと間に合わなくなるわよ」

「いや、僕は学校に通ってるわけじゃないから。朝起きたって、行くとこないでしょ」

そうだ、行くところなんてない。もう高校は卒業して、僕のやるべきことは自宅で勉強するだけになったはずだ。

「いいえ、あんたは今から起きて、ここに行くのよ」

そう言って母親は1冊のパンフレットを渡してくる。

「なにこれ？　よ、予備校？」

そこには「浪人生向け、受講プラン」と書いてあった。

「あんたは今日から、予備校に行って勉強するのよ」

初耳である。

「いやいや、なんでさ!?」

「家に1人で籠《こ》もって勉強するんじゃなくて、外に出て人と話して勉強しなさい」

びっくりである。自分は受講の手続きなんてしていないし、突然言われても。もちろん、勉強させてもらえるなら嬉《うれ》しい。嬉しいが、そうまでしてもらう義理なんてないのだ。

「だって予備校って金かかるだろうし、そんなの――」

「パパが、行けって言ったのよ」

母親は僕の言葉を遮《さえぎ》って、そう口にした。

「予備校に行って勉強させろって」

つまり、あの人の差し金かよ、と舌打ちしそうになる。

「1人で勉強してても受かんなそうだから、予備校でも行けと?」

「さあ、私にはそれはわかんない」

母親は、ただ父親から言われただけと答えた。僕は「勝手に決めやがって、なんだよ!」と不満を口にしようとしたが、それを母親は遮った。

「朝きちんと時間通りに起きて、日の光を浴びて、外に出て、っていうサイクルで生きないと、人間なんてあっという間にダメになるわよ」

確かに、このままだと昼夜逆転しそうだったな、とも思う。

「私は大学受験なんかしたことないから、勉強に関してはなーんにも言えることはないし、成績表なんてよくわからないし、あんたの何が足りなくて東大に落ちたのか知らない」

確かにこの人は、一度も成績表を見ようとしなかった。

「でも、勉強とかそういうのと関係なく、そこらへんをキチンとしないと、人間は腐るのよ」

母親は勢いよくカーテンを開ける。部屋に日の光が差し込んだ。まぶしい。

「ほら、わかったら朝ご飯食べなさい。私にはこれくらいしかできないから」

予備校には、基本的にホームルームがない。出席確認もなければ、先生が「2人1組になって！」と言うこともない。隣の席の人と話す必要もなければ、お弁当を囲むこともない。

とどのつまりは、友達ができない、ということだ。僕はもともと社交的な性格でもなんでもない。どちらかというと、という前置きをすることもできないくらいに、普通に根暗で陰気なキャラだ。

そんな自分が予備校になんて通ったって、友達ができないのは当たり前だった。

（授業自体は楽しい。授業のクオリティは高い。でも……）

しかし、友達が皆無な状態でずっといるというのはなかなか難しいものだった。

ふと、いつも隣の席に座っている男子生徒を見る。理知的で整った顔立ち。ちらりと見えたノートには綺麗《きれい》な文字がびっしりと書かれてあり、非常に勉強ができることが窺《うかが》える。

（話しかけたいんだけど……）

きっかけはない。故《ゆえ》に、話しかけることが難しい。なんの会話もできない。会話の糸口が見つかればいいのだが、それができない。誰とも話さないままに1ヶ月が過ぎていた。

（まあでも、勉強するべきところだって割り切ってもいいんだよなぁ）

僕は、そんな風にすら感じはじめていた。話しかけて友達になることなんてできないから、はじめから諦《あきら》めてしまおう、と。

さて、そんな時である。

僕はお昼を買うために予備校の近くのコンビニに行った。そこでいつも通り、お昼の弁当を吟味してレジに持って行った。

（……あ）

ふと横を見ると、いつも隣の席の彼がいた。彼も同じように買い物をしているようだった。

（あれ？）

僕は、彼の買い物カゴの中をチラリと見る。

その中には、塩むすびとランチパックのアーモンドクリーム、カットフルーツとききのこの山が入っている。そして彼は一度シャケおにぎりを手にして、包装の裏を見た上で棚の上に戻した。

（あ、もしかして）

「そうそう、思い出したよ」

雨音がどんどん煩《うるさ》くなっているので、少しくらい独り言を口にしても誰にも聞こえないだろう。彼の墓前で話し始める。

「お前に会うまで、僕はずっと1人で予備校に通っていた。友達を作れずにいたら、きっと僕はそのまま、腐ってしまっていたんだろうな」

母親は、きちんとした生活習慣を送らないと人間は腐ると言った。だから予備校に行けと言った。

でも、朝起きて、ご飯を食べて、外出するだけではダメだ。外で誰かとコミュニケーションを取らないと、人間として、大事なものが欠けてしまう。

それを彼が変えてくれた。本当に彼には感謝しかない。感謝を伝える前に、逝《い》ってしまったわけだが。

「なあ高橋、今度は東大合格できるかなあ」

僕は、返ってくるはずもないのに、そんな風に聞いた。

「いつか話した、あの先生に言われたんだよ。『今のままだったら合格できない』って」

お前が気付けなかったことがある、と。

「で、いろんな人が、いろんなことを話してくれてさ。確かに、僕はその人たちに支えられていたんだなってことはわかってきたよ」

自分1人の力では、ここまで来ることはできなかった。師匠以外の人間もみんな、助けてくれていた。それはなんとなくわかった。

「でもなあ、やっぱり僕は、お前が死んで、『人間ってやっぱり孤独なんだなあ』って思っちゃったんだよ」

結局人間は、1人で生きていかなければならないんだと。助けたり、助けられたりしても、結局人間は孤独なんだなと、僕は彼が死んでから悟ったのだ。

「どうなんだろう。お前が僕の前から去らなかったら、全然違う考えを持ってたのかもしれない」

師匠が去って、卒業して、そして彼も去って。そうやって僕はどんどん身軽になっていったのを覚えている。いろんなものを捨てて、東大受験に挑んでいるんだと、強く思うようになったのを、覚えている。

「本当にさあ、なんで死んじゃったのかなあ、お前は」

恨み言を言うかのように、それでいてバカな友達を窘《たしな》めるように、僕は言った。

その言葉も、しかし雨の音にかき消されていくのだった。

「さて、そろそろ行くよ」

僕は別れを告げて立ち上がる。傘がよろめき、少し雨が肩に当たる。

「そういや、ごめんな。お供え物の一つでも持ってくればよかったんだけど」

もしかしたら何か供えるものがあるかもと、鞄《かばん》の中をさがす。

「でもお供え物ってなにがいいんだろうか？　おまんじゅうとか？　花とか？」

なんて呟《つぶや》いていると、

「一般的には、その二つで問題ないと思いますよ」

と後ろから声がする。振り返ると、そこに小柄な少女が立っていた。

「花だったら、菊などが好まれる傾向にありますね。花屋さんに行って話をすれば見繕ってもらえると思います。次回以降はぜひ、そうしてみてはいかがですか？　西岡さん」

「……妹ちゃん」

思わず僕の口からそんな言葉が出た。

「妹ちゃん、ですか」

墓地にはおよそ似合わない真っ赤な傘をさした彼女は、兄の墓前でしゃがみ、目をつぶって手を合わせる。そして、ゆっくり目を開ける。

「よくわからないものですよね。私にはもう兄はいないのに、兄の友達からは必ず、『妹』と呼ばれる」

そうか、彼女の兄はもういない。この世にはいなくなった。そして「妹」という立場は、兄あってのものだ。でも、僕の中では彼女はまだ「妹」だ。

「死んでしまったから、形はもうここにしかない。ここでしか兄の痕跡《こんせき》を見ることはできないのに、それでもこうして、いろんなところで兄の影を見る」

死んでも、影も形も無くなったわけではない。形はお墓に、影は僕や彼女の中に、ずっと存在し続けているのだ。

「久しぶり。こんな雨の日に、どうしてここに？」

「お久しぶりです。兄が亡《な》くなってからはお会いしていませんから、1年と少しでしょうか。ほら、買い物に出かける途中で、西岡さんがここに向かっているのを見かけたんです。ほら、私の家はこのすぐそばですから」

妹ちゃんは僕より年下なのに、よどみなく大人のような言葉を口にする。早口で理路整然と話すのは、あいつと同じだなあ、と思う。どこか懐《なつ》かしい気分だ。

「西岡さん、この後、ちょっとお時間をいただけませんか？」

彼女は墓の前から立ち上がって、僕にこう言った。

「お話ししたいことがあります」

僕たちは近所のカフェに入り、向かい合って座った。

結局今日も、誰かとこうやって向かい合うのか、と思った。これも何かの因果なのかもしれないな。

「西岡さんは何を飲みますか？」

「いや、えと、大丈夫。妹ちゃんこそ、何飲む？　僕が買ってくるよ」

「すみません。じゃあこれを……」

と、ぎこちないやりとりをする。

「西岡さんは相変わらず優しいですね」

と、彼女は言う。

「コーヒーご馳走《ちそう》するぐらいで優しいなんてことはないよ。それに、友達の妹には奢《おご》らないと」

わかっている。「友達の妹」という関係性は、あいつ無くしては成り立たないものだ。それなのに、死者をそこにいるかのように扱って、今も僕らは話をしている。

それがたまらなく、矛盾に満ちた行為のように感じられてしまう。

(きっとこういう矛盾も、まだ折り合いをつけられていないってことなのかもしれないな)

注文したコーヒーが出来上がるのを待ちながら、僕は心の中でそんなことを考えていた。

「はい」

マグカップのコーヒーを妹ちゃんに渡すと、

「ありがとうございます」

と彼女は小さくお辞儀をした。

「そういえば、君の家にはエスプレッソマシンがあって、それでいろんな種類のコーヒーを作ってくれたよね」

「そんなこともありましたね」

高橋の家に行くと、いつも妹の彼女がコーヒーを持ってきてくれた。

「西岡さんは兄と味覚の傾向が似ていて、作る方としては楽でしたし、毎回2人の話に混ぜてもらって楽しかったのを覚えていますよ」

「本当は勉強するために行ったのに、結局いつもダべってばかりで。たまに東大の入試問題の話になると、あいつは抽象的な概念とか、深く考えさせられるテーマを持ち出してきて」

〝東大の国語の問題で描かれていることは、本質的にはこういうことだよね〟

〝この問題を考える上で前提になるのって、こういう考え方だと思うんだ〟

彼がそんなことを言い出すと、僕らは困惑しながらも、頑張ってそれに付いていこうとしていたのを思い出す。

「高橋は、本当に頭良かったもんなぁ」

彼女は僕の言葉に頷《うなず》きながら、

「なんか、生き残っちゃったな、って思うんですよね」

ぽつりと、そんなことを話しはじめた。

「兄が死んでから1年と少し、私はもうすぐ兄の年齢を超えます」

そういえば、彼女は高橋と1歳差、年子の兄妹だった。

兄と妹なのに、妹の方が、年齢が上になる。

「兄はどんどん、過去になる。5年経っても10年経っても、兄は18歳のままなんですよね」

確かに、それは変な感覚だ。そしてそれは、僕ら全員に言える。死者は歳《とし》を取らず、生者はどんどん歳を取っていく。当たり前の摂理だけど、不思議な感覚がある。

「だからなのか、最近ふと、『なんで自分じゃなかったんだろうか』って思うんですよね」

僕は黙って聞いている。どう声をかけたらいいのかわからないのではない。

「兄の方が私よりも出来が良かった。兄は頭もいいし、優しいし、人に好かれていた。でもなぜか、私の方がここにいる。こんな暗いこと、考えない方がいいって思うんですけど」

「いや、わかる。わかるよ、その感覚」

「え？」

「なんで僕じゃなくて、あいつだったんだろうか、って」

僕より頭が良くて。僕より友達が多くて。きっと僕よりも、死んで悲しんでくれる人が多かった人間。

「あいつはどんどん過去になっていって、僕らはそれでも生きていかなければならなくて。そういうの、なんとなく違和感があるよね」

「こんなこと、誰も同意してくれないと思ってました。自殺願望とも取られかねないし」

「死者と生者、か。確か、東大の入試でもこんな問題があったよ。『死者は社会において存在していないはずなのに、多くの影響を与えている』」

「その話、兄と3人でしましたよね。あれから、その話ばっかり思い出してしまって」

彼はいなくなったけど、こうやって僕らにいろんな影響を与えている。死者だって社会に対して大きな影響力を持っているわけだ。でもだからこそ、よくわからなくなる。

だったら、死と生の間には一体何があるんだろうか？

僕と同じことを考えたのか、彼女はふと、こんなことを僕に聞いた。

「西岡さん、村上春樹の『ノルウェイの森』を読んだことはありますか？」

「読んだことあるよ。そして多分、何が言いたいのかもわかるよ」

『ノルウェイの森』は、親友を自殺で亡くした経験がある主人公が、その親友の恋人だった女性と、新しく出会った女性との狭間《はざま》で揺れる、という小説だ。

その冒頭で、主人公は親友のことを思い出してこう言う。

「『死は生の対極としてではなく、その一部として存在している』だっけ。死は、いつも自分たちの近くに、生きている自分たちの、すぐ近くにある……あの本で描かれていたのは、そういうことだったね」

彼女はちょっと考えてから、僕の顔を見て、ゆっくりと答えた。

「私たちきっと、死と近付き過ぎたのかもしれないですね。兄があっさり死んでしまったから、死が実は、身近な物であることに自覚的になってしまったのかも」

僕は黙ってしまう。

あっさり、そう、彼はあっさりと死んでしまった。なんの予兆もなく、なんでもないことかのように、死んでしまった。なんで死んだのかも、未《いま》だによくわからない。自殺だったのか、何かの事故だったのか。

「ああ、でも西岡さんは、兄と同じで、元々そういう人でしたよね」

「どういう意味？」

「兄と同じで、自分のすぐ近くに、死がある人」

コーヒーカップをテーブルに置いて、彼女はそう言った。

「だからきっと、兄と仲良くなったんですよ」

「ごめん、もしかして君、卵アレルギー？」

と僕は聞いた。

「え？」

驚いた彼がこっちを見た。無理もない。話もしたことのない奴《やつ》からいきなり話しかけられたら、そんな風な反応になるよな。だが、ここで引き下がるわけにはいかず、僕は続ける。

「君のご飯、全部卵を使わないものだけ選んでるよね」

コンビニの食品のうち、およそ7〜8割には卵が入っている——なんて言うと、アレルギーのない人にはわからないだろう。

蕎麦《そば》とかスパゲッティなどの麺類にはつなぎとして入っている。菓子パンの類《たぐい》にも大体卵が使われている。おにぎりも、卵が入っていないのはおかかなど一部で、シャケや肉でも卵が使われている場合が多い。きのこの山には入っていないが、クッキーがサクサクのたけのこの里には入っている。

入っていないのは、白いご飯の塩むすびやフルーツ、野菜サラダ（ただしドレッシングによる）、ランチパックの中の数種類と、ハッシュドポテト、といったところになる。

これらばかりを選んでいるということは、間違いない。

「あ、うん。卵にアレルギーがあるんだ。よくわかったね」

　これが高橋との最初の会話だった。

　おお、そんな声だったのか……。1ヶ月間、話しかけることができなかった隣の席の子の声に軽く驚いて、自分の見立てが正解だったことを喜ぶ。

　これで間違っていたら、明日から予備校なんて行けなくなるところだった。

「実は、僕もなんだよ」

　そう、僕は卵アレルギーで、卵を使った料理が食べられない。母親もずっと配慮して食事を作ってくれているし、口に入るものは成分表示を見て食べるようにしないと危ない。

「本当に？　どのレベルのアレルギーなの？」

「間違って食べちゃうと、アナフィラキシーショックで病院運ばれるレベル」

「え！　僕もなんだよね」

　と、彼は嬉しそうな顔をした。

「すごいな、自分と同じアレルギーを持つ人、初めて会ったよ」

「あ、それは僕も同じ」

　子供の頃の食物アレルギーは、大人になるにつれて軽くなると聞かされていたが、僕は全然治らずに今に至っている。だから、彼に会うまで、自分と同じような人がいるなんて知らなかった。

「ってことはあれだよね？　コアラのマーチは食べられないけど、プッカは食べられる人だってことだよね？」

「わかるわかる！　たけのこの里はそもそも食べられないから、自《おの》ずときのこ派になるしかないっていう派閥だよね」

「そうそう！　ぶっちゃけ死ぬ前に卵使ったケーキとかプリンとか食べてみたいから、死ぬ前は余命宣告してほしいよね」

「わかる！　だから病気で死ぬのはいいけど交通事故とかだとやだよね」

なんて、顔を見合わせて笑う。そして内心、おお、と感動する。

「すごいね、こんなに話せる人がいるなんて」

彼は興奮した面持ちで、そんな風に言ってくれた。

「それは僕もだよ。僕は西岡って言います。君は？」

「高橋だよ、よろしく」

そうやって、挨拶《あいさつ》をし合った。そこから僕は、高橋と友達になった。

そこからは楽しかった。なんとなく、おそらく人生で一番充実していた期間だったのではないかとも思う。例えば、予備校で勉強したことを題材に話をする。

「西岡、東大の国語の問題で『死者』に関しての議論がされているわけだが、同じようなテーマの『ノルウェイの森』は読んだことあるか？」

「ないなぁ」

「読むといい。あれは死と生に関する論題を綺麗に描き切った素晴らしい文学だから」

彼は読書家だった。めちゃくちゃたくさんの本を読んでいて、驚くほど教養が深かった。評論や文学が大好きで、そういう本を多く持っていて、僕に貸してくれた。

「西岡、東大の国語の問題で『データによるプライバシーの保護』に関して議論がされているわけだが、管理社会をテーマにしたSF小説『一九八四年』は読んだことはあるか？」

「ないなぁ」

「読むといい。あれは社会が人間の内面までも管理することができる、という恐ろしい未来を予想した本で、デジタルに対する見方が変わるから」

僕が通っていた予備校の授業は、基本的に東大の入試問題が扱われていた。その題材になっているのは、どれも知的に面白い議論だったり、文学作品のテーマになっているものだったりした。生と死・芸術とその価値・自由と管理社会・構造主義に新自由主義。それに沿って、彼はいろんな本を貸してくれたのだった。

借りっぱなしなのも悪いので、僕は途中から自分のフィールドの話もするようになった。

「あ、高橋は『PSYCHO-PASS』は観《み》たことある？」

「ないなぁ」

「SFアニメだけど、こっちも管理社会モノなんだよ。人間の適性とか精神状態とかを全部AIが教えてくれるっていう世界観で、『犯罪を犯しそうな人』の心理状態も図れるので『潜在的な犯罪者』をピックアップすることができるようになった社会の話」

「へえ、『一九八四年』と少し似ているな」

小泉八雲を借りたから『化物語』を貸した。

『草枕《くさまくら》』を借りたから『神様のカルテ』を貸した。

フィリップ・K・ディックを借りたから『攻殻機動隊』を貸した。

モーゲンソーの『国際政治』を借りたから『沈黙の艦隊』を貸した。

『ツァラトゥストラかく語りき』を借りたから『ニーチェ先生』を貸した。「評論とか文学だったらこんなのだよ」と硬い本を借りて、僕がそれを読んで「アニメとか漫画だったらこんなのだよ」と軟らかいものを返す。そしてその感想を言い合う。

僕は、昔だったらこんな難しい本なんて読めなかったのに、すごく楽しく読むことができた。逆に彼も、漫画やアニメに対する偏見もなく、一つのエンタメとして受け入れて鑑賞してくれた。そんな本の貸し借りが、会話が、たまらなく楽しかった。生まれて初めて、勉強が楽しいと思ったのだ。

予備校に通って、自宅で深夜まで勉強して、その合間を縫って本も読んで彼と話をして、毎日をヘトヘトになりながら過ごしていたのは確かだ。でも、僕は楽しかったのだ。

それまでは、ただ好きな小説や漫画やアニメを見ていた。それが、勉強の話と繫《つな》がるなんて思わなかった。ＳＦを読んだら科学がわかり、アニメから日本の文化・価値観がわかるなんて、思っても見なかった。教養というのは、こうやって広がっていく、ということを学んだのだった。

「あの時は、本当に楽しかったですね」

2杯目のコーヒーを飲みながら、彼女は言う。コーヒー好きなのは相変わらずのようだ。

「西岡さんが兄に貸してくれた本は、毎回私も読んでいたんですよ」

「あ、そうなんだ」

それは恥ずかしい、と思う一方で、少し嬉しくもあった。あの時の思い出を、少しでも共有できる人がいるというのは、それだけで嬉しい。だって、楽しかったんだから。

「というか、私が一番恩恵を享受《きょうじゅ》していたかもしれないです。兄の本は難しくてわからないことも多かったんですが、西岡さんが貸してくれた本とかアニメを読んだり観たりした後で読むと、なんとなくわかるようになっていることがあるんですよね」

「ああ……」

そうなのか、と思う。確かに、『PSYCHO-PASS』から『一九八四年』に行ったほうが、『攻殻機動隊』からディックに行ったほうがわかりやすいこともあるのだろう。

「西岡さんから借りた漫画版の『巌窟王《がんくつおう》』を読んで、『ファイアパンチ』を読んで、『〝文学少女〟と飢え渇く幽霊』を読んだその後に『嵐が丘』を読んだらとても面白かったのを覚えていますよ」

「ああ、復讐《ふくしゅう》劇ばっかり貸しちゃったね」

その3作品は、確かに僕の好みで貸したものだ。

「抑えられない感情があった時に、それとどう向き合えばいいのか。その中に出てくるのが案外、知識と教養だったりして、面白かったんですよね」

「ああ、『巌窟王』も『ファイアパンチ』も、全然違う文脈だけどその話が出てきたね」

巌窟王は戦うために、愚かな自分であってはならないと教養を身につけた。騙《だま》されて14年間投獄された男が、もう二度と騙されまいと、愚かな自分と決別したのだ。

『ファイアパンチ』は世界のために、正しい教養がないと人を傷つけてしまうと教養の大切さが描かれていた。正しい教養を持たないと、人を傷つけてしまう。そうやって後悔していたのが、彼が復讐する相手だったドマなのだった。『嵐が丘』のヒースクリフも、もっと教養があったら、あの結末にはならなかったのだろうか。

僕もコーヒーを啜《すす》る。本当に楽しかったな、と思う。

「よかったですよ、あの思い出を、共有できる人がいて」

「そうだね。本当に」

あの楽しい日は、もう戻ってこない。３人で楽しく話をして勉強していた時には、もう帰れないのである。

その日のことは、よく覚えている。

僕たちはみんなが帰った教室で、京都大学の問題で坂口安吾の文章が出題されているのを見つけ、それについて話をしていた。

「ニヒリズム、ねえ」

と僕が言うと、

「デカダンス、とも言うよ」

と彼が答えた。

坂口安吾は『堕落論』で有名な作家だ。

「時が経てば、花は枯れて、生き物は死に、人は老いる。つまりは堕落する。だったらもう、堕落しちゃっていいじゃないか、って話？」

「そうだね。みんな堕落するんだから、それを止めることによって人間は幸せにはならない、って言いたいんだと思う」

と、彼が言った。

「ニヒリズム、なんて言うけど、実は結構明るい話なんだよね。人間なんてそんなもんだし、何回だってやり直せばいいんだから、何度だって頑張ろう、って」

「そうだね」

何度だってやり直せる。

何度だって頑張ろうと思えば頑張れる。そう思うと、確かに活力が湧《わ》いてくるような気がする。

「あ、ほら、これはあれだよ、『恋物語』」

「え？」

それは最近彼に貸した、西尾維新《にしおいしん》のライトノベルだった。

「主人公に振られて自暴自棄になっているヒロインに、詐欺師《さぎし》が話すシーンあったじゃん」

あいつに振られたら、お前に価値はなくなるのか？　お前の人生はそれだけだったのか？　恋愛なんて、今が初恋でいいんだ。あれがダメならこれで行こう、でいいんだ。そう言って、詐欺師はヒロインを励ます。そんなシーンがあの本では描かれていた。

「そっか、あれも見方によっては、ニヒリズムなのか」

なんて言って、僕は笑う。やっぱり彼はすごい。漫画やアニメと、評論で描かれている難しい哲学の話をいっしょくたにして話してしまうのだから。

やり直す。あれがダメならこれで行こう。何度だって人間はやり直せる。

「やり直せるのかね、人間は」

「西岡は、やり直したいこととかあるの？」

彼は不意に、僕に聞いた。仲良くなっても、僕はあまりそういう話をしていなかった。彼は僕の過去も、師匠の話も、知らない。

「聞かせてよ、西岡。君はどんな人間なのさ？」

そして僕は過去の話を語った。

いじめられっ子だったこと。

偏差値35だったこと。

渋谷先生のこと。それらを経て、東大を目指し始めたこと。

「すごいね。なんか西岡って、波乱万丈だね」

「そうかなあ」

自分では、ただいじめられっ子が変なことしているだけなんだよな、と思っていたので、彼の言葉は意外だった。

「まあ、だからこそ僕はいじめられっ子じゃない自分になりたいと思って、ここにいるんだ」

言葉にすると陳腐だな、と思う。いじめられっ子じゃない自分になるために東大を目指す、なんて。

それを聞いた彼は、腕を組んで考える。

「でも西岡って、別にいじめられっ子になる要素って少ないと思うんだけどな。話していても普通だし、多少変なところがあっても許容できるレベルだし、おかしなところなんてないと思う」

どうなんだろう。いじめられる要素が多い方だと思い込んでいたが、彼はそれに反してそんな風に言うのだった。

「あ、でも小学生の時は卵アレルギーだからいじめられたんだよね」

そうだった。自分でも忘れていたが、ふと思い出した。

「食べられない、っていうのを見て、『嫌いなだけだろ』『本当は食べられるんだろ』って言われるようになって、それでも食べられなくて、って感じで」

僕の言葉を、彼は一瞬びっくりしたような顔で聞き、

「すごいな、僕も似たようなことあったよ」

と言った。

ふと教室の隅を見ると、誰かが忘れていった食べかけのクッキーがあった。僕は椅《い》子《す》から立って、それを手に取る。

「これも、卵入ってるね。高橋って、これ食べたらどうなるの？」

「さあ、死にはしないと思うけど、エピペン打たなかったら結構ヤバイ気がする」

「ああ、じゃあ僕よりも結構やば目だね」

エピペンとは、アナフィラキシーショック対策の注射薬だ。重度のアレルギーの人は携帯しておくもので、僕も鞄に入れている。でもクッキー1個でそうなるというのは、結構なものだ。

「西岡、時々、思わない？『これ食ったら死ぬんだな』って」

沈黙は肯定だった。悲観的なわけでも、肯定的なわけでもない。ただ、なんとなく、不思議な気分なのだ。自分が死ぬためのツールが、そこらへんに転がっている、というのは。

「他の人よりも、死が近いのかもしれない、と思ったことはあるよね」

「僕、昔、無理矢理食べさせられそうになったことがあってさ、卵」

高橋は黙って聞いてくれるので、僕は構わず続ける。

「あとちょっとで口に、ってところで先生が来て止めてくれたんだけど、あの時多分、卵食べてたら死んでたわけで。なんか不思議な気分になるよね、そういうの」

「そうだね」

あれがダメならこれで行こう、でいい。

堕落したって何があったって、生きていれば何度でもやり直せる。そんな風に坂口安吾は教えてくれた。

だけど人間にはどうしても、変えられないものもある。体質とか、遺伝子とか、そういうのが今の自分を形作っていて、それから逃れることはできない。

「あのさ」

高橋は何かを思い出すような表情で、

「昔、こんなことがあったんだ」

と話し始めた。ある男子児童の話を。

「昔々あるところに、1人の男子小学生がいました」

「その男子は卵アレルギーで、卵が食べられない体質でした」

「小学6年生の時、調理実習がありました」

「例年ならケーキを作る予定だったのですが、その年はその子がいるからという理由でフルーツポンチを作ることになりました」

「しかしその時、女子のグループが反対しました」

「ケーキが作りたかったのに」

「そう言って彼女たちはその男子を非難しました」

「そしてその非難はずっと続き、いじめになりました」

「鉛筆が折られました。ロッカーの中身が無くなりました」

「それに耐えかねて、彼は学校の先生に相談しました」

「その学校は非常にいい学校だったので、先生も迅速に動き、いじめっ子たちはすぐに怒られて厳重注意となりました」

「その後、中学受験がありました」

「その男子も受験をして、そこそこの学校に合格しました」

「そして小学校の卒業の日、女子グループの１人から呼び出されました」

「一体何かと思って行くと、彼女はこう言いました」

「お前のせいで受験に落ちたんだ」

「聞くと彼女は難関の女子校を目指していたのだそうです」

「その学校は成績だけでなく内申点も必要でした」

「しかしその内申点が、彼のせいで低くなったのだというのです」

「後から聞いた話ですが、その子の親は本当に大変な教育ママで、彼女にその女子校に行けなければ人間じゃない、その女子校に行って東大に合格しなければダメだ、と言ってお風呂《ふろ》に入る時間や睡眠の時間まで削らせて勉強させていたのだそうです」

「そんな状況だからこそストレスが溜《た》まって、だからいじめに走るようになった」

「そして、それを僕にバラされた、ということだった」

「……そんな経験を経て僕は、今東大を目指しているんだ」

彼は、なんでもないことかのように、自分の過去をバラした。僕は、最後には「男子」ではなく「僕」になっていたのを突っ込むこともせず、ただじっと聞いていた。

いろいろな感情が渦巻く。師匠の言葉を思い出し、葉山くんとのことが頭を過《よぎ》った。

だが僕は、こう言った。

「ケーキって、美味《おい》しいのかな？」

「どうなんだろ？　美味しいんじゃない」

僕らはケーキを食べたことがない。だから、彼女の苦しみもわからない。

「美味しいんなら、仕方がない。僕がその機会を奪ったんだから、しょうがないんだよ、きっと」

なんて、彼はさらっと言う。

「そうだね」

なんとなく、そうではないような気もしたが、僕は否定しなかった。

「僕も似たようなことがあってさ。卒業する時に、いじめっ子が謝ってきたんだ。『俺が悪かった』って。聞いたら、彼は家庭が大変で、居場所がなくて、いじめてたんだってさ」

「すごいね、いじめっ子がいじめられっ子に謝るなんて」

「うん。彼は教師になるらしいけど、いい先生になるんじゃないかなって思うよ」

「ははは、そっか」

と、高橋は笑った。

「なあ、僕たちは、何になろうか？」

僕がそんな質問をすると、彼は少し考え込んだ。

「高橋が東大に合格したい理由も、そこらへんなんじゃないの？　中学受験を変えたいとか」

中学受験。苛烈《かれつ》な競争が展開されているのはなんとなく知っていた。僕もほとんど勉強なんて真面目《まじめ》にやっていなかったが、少しだけ受験を体験した身だ。頑張って勉強する小学生の存在も知っている。

でもさすがに、お風呂や睡眠まで削られる人がいるだなんて知らなかった。

「そうだねえ」

彼はふと、椅子から立ち上がって窓の方に歩いていく。

「実際、大変なもんだよ。小学４年生から週４で塾に行き、テストの結果が張り出されて席順もそれに応じて決められるし、親はどんどん子供に期待するし」

「そんなに？」

「親には本当に大変な問題でさ。事実受験に失敗したからって理由で夫婦関係がギクシャクして離婚する、なんてこともあるらしいよ」

すごい話だな、と思う。でも、親が子供に口を出して、子供が思った結果を出さなかったら怒る、というのはなんとなく理解できてしまう。

高橋は話を続けた。

「僕は、学校じゃ成績悪くてさ。そんなに東大に合格する人が多いところでもないし。でもそんな僕が東大に行ったら、みんなびっくりするかな、中学の成績が低くても東大に行けるんだって実例になるかなって、そう思っていたんだ」

僕は黙って聞いている。

「でも、聞いている限り、西岡の方が合格した時そういうこと言えそうだよね」

そう呟きながら、彼はこっちに向き直る。

「僕は合格できないかもしれないけどね」

「それはお互い様さ。だから、東大に合格した時に、声高々に『こんな人間でも合格できるんですよー』っていう役割は、西岡に任せたよ」

「ええ？　やだよそんなの」

僕も笑いながら、答える。

「いやいや。元偏差値35が東大合格なんて聞いたことないな。でも、きっと行けるって」

そう言って彼は、笑っていた。笑っていたその顔を、今でも鮮明に思い出せる。

でも、その日別れて、1週間経《た》って。

彼は死んでしまったのだった。

カフェで、彼女はもう3杯目になるコーヒーを飲んでいる。

どれだけコーヒーが好きなのか。すべて種類の違うものだ。

「あいつは家でアナフィラキシーショックを発症して死んでしまった」

「その日は家に誰もいなくて、兄は自室に1人でいた。その時になんらかの要因でアレルギー物質である卵を口にいれてしまった。急激な血圧低下や意識障害が起きるアナフィラキシーショックで、発見された時には心肺停止。様々な不運も重なって、兄は死んでしまった」

淡々と彼女は言うが、それは単に現実味がないからだろう。現実味が薄いから。

自分に起きたこととしてではなく、どこか他人事《ひとごと》のように捉《とら》えて語っているのだ。

「アレルギーだから、間違って食べたのか、死にたくて食べたのかすらわからない。どうして死んだのか、わからない」

そこらへんも、僕らが気持ちを整理できない理由の一つだ。

なんで死んだのか。どういう気持ちで死んだのか。遺書もないし、理由もわからない。だから、僕らはこうやってもやもやしたままコーヒーを飲んでいるのだ。

「でも兄は、そんなことを気に病んでいたんですね。繊細な人だとは知っていましたが、意外でした」

「そうだね。そういう話、あいつは君に話していなかったの？」

と聞くと、妹ちゃんは首を振る。

「いえ、まったく。いじめられた経験があるとは聞きましたが、というより、その当時の兄を知っているのですが、いじめられていた、以上のことは何も」

ということは、あの話は僕以外誰も知らなかったということになる。

それを僕にだけ話して、あいつは消えてしまったのか。そう思うと、なんだか悲しいような、でもほんの少し誇らしいような、不思議な気持ちになる。

彼女はコーヒーをまた一口飲んで、話し始める。

「兄は、自分をいじめていた人のために、東大に合格しようとしていたんですか？」

「うーん、というか……」

いじめていた人のために、なんていうと確かに変な言い方だな、と思う。

「なんでそこまでしようと思ったんでしょうか？　自分のことをいじめていた、嫌な人のために、どうして？」

以前なら、うまく説明することができなかった気がするが、今日ならちゃんと話せそうな気がする。

「多分、復讐なんだよ」

「復讐？」

彼女は不思議そうな顔をする。

「うん。いじめていた相手に対してではなく、そういう状況それ自体に対して、復讐したかったんだよ」

昨日葉山くんが言っていた言葉の意味を、僕は僕なりに解釈して語る。

「きっと嫌なことがあった時に、多くの人は相手に対して怒りをぶつけたり、自分に対して自責の念をぶつけたりする。そうやって、誰かを責めて自分を成り立たせようとする」

でも、と僕は続ける。

巌窟王やヒースクリフは、そうだった。

「そうじゃなくて、環境それ自体と闘う人間がいる」

環境を変えるために尽力し、伝統を壊すために闘う人がいる。

僕は学校を変えようとして、失敗した。

彼は中学入試を変えようとして、やめた。

そういう人間を、多くの人間は笑うだろう。闘う人間を闘わない人間は笑う。笑って猿《さる》のマネをする。だがそれでも、笑われても、猿のままではいられないと、努力し続ける人がいる。

「君のお兄さんは、そういう人だったんだよ。何かを救うために、努力し続ける才能を持っていた人だったんだ」

あはは、と彼女は不意に笑った。

なんとなく、彼女の笑顔を見るのは初めてかもしれないな、と思った。

「本当に、いい兄でしたね」

「そうだね、いい人だった」

本当に、死んで欲しくはなかった。死んでいい奴じゃ、なかった。

ふと、コーヒーカップを覗《のぞ》き込む。中の液体はどこまでも黒く、僕の顔が映っていた。

「西岡さん、ケーキでした」

と、彼女が口を開き、僕は顔を上げる。

「ケーキ？」

「兄が最後に食べたのは、ケーキでした。今日私は、それを西岡さんにお伝えするためにカフェにお誘いしたんです」

つまり、それは。

「あいつは、ケーキを食べて、死んだの？」

「はい。ケーキのスポンジ部分には当然卵が含まれています。あの日、兄は苺《いちご》のショートケーキを食べて、アナフィラキシーショックを起こしてしまったんです。買い物の履歴から、それが判明しました」

「ショートケーキ」

僕はあの時、こう言った。「ケーキって、美味しいのかな？」

「本当に美味しいのか、試したのか」

「はい。今のお話を伺って、私も同じ結論です」

彼女はほとんど空になったコーヒーを飲み干した。

「小6の時の調理実習の経験を思い出して、ショートケーキが美味しいのかどうか、確認した。それが兄の死の、真相だと思います」

何も言葉が出ない。

「それが自殺なのか、それとも少しだったら大丈夫だろうという気の緩みだったのかはわかりません。でも、『ケーキ』がトリガーだったことは、疑いようがないでしょう」

彼女がそう言うのを聞いて、絞り出すように僕は言う。

「初めて話した時にさ」

「兄と、ですか？　はい」

「うん。僕は相手がアレルギーだって看破して、意気投合して、それで話したんだよ。『できれば余命宣告されて、死ぬ前に卵食べたいよね』、『今まで食べられなかった料理を食べて死にたいよね』って。あいつがなんで死んだのかはわからない。でも、あいつはきっと、今まで一度も食べたことないものを食べてから、死んだんじゃないかと思うんだよね」

「そうですね」

彼女はその話を聞いて、そんな風に一つ相槌《あいづち》を打った後に長いため息をついた。そして、

「西岡さんは、すごいですよね」

なんて、言う。

「は？　何が？」

聞き間違いか？　と思い、聞き返す。

「だって、2浪してまで、東大を目指し続けているじゃないですか。兄の想《おも》いを、継

いでいるじゃないですか」

どうなんだろう？　確かに彼は、僕にタスキを渡した。そしてそのタスキを着けて、僕は今も走っている。ずっしりと重いタスキだけれど、それでも、ずっと持っているのは、確かだ。

「私には無理だな」

「え？」

「私は、兄の想いとか、兄の人生とか、そういうのを背負って生きて行くことはできないんですよね」

彼女はきっと彼のいろんな姿を見ていたのだろう。いろんな想いを知っていたのだろう。

でも、それを背負っていくだけの覚悟がないと、彼女はそう嘆いているのだ。

「うーん、それはちょっと違うと思う」

「違う？」

と彼女は首を傾《かし》げる。

「逆に僕は、あいつとの思い出があったからこそ、今日まで投げ出さなかったんだと思う」

重いタスキだったからこそ、逃げないで、ずっとそこに居ることができたのかもしれない。

「『3月のライオン』はわかる？」

「はい、羽海野《うみの》チカ先生の作品ですね」

「その8巻で、60歳を超えてもトップレベルの現役棋士の人が、『今までいろんなタスキをもらったから、この火だるまの中で丸焦《まるこ》げになっても、自分の身体《からだ》を逃げ出せないように留めてくれているんだ』、って言っていてさ」

「辞めて行った先人たちからもらった夥《おびただ》しい数のタスキを、自分の身体に巻きつけて、そうやって戦い続ける、って話ですね」

「お前に託す」、そう言って渡されたものが多いほど、人間は強くなれるのかもしれない。

「だから、僕が今ここにいるのは、彼のタスキのおかげかもしれないと思うんだ」

そこは勘違いして欲しくないところだった。この重さは、迷惑じゃないのだ。むしろだからこそ、こうやって僕は前に進むことができているのだ。

「ただ、だからって君が背負う必要はない。というか、君はもう、背負っていると思う。想いとか、野望とか、そういうものを背負わなくても、あいつのこと考えて、ここに座っているだけで」

あいつのことを忘れない、というだけで、多かれ少なかれ、いろんなものを背負っている。

と言ったが、彼女の方を見るとあまり納得できなそうな様子なので、僕は話を続ける。

「ある人がね、『墓は、死者のためのものじゃなくて、生者のためのものだ』って教えてくれたんだ。今ならその意味がわかる気がする」

「死者じゃなくて、生者の？」

彼女は問う。それに頷《うなず》きつつ、僕は答える。

「死者なんてこの世には存在しない。この世は生者だけの世界だ。でも、僕らは死者から大きな影響を得て、生きている。僕らは死者を忘れないで生きているおかげで、前に進める。墓の中に死者はいないけど、そこにいると考えると、生者は気持ちに折り合いをつけて、その人を背負って前に進める」

僕はそこまで言ってから、残りのコーヒーを一気に飲み干した。

「だからきっと、変に気負わなくてもいいんだよ。忘れなければ、生きていれば、それだけで、きっといいんだよ」

彼女がどんな顔をしているかは見えない。でも、少しでも伝わればいいな、と思った。

「西岡さんは今、合格発表の前ですか？」

彼女は僕の話に答える代わりに、そんなふうに聞いた。

「そうだよ。合格できるかどうかわからない状態で、あいつと話したくなって、会いに行ったんだ」

そういえば、と僕は考えて彼女に聞く。

「妹ちゃん、合格できるかね？　僕は」

聞いてから、流石《さすが》にこれは答えに困る質問をしてしまったのではないか、と反省する。

「私にはわかりません。兄だったら、あのまま勉強していたら合格したんじゃないかと思うんですが」

「それは僕もそう思う」

あいつは頭がいい奴だった。現役では落ちたけど、あのまま勉強していたらきっと合格できていたはずだ。

「でも個人的には、西岡さんは合格しているといいなと思います。本当に、個人の感情としてお話ししていますが」

「それは、僕が高橋の想いを継いでいる、から？」

と聞くと、

「いいえ、そうではなく。兄なら、あなたの合格を祈っているだろうなと思って」

ああ、なるほど。それなら僕は、合格しないわけにはいかないな、と思ったのだった。

6章　3月7日　合格発表まであと3日

「さて」

暗い部屋で僕は呟《つぶや》いた。

「これでだいたい、準備はできたかな」

忘れもしない、19歳の誕生日。

「多分これで全部、だよな」

目の前の机を見る。そこには大量の、本当に大量の、お菓子があった。

その中の一つを手に取る。そのお菓子の裏面を見ると、そこにはこう書いてあった。

「原材料名・小麦、砂糖、卵」

他にもたくさんのお菓子があった。ドーナツに、シュークリームに、ワッフルに、ショートケーキ。誕生日だからという理由で、僕はたくさんのお菓子を用意したのだった。

全部、卵入りだが。

机の横を見る。そこには、東大から届いた通知書が置いてあり、こう書いてあった。

「不合格」

高校1年生から数えて、4年。死ぬほど努力した僕の結果は、この有様だったのだ。

ふと、高橋のことを思い出す。今思えば、僕は彼と同じことをしようとしていたんだな、と思う。彼と同じ方法を選んだんだ、と。

「いただきます」

食事の前に、一言挨拶《あいさつ》をする。それは、人生で一度も食べたことのないお菓子を食べる前の儀礼だった。一息おいてから、皿に載ったショートケーキに手を伸ばして

……。

ピピピピピピ。いつものアラーム音で目を覚ます。

ゆっくりとベッドから身体《からだ》を起こす。

「はあーっ」

さっきの夢は、昨日高橋に会いに行ったから見たのだろうか？　いや、僕は1年前、この部屋で高橋と同じことを実践しようとした。その記憶が、蘇《よみがえ》ったのだった。

奇《く》しくもあの時食べようとしていたのは、高橋と同じショートケーキだった。忘れていたが、夢を見て思い出した。なんの因果か、本当に同じ方法を取ろうとしていたというわけだ。

「運命ってやつかね、これも」

なんて口にして、ふと部屋を眺める。そうそう、あの机にたくさんのお菓子を積み上げたんだった。——目が合う。

「運命って何？　西岡」

田中くんが、僕の部屋の椅子《いす》に、座っていた。

「なんか面白い夢でも見た？」

「って、えええ⁉　な、何してんの」

「何してんの、じゃないでしょ」

椅子にもたれかかりながら、呆《あき》れたように言う。

「今日は朝から大会だって言ったじゃん。だから迎えに来たんだよ」

「た、大会？」

「ほら、これ」

そういって田中くんはカードケースを見せる。

「11時から秋葉原でヴァンガードの大会だから行こうって言ったじゃん」

「……え？　は？　いやいやいや」

記憶にない。そんなこと彼は言っていただろうか。

「なんだ、忘れちゃったの。まあ確かに4ヶ月くらい前に話したっきりだったもんな」

4ヶ月前というと、受験勉強真《ま》っ只中《ただなか》の11月。そりゃ、忘れてるに決まっているだろ。

「その時にお前のデッキ預かってただろ？　ほらこれ」

「ああ……」

田中くんは、デッキケースの中からカードの束を取り出して僕に見せる。確かに僕のカードだ。4ヶ月前に会った時に、受験が本格的になるからと預かっておいてもらったのだった。

「それ持って、早くアキバ行かないと。カードも新作が出てるから、買ってデッキの調整しないと勝てないよ！」

「いや、あの、急な展開に全然ついていけないんだけど」

そもそも彼はなんで僕の部屋にいるのだろうか。どうやって入ってきたのだろう。

「『西岡くんいますか！』ってお前のお母さんに言ったら、快く入れてくれて、『起こしてきて』って」

ガックリと肩を落とす。一体どこの世界に自分の子供をお客さんに起こしに行かせる親がいるのだろうか。

「しかし、毎回思うけど、ほとんど物がないよなぁこの部屋は。飾りっ気がないって言うか。他の人になんか言われたことないの？」

他の人、と言われて答えに窮する。

「そもそも君以外の人間が僕の部屋に来ることがほとんどないというか……」

あっ、と田中くんは聞いてはいけないことを聞いたかのような声を出す。

「そうだった、西岡は友達全然いないんだもんなぁ」

「マジでその話やめてくれる？　結構傷つくんだけど」

「体育の時も『2人組になって』って言われたら毎回ハブられてたもんなぁ」

「やめろって、マジで」

「卒業式の時も1人だけ早々に帰ってたし。西岡って、俺以外と遊びに行くことあるの？」

「失敬な！　あるよ、少しなら」

「え、大丈夫？　それイマジナリーフレンドとかじゃない？」

「どんだけ僕を寂しい奴《やつ》認定したいのさ⁉　妄想好きのオタクみたいに言わないでくれる」

「3ヶ月に1回でも遊びに行く友達って誰かいる？」

「それは、うーん。田中くん以外いないかな」

「俺の見立て合ってんじゃん！　厳然たる事実として寂しい奴じゃん」

「そ、そんな風に言う田中くんはどうなのさ！」

「3ヶ月に1回でも遊びに行く友達？　50人くらいはいない？」

「50人‼」

「そんな驚かれるのが俺の驚きなんだけど？」

高校時代からの付き合いである彼とは、ぎゃあぎゃあとこんな風に話をするのだった。

「おーい2人とも、朝ご飯食べましょー」

そんな話をしていると、母親が部屋に入ってきた。

「はいー、今行きますー」

「えっ田中くんも食うの⁉」

朝の食卓。今日は魚の煮物だ。味が染《し》みていて美味《おい》しいのだが、それは置いておいて、なぜか隣で田中くんが飯を食っている。

「なんで当たり前のように田中くんの分の食事まで用意されてるの⁇」

「そりゃ、お願いしたからなー」

そう言いつつ、お味噌汁《みそしる》を啜《すす》る田中くん。

――お願いした？

「昨日『明日の朝、壱誠くんを起こしにご自宅に伺いますので』って電話が来たから、『じゃあ朝ご飯も用意しとくわよ』って話になったのよ」

母親もご飯を食べながら答える。

「いや、あの聞いてないんですけどその話」

朝起きたら人が部屋にいて、心臓止まるかと思うほどびっくりしたわけなのだが。

「でしょうね、言ってないもの」

「うん。いや言ってよ。そんなサプライズいらないよね」

こういう母親だよなぁ、とため息を吐《つ》く。

「そりゃーなんの断りもなくお食事を頂くなんて訳ないじゃないか」

と、ポリポリとたくあんを食べながら田中くんは言う。

「まあ、そういう奴だよね、お前は」

彼はズケズケとこちらのテリトリーに入ってくるタイプだが、非常識な人ではない。だから、友達も多いのだと思う。

「いやー涼くんはいい子ね。息子トレードできないかしら」

「ははは、俺で良ければ是非」

「何さらっと恐ろしい話してるの？」

と僕は突っ込むが、2人とも聞いちゃいない。

「でも、なんで涼くんは、うちのドラ息子と仲良くなったの？」

ドラ息子って表現は傷付く。まあ確かに浪人生なんてニートみたいなものなので、否定できないのだが。

「ああ、お宅のドラ息子くんとは、高校1年生の時に出会いましてですね」

「田中くんもやめてくれる？」

「なんで君、いじめられてるの？」

あれは高校1年生の時のことだ。廊下で突然話したことのない人に話しかけられた。ウチの学校は中高一貫だが、何人かは高校から入学してくる。その中の1人が、彼だった。

「急にごめん。俺は田中涼って言うんだけど」

「ああ、うん」

名前を聞きたかったわけじゃないんだが……と、僕は曖昧《あいまい》な返事をする。

「そんなにたくさん飲み物持って教室に行こうとしてる奴がいたら、パシリっていうか、いじめられてるに違いないじゃない？」

手元には確かにジュースが5、6本ある。およそ1人で飲む量ではないし、僕はこれをクラスに戻って配るのである。

「ああ、別に君を助けたいとか、先生にチクりたいとかそういうのじゃないよ。単純に気になってさ」

そして、理由が知りたいと彼は言った。

それに対して僕は答える。

「強いて言うなら僕がそういう星の下に生まれたから。ずっとそう生きていくんだと思うよ」

「うーわ、こいつ自己肯定感低いなあ、って思って」

食べ終わると、田中くんは昔話を始めた。

「いやー、あんた昔から本当に自信がないわよね」

「今のは自信があるとかないとかそういう話だったかなあ？」

母親の応対に疑問を抱きつつ、僕はため息をつく。

「まぁ、でもそうだなあ。僕はあの時期が一番暗かった気がする」

「いや、お前は人生全体的に暗いだろ」

と田中くんが口にすると、そうそう、と母親も同調した。

「その通りなんだけど、なんかグサッとくるからやめてくれませんか」

でも、2人の言う通りで、僕はずっといじめられっ子だったし、ずっと死んだように生きていたよな、と改めて思う。今は、なんとか、少しは前向きになれたわけだが。

「んで、そんな言葉を聞いて、中学時代、プロ野球選手になりたくて頑張っていたんだけど怪我《けが》で野球が続けられなくなり、これが俺の人生かなあと暗い気持ちになっていた俺は思ったわけです。『あー、こいつは俺と似ているなぁ』と」

「今さらっと重大な自分の過去開示しなかった⁉」

「へー、そんなことがあったの。それは大変だったわねえ」

「母さんも母さんであっさりしすぎじゃない？　ねえおかしくない？」

そういうのは、もっと溜《た》めて言うものなんじゃないか？　と思うのだが、彼はこういうタイプなのだった。体育会系のノリなのか、最速で距離を詰めてくる。さっきの中学時代の話は本当だ。彼は中学時代野球の強豪校のエースだった。それが野球を辞めて、ウチの高校に入ったらしい。

自分の弱みになりそうなところを開示するのが彼の凄《すご》いところだ。無遠慮に、しかし誠実に、ずけずけと相手のテリトリーに入る。同時に、自分を明けっぴろげにすることで、相手からも本音を引き出す。そういうコミュニケーションができる奴なのだった。

「そこから仲良くしようと思ったら、思った以上に趣味が合って」

「カードゲームとか漫画とかアニメとかかな」

読んでいない漫画があったらお互いに貸し合っていた。

「なるほどねー」

母親は皿を洗いながら言う。

「なんで涼くんみたいな子がウチのドラ息子と仲がいいのかと思ったら、そういう背景があったのね」

また、ドラ息子。この母親はいつも一言多い。

「じゃあ、これからも涼くん、ウチの子と友達でいてね」

友達。その言葉を聞いて僕と田中くんは、

「いや、こいつとは別に友達ではない」

「仲良くはしますけど、友達にはなれないですね」

と言った。

「えっ、友達じゃないの？」

と母親は困惑した様子で言ったのだった。

「早く行こうぜ、アキバのカードショップは10時から開いてるから。そこでデッキの調整をしなきゃ」

「ていうか、僕全然デッキいじってないからルールもあやふやなんだけど」

「じゃあ今のうちにルール調べとけ」

田中くんに言われるがまま、電車に乗る。本当に大会に出るつもりのようだ。

今回はちょっと大きめのショップ大会らしい。以前、僕と彼はわりとそういう大会に行くことが多かった。優勝なんて無理だが、白熱したカードゲームができるのは楽しい。

「今日、俺は自信あるんだぞ。新しいデッキ作ってきたんだ」

「そうなのか、でも田中くん新しいデッキ使うと毎回負けてない？」

「そのジンクスを壊すんだよ！」

なんとなく、こういう会話自体が久しぶりだから、楽しいな、と思う。

思えば本当に、こんな風に一緒に遊ぶ仲の人間なんて、彼以外にはほとんどいない。

「高校時代は、いろんなカードショップ行ったよね」

「そうだなあ、なんだかんだで、いろんなところ行ったなあ」

と田中くんは返す。確かに僕ら2人は、秋葉原だけでなく立川や国分寺、幕張メッセのイベントにも遠征した。2人だったり、田中くんの友達が一緒に来たりすることもあった。

「でも、お前が東大目指すって言い出してからは、あんまり遊ばなくなったんだよな」

そういえば、月2で行っていた大会も、3ヶ月に1回くらいになった。

ふと、考える。大学生になったら、またあの頃みたいに遊べるようになるんだろうか。

「お前、今年どうだったの、東大。今年こそは受かりそうなの？」

それに対しても、僕は黙る。

「え、何その反応」

「あのね、田中くん」

僕は手すりにもたれながら、話す。

「僕は今の今まで、その記憶を封印していたのです。合格不合格考えるのが怖すぎて、あんまりその話を考えないことによって今日の大会を乗り切ろうとしてたのです」

「はあ？　アホか？」

田中くんが哀れなものを見るかのような目で見てくる。傷付くなあ。

「いやあのね、怖いんだって本当に！　この宙ぶらりんな状態がマジで恐ろしくて！　全然違うことして気を紛らわせてないと死にそうなの！　だから今日は誘ってくれて嬉《うれ》しいよ。カードしている間は忘れられるからね。ありがとう」

「お、おう。……お前本当に自信がないんだな」

「自信ないよ、そこだけは自信を持って言える！」

「一言で矛盾してんじゃねえ」

ツッコミを入れつつ田中くんは、頭を抱えた。

「お前のそういうところ、俺マジで嫌いなんだよなぁ……」

「絞り出すように人のことディスんのやめてくれる？」

彼と僕は、仲はいいのだが友達になれない。お互いに、ここが明確に合わない、というポイントがあるからだ。例えば昔、こんなことがあった。

「お、田中と西岡じゃーん！」

卒業してしばらく経《た》ったある日のこと。卒業式の時の本を返しつつ、僕は彼とカードで遊んでいた。あの日も確か、大会に出たはずだった。

すると向こうから、見知った顔がやってくる。

（……げ）

その人たちは、学校のクラスメイト集団だった。僕はあまり話したことがないのだが、田中くんは友達が多いので、その中の何人かと仲がいいみたいだった。

「おお！　金子じゃん！　それに片桐も！　何やってんの？」

「俺ら同じ大学だからさ、帰りにちょっと駄弁《だべ》ってたんだよ」

急に始まった同窓会。僕はちょっと離れたところにいて、あんまり話に入らないようにしていた。なのに、

「ああ、西岡じゃん！　相変わらず東大目指してんの？」

と、話しかけられてしまった。

「え、あ、うん」

曖昧に返事をする。

「マジで？　西岡浪人して東大目指してんの？　すげーなー」

この「すげーなー」というのを、額面通り捉《とら》えてはいけない。だって、明らかにバカにした口調で言ってきているのだから。

「浪人までして、よくそんなこと、続けられるな」

その中の1人が言う。

「いや、マジで、俺絶対そんなことできないもん。浪人とか無理無理。それで身の丈に合わない大学目指すとか、マジでやってらんねーわ」

ははは、とみんなが笑う。僕も愛想笑いで返した。

だが、田中くんだけは笑わなかった。

彼らと別れ、帰り道。田中くんは不意に僕に話しかけた。

「なんで怒らなかったの？　怒って、ブチ切れたらいいのに」

それに対して僕は言う。

「え？　なんの話？」

田中くんがずっこける。

「いやさっきの‼『無駄に努力してバカじゃん？』的なこと言われてたじゃん！」

「あ、ああ」

そういえばそんなことを言われた気がする。あんまり考えてなかった。

しかしそうだ、考えてみるとあれはなかなか悲しい言葉だ。

「よくそんな無駄な努力してるね？」

一生懸命やったって、何も得られないかもしれない。結果が見えないもののために頑張るというのは、合理的ではない。彼らはそう言いたかったのだろう。

そしてそれはまさしくその通りで、返す言葉もない。

「そりゃ、バカが『東大目指す』って言って、浪人までしてるんだから、そう言いたくもなるでしょ」

「言いたくもなるでしょ、って」

そんな他人事《ひとごと》みたいに、とでも言いたげな田中くんだが、僕はこう続ける。

「大体ああいうのはもう、慣れたんだよね」

「慣れたぁ？」

彼は「はあ？」とでも言いたげな表情で言う。

「いやぁ、高校の時に、東大目指すって言った時から『バカかお前は』って言われ続けてきたからさあ」

やっても意味がないかもしれない努力をして、頑張っても報われないかもしれないようなことを頑張る、そんな意味のないことを何度も繰り返していたから、もうそれに対して何を言われても何も感じなくなってしまっているのだった。

「闘わない奴等は笑うもんだ、って、後輩から教えてもらったんだ」

小田と一緒に生徒会をやっていた時からずっとそうだ。だから、慣れた。

「お前さぁ」

田中くんは呆れたように言う。

「いや、だって仕方ないじゃん？　僕がバカなのも、無駄な努力してるのも、事実なんだし」

意味がないことをしているな、と自分でも思う。これで東大に合格できなかったら、本当にこの4年間はなんだったんだ、ってことになる。分の悪いギャンブルをしていると僕も思う。

だが。

「俺はお前のそういうところが嫌いだよ」

「ええ!?」

「お前と友達になれないなと思うのはそこだよそこ！」

「そんなあ」

僕は冗談めかして言うが、彼は本気の目だった。

「そういう矛盾してるところがマジで嫌いだ」

「矛盾？」

「頑張っても意味がないと言われてもヘラヘラして、意味がないことを続けてるところ。後は自分の意思で東大目指してるのか、渋谷先生から東大に行けって言われたから目指してるのかよくわかんないところ」

僕は黙った。

確かにそうだ。僕は多分、彼らに笑われたにもかかわらず、そしてそれを肯定したにもかかわらず、これから家に帰って勉強すると思う。

また、「自分の意思で頑張れ」と言われたにもかかわらず、もう1年も会っていない渋谷先生の言葉を守って生きている。

確かに僕は矛盾している。

「もっと怒れよ、西岡。自分の意思で、バカにされたら怒り返せよ。じゃないと俺は、お前とは友達にはなれない」

「ってことあったよね」

「あったな」

電車から降りて、乗り換えるために新宿駅を歩く。とりあえず中央線のホームへ向かう。

「あれはやっぱり俺、ブチ切れポイントだったね」

「ブチ切れポイント⁉」

いきなり大声を出されたので、びっくりして彼の方を向く。

「そ、そんなに怒ってたの？」

「いろいろ努力してるのに、自信ないことに自信があるところがマジで嫌い」

「さっきその話したなぁ。あれホントに怒りのポイントだったのか」

怖いなあ、と僕は思ったが、彼は構わず話を続ける。

「渋谷先生から言われて演技してるくせに、虚勢を張り続けて東大志望を貫いてるくせに、その努力に全く自信がない」

そうなんだよな、と僕も思う。

「もっと努力に自信を持てばいい。頑張っているんだから、まだ結果には繫《つな》がっていないかもしれないけど、前に進めたんだと高らかに言えばいい」

田中くんはさらに語気を強めてこう言う。

「そういうのが、見ててムカつく」

それを聞いて、僕は反撃に出た。

「でも、そんなこと言うんだったら、こっちだってムカついてるんだからね！」

「はあ？」

そう。僕は彼に対してイラついているところがある。

「まず友達が多いのが腹立つよね！」

「それはただの嫉妬《しっと》じゃねえか‼」

「それと僕に『努力に自信を持て』って言ってる割に、自分の努力に自信を持ってないところがイラつく」

彼が言葉につまる。ふふん、どうだ。

僕だって知ってるんだぞ、とちょっと得意な気分になりつつ、昔のことを思い出す。

そう、あれはちょうど、高橋が死んだ時のことだ。

「考えれば考えるほど、この世の中って不平等だね」

高橋が死んで、本当に僕は、連絡を取り合うような人がほとんどいなくなってしまった。

予備校のクラスでも、話しかけられる人はいない。卒業生で仲がいいのも、田中くん以外にはほぼいない。本当に孤独になってしまったのだった。

「頑張っても報われないかもしれないし、突然死んだりするし。何もしないで、普通に生きているのが一番、賢い生き方かもしれない」

「3ヶ月ぶりに電話かけてきて、お前いきなり何言ってんの？」

と、電話越しに田中くんは言う。

「浪人で友達できずに病んでんの？」

「あー、近い。そんな感じなんだよね」

この電話をしている時、僕はとにかく勉強していた。勉強以外のことをやっている時間を無くした。自分の人生の中で出来た唯一《ゆいいつ》の友達のことを考えなくて済むようにしたくて、毎日16時間くらい勉強していたと思う。もう、それ以外のことをしたくなかったのだ。

余計なことを考える時間ができたら彼のことを思い出してしまう。眠って夢の中に逃げても、待っているのは受験で失敗する悪夢か、彼と話をしていた当時の思い出という悪夢かの2択なので、睡眠すら取りたくなかったのだ。

渋谷先生も星川さんも高橋も消えて、もう僕には、東大受験以外に縋《すが》るものがなかったのだ。

そうこうしている間に、2回目の東大受験が近づいてきて、緊張で気持ちが悪くなってしまう。

とにかく、辛《つら》かった。そしてその辛さを隠すようにまた勉強して、また辛くなって。そんな、自傷行為のような勉強を繰り返していた時に、何を思ったのかふと、彼に電話をしたのだった。

そして高橋とのことを話すと「全然近くないじゃないか、アホかお前」と言われてしまった。

「そりゃ落ち込むわな。落ち込んで当然だよそんなもん。て言うか、そんなメンタルで受験なんかできるのか?」

その時は11月で、後3ヶ月で2回目の東大受験というタイミングだった。

「まあ、泣き言も言ってらんないからね」

泣いても笑っても、受験しなければならない。絶対に成功させなければならないのだ。

　でもやっぱり、メンタル的にきついのは事実なわけで。

「人ってあれだよね。ショックな出来事があると、物事がスローモーションになるというか、行動の一つ一つが意識的になるよね」

「ああ、わかるわかる。何気なく歩いているだけでも、行動の一つ一つが随意的になるっていうか。普段無意識でやっていたことができなくなったりするよな」

　俺も野球を辞めた時はそうだった、と彼は話す。なんだか同意してくれる人がいるというだけで、心がこんなに軽くなるものなんだなあと感じる。

「ショックなのもわかるし、世の中不平等だなっていうのもわかる。俺も、野球部の時自分より下手だった奴が甲子園行ってさ」

「マジか！　それはすごい、けど」

　残酷だよなあ、と言おうとしたところ、彼がその意図を汲《く》んで話してくれた。

「ああ。それは素直に嬉しいんだけどな。ただやっぱりどうしても、『不平等だな』って思っちゃうんだよね」

　不平等か、なるほど、と僕は思いながら、スマホをスピーカーにしてベッドに横たわる。

「でもそんなことはどうでもよくてさ。それよりも酷《ひど》いなと思うのが、『不平等だね』って俺に言ってくる奴等なんだよ」

「『不平等だね』って、言ってくる奴等？」

「野球部のチームメイトとか、それ以外の知り合いから、『残念だったな』って。『あんなに努力したのに、田中は可哀想《かわいそう》だな』って連絡くるんだよ。わかるか？　この気持ち」

電話の向こうで、田中くんは「ははは」と笑い始めた。

「さすが、人からバカにされるのを、慣れてる、とか吐《ぬ》かす奴は違うな。多分、俺の他の友達に言っても、きっと『いい友達じゃん？』って言うと思うぞ」

そうか、違和感を感じないのか。

「だって、それって田中くんの努力が無駄になったって言ってるようなもんじゃん」

僕は枕《まくら》の位置を変えながら、思ったことを言う。

「確かに結果だけ見たら残念かもしれないけど、それまでの田中くんの努力はきっと今の田中くんを形作っていて、その努力を誰かに否定されていいものじゃない。夢半ばだったとしても、そのために努力したその時間を否定するようなことを言うのは、なんか違う気がする」

あっ、彼の友達のことを否定するようなことを言ったかも。

「あ、なんか言い過ぎた気がする。ごめん」

「いや、違うよ。全く俺と同じこと考えてんだなって思って」

彼は穏やかな口調で言った。

「そうなんだよ。努力が報われなかったって言われると、あの時頑張っていた自分まで否定された気分になるんだ。それはそうなんだ、本当に」

でもな西岡、と彼は続ける。

「何が一番腹立ったかって、それに対して何も言い返せない俺なんだよ。あの時から、一歩も前進してない。努力してない。何も頑張ってない。だから、『そんなことない、あの時間は無駄じゃなかった』って言い返せない」

「田中くん……」

と、僕は絞り出すように言った。彼の苦悩のすべてを理解できるわけではない。

「まあ、だから俺はお前のこと嫌いなんだけどさ」

いきなりの西岡ディスりが入って、ベッドから身体を起こす。

「えっ、今、そういう流れだった⁉」

「なんか俺のこと理解されたような感じだったのが癪《しゃく》で」

「えぇーっ」

なんて返すと、彼は急に神妙な口振りで言う。

「だってお前は、挫折《ざせつ》したって前に進んでんじゃん。1回東大落ちても、それでももう1回試験会場に行くんじゃん」

「まあ、それは」

「俺はもう野球ができない。もう1回野球をやることは、神様が許してくれない」

彼はそれが自分の運命だ、というように語る。そういう星の下に生まれてしまったのが間違いだった、と。でも、なんだろうか、彼の言葉にはどこか、違和感がある。

「それは言い訳だ」

そう考えていると、その違和感の正体を彼自身が語り出す。

「俺は自分に言い訳してるんだよ。別に野球じゃなくたって、なんだってやればいい。それこそ勉強でもいいし、違うスポーツでもいい。何か一からやり始めればいい。それなのに、やろうとしないんだ」

それはそうだ。野球以外にも、なんでもやればいい。勉強でもスポーツでもゲームでも、なんでも努力をまた一からやり直せばいい。それなのに、それができないのは、なぜか。

「きっとそれは、俺がリミッターの利《き》いた努力しかできなくなったからだよ」

彼の言葉は、部屋に虚《むな》しく響いていた。

「ただがむしゃらにできていた時はよかった。この努力はいつか報われると信じてたし、だからこそ何時間でも何十時間でも、熱中していられた」

でも、と彼は言う。

「努力が報われないかもしれない、って考えたら、もうリミッターの利いた努力しかできなくなったんだ。だから西岡、お前は、こんなところで立ち止まるなよ」

彼の言葉に、僕は思わずスマホを見つめる。

「友達が死んで、浪人で、不平等な条件ばっかりだと思う。だけどお前は、ずっとバカみたいにここまで走ってきたんだろ？」

俺にはできないのに、と、彼は聞こえるか聞こえないかギリギリの声で言った。

「だから、最後まで、闘ってみろよ。きっとなんか、得られるものもあるはずだ」

「……そうかな」

そう言われると、僕は頑張らなきゃならない、と思った。

そしてその年。僕は2度目の東大受験を終えて、見事、不合格になるのだった。

中央線は空《す》いていて、普通に座ることができた。そこで、過去の話をした。

「『言い訳してる自分が嫌い』って、言ったよね」

「言ったぞ。それがどうかしたか？」

「じゃあ君は、なんでそんな嫌いな自分のままで生きてるのさ」

僕はさらに続けた。

「立ち止まるなって僕に言ったよね。そう励ましてくれたじゃん。それなのに、なんで自分はそこで立ち止まってるのさ。『言い訳してるってことを理解している』って言い訳してるんじゃないの？　なんだよリミッターの利いた努力って。そんなリミッター壊せばいいじゃん」

「お、お前なー」

田中くんは驚いたように言う。

「そんなにズケズケ言えるようになったんだな。ちょっと好感度上がった」

「えっ？」

普通下がるところでは？　と思ったのだが、彼には逆にそれがよかったらしい。

「好感度ポイントが１００溜まると俺と友達になれるぞ。頑張れ」

「え、じゃあ今は何ポイントなの？」

「1ポイント」

「低過ぎ。今のでたった1ポイントかよ」

彼と友達になるのは時間がかかりそうだな、と思う。

「なんか西岡、変わったな」

いきなり言われて、僕は驚く。

「なんか、前会った時とは違う。ちょっと迷いが抜けて、ちょっと強くなった。お前、ここ数日でなんかあったの？」

彼にこの5日間で出会った人について話す。ああ、そう言えば、今日は田中くんの日なのか、と思った。

「渋谷先生、相変わらずだな」

「そうだねえ」

秋葉原に到着し、カードショップに入る。大会の前にデッキの調整作業に入る。どんなカードを使おうか。どんなカードを抜こうか。そんなことを考えながら、ぼんやり彼と話す。

「それで、なんか学べたの？　お前は」

改めて言われると、なんだろうか？　答えるのは難しい。

「おいおい、それがわからなかったら落ちるんだろ。頑張って考えろよ」

「まあ、いろんな人に支えられてきたんだなっていうのはわかったかな」

「はあ？」

僕の言葉を聞いて顔をしかめる田中くんは、やっぱり怖い。

「今ので好感度1ポイント減ったわ」

「マジで⁉　もう0になっちゃったの⁉」

「ちなみにマイナスもあるから気をつけろ」

なんてふざけていると、彼は不意に神妙な顔になって言う。

「お前マジでわかってないの？　バカなの？」

本当にわからない。一体僕は何を見落としているというのだろうか。

「んなもん、単純だよ。お前自身も、誰かを助けてるってことだろ」

彼はつまらなそうに言う。

「お前1人の東大受験？　バカなこと言ってんじゃねえよ。お前以外の人間の期待とか、想《おも》いとか、そういうのを持って受験してるってことだろ」

そう言えば妹ちゃんと話した時も言っていた。「兄の想いを、継いでいるじゃないですか」。そんな大した、大それたものではないのだ。でも、そうか。

「僕は田中くんに、助けられてばっかりだからさ」

「助けられてばかり、か」

「そうだよ」

僕は本当に孤独だった。それで田中くんが友達になってくれた。

「君がいなかったら、僕はここにいないよ」

それは高橋とか、星川さんとか葉山くんとか、師匠とかもそうだけど。

「でも僕は、助けられているだけで、君の力になってないんじゃないかなって思ってさ」

「はいマイナス100点」

「マイナス100点⁉」

いきなり彼はとんでもないことを言い出した。

「ホントにそういうところ嫌い」

でも、僕は本当に心の底からそう思っているのだ。

だって彼は、命の恩人なのだ。

プルルルル、プルルルル。電話の音が鳴る。

手にしたフォークを止める。なぜこのタイミングなのだろうか。よりにもよって、このショートケーキにフォークを刺そうというタイミングでなぜ。

僕は一瞬だけ迷って、電話に出ることにした。

「よ！　生きてる？」

電話の主は、田中くんだった。

後少しというタイミングで、なぜ田中くんは電話をかけてきたんだろうか。

「いや、死んでたら電話に出れないでしょ、普通」

絞り出すようにそう言った。気取られないようにしよう、と思った。

「いや、2回も東大落ちて、友達も死んで、渋谷先生もいなくて、そんな中で『もう嫌だ』と思って、卵を使った料理でも食べてアレルギーで死のうとしてるんじゃないかと思ってさ」

「…………」

「お？　図星？」

図星も図星。どこかに監視カメラでもついてるんじゃないかと思うほどの精度だった。

「なんでそんなに君は。ドンピシャで当たりだよ」

「おお、やっぱりか。まあそうだよなぁ。ははは」

電話の向こうから田中くんの笑い声が聞こえる。暗い部屋の中で、その笑い声は異質なものに聞こえた。

「死ぬほど頑張ってたもんな。頑張っても結果が出ないんなら、もう死んだっていいと思ったんだもんな。だから、死にたいんだよな。自分の人生に意味なんてないって、思ったから」

僕は、何も言わなかった。それも図星だからだ。

なんの成果も得られなかった。こんなに頑張っても成果が得られないのならば、僕は、生きている意味なんてあるんだろうか、と思ったのだ。

「ねえ田中くん」

「なんだよ」

彼はぶっきらぼうに答える。

「ごめん。得られるものなんて、なんもなかったよ。不平等を超えたくて、なんとかここまでやってこれた。君も応援してくれて、だからこそ、ここまで来た。きっと努力し尽くして、やり切ったら、何か新しいものが待っているんじゃないかと思った」

自分を変えたくて、４年間、僕は必死に生きた。でも、何も得られなかった。

「ここには、なんもない。得られたものも、努力の価値も、ない」

それが、僕の結論だった。

この４年間には、なんの意味もなかった。もっと言うなら、この19年間にはなんの意味もなかった。なんの意味も残せずに、僕は死んでいくんだと、悟ったのだった。

「ふーん、そうか」

彼はつまらなそうにそう相槌《あいづち》を打つと、不意にこう言い始めた。

「なあ西岡、別に俺は、お前がどうなろうと知ったこっちゃないんだけどさ」

「はは、そうだよね、友達じゃないもんね、僕ら」

僕は冗談めかして言うが、彼はその軽口には乗ってこなかった。

「俺、お前にヴァンガードの試合負け越しなんだよね」

そういえば、最近全然遊んでいなかったが、５ヶ月前に彼と遊んだ時には確かに、僕が勝って終わった気がする。

「勝ち逃げされるのが癪だから、お前ん家《ち》行っていい？」

何言ってるんだこいつは、と思う。

思うが、なぜか彼の言葉には有無を言わせぬ強さがあった。

「もう1回勝負させてよ。それで正々堂々、勝敗つけさせてくれよ」

「お前買い過ぎだろお菓子。こんなに食えるわけないじゃん」

30分後、彼はなんと、本当にウチに来た。

「どうせ最後なんだし、全部一口ずつ食べようかなって」

「なるほど。そういうもんか」

そう言って彼は、持ってきた鞄《かばん》を置いた。

「じゃあやるか。この机をここに置いて、こうやって向かい合えばいけるだろ」

「本当にやるの？」

あと少しで最後という時にカードなんて、本当によくわからない状況だ。

「早く準備しろよ」

有無を言わさぬ口調で闘いを求められ、僕は仕方なくカードを準備した。

「あっ」「げっ」

大会が始まると、出場者に席が割り振られる。席について、目の前の人と戦い、その人を倒したら次の人と戦うことができる。それを何度も繰り返して、最終的に優勝者が決まる。

基本的に戦う相手はシャッフルなのだが、しかし、こんな偶然もある。

「お前、その席？」

「うん。ってことは、1回戦の相手は君か。よりにもよって」

大会参加者は30人。そこでこの2人が最初に対戦する確率は、3パーセント程度だろう。

「ああ、まさかの展開だな」

そう言いながら、彼はデッキをシャッフルする。

「では、随時勝負を始めてください！」

と店員が開始を告げる。

「んじゃあ、よろしくお願いします」

「はい、よろしくお願いします」

そう言えばこんな風に勝負するのは久しぶりだな、と思う。

「俺の新作デッキに勝てるかな？」

「えー、お手柔らかに」

僕は怖気《おじけ》付きながら、久しぶりのカードゲームの感触に心躍らせたのだった。

「ホント、懐《なつ》かしいなあ」

そう言えばあの日も、こうやってカードゲームをすることになったんだった。

あの日。死のうと思った、あの日。

「人生はカードゲームに似てると思うんだよ」

カードを5枚引いて、ゲームをスタートする。

こちらの手札は最悪だ。全然いいカードが来ない。

「ランダムに山札から手札を揃《そろ》えて、そのカードを使って戦うわけだけど、その手札がクソだったら何をどう頑張っても勝てない」

そう呟《つぶや》きながら、彼は自分のターンを進めていく。彼の手札はまずまずらしく、どんどんカードを使って盤面を揃えていく。

「ターンエンド。お前のターンだよ」

「ドロー」

カードを引く。引いたカードは、そんなに悪いカードではない。いやむしろ、とてもいい。

「それでも、手札がダメだったとしても、人はそのカードを懸命に使いながら、または新しいカードをなんとか手に入れながら、戦う」

なんとか戦える盤面を作っていく。勝ちは見えないが、もしかしたら、といったところだ。

「ターンエンド」

「ドロー。でもさぁ、西岡」

そう言いながら、彼は引いたカードをすぐに使う。

「げっ」

僕は声を出してしまう。

「どんなに上手《うま》く戦おうと思っても、運が絡《から》むんだよな」

彼が引いたのは、僕の盤面を半壊させる最強のカードだった。

「はい、これで俺の勝ち」

結局そのまま、僕はあっさりと負けてしまった。悔しい。あとほんの少し運があれば、勝てたかもしれない。

でも、これで終わりだ。事実、僕は負けた。ここで敗退だ。そう思っていたところで、

「なあ西岡、もう1回やらないか？」

彼はこんな風に言った。

「悔しくないのか？　勝負に負けて」

悔しい。確かに悔しいのだ。でもそんなことが、許されるのだろうか。

いや、別にいいのか。勝負相手がいいと言っているのだから。

「じゃあ、もう1戦」

そう言ってもう一度、僕は戦い始めた。

「あれ」

「どうした？」

2戦目、僕は異変に気付いて声を上げる。

「なんだ？　カードの入れ間違いか？　それとも手札がダメダメだったのか？」

今回、僕の手札は最強で、そのターン内でケリがついてしまうほどだった。

「このカードを出して、このカードの効果で、僕の勝ちで」

「はあ？　手札良すぎだろ、運良過ぎ」

彼は負けると、笑いながら悔しさをにじませる。どちらの感情が強いのかは、僕にはわからないのだが。

「いやこんなん認めねえぞ、もう1回だ！」

なんて言って、結局、僕は彼とまた戦うことになった。

そのあとはもう、泥沼だった。勝ったり負けたりを繰り返して、ヴァンガードでは勝負がつかないと他のカードゲームを始め、それでも勝負がつかないからという理由で家にあったオセロや将棋に移行し、今はなぜか、ババ抜きをやっている。

「勝負事って、こんなに多いんだね」

僕はそう言いながら、相手の2枚のカードのうちの1枚を引く。ババだ。今回は負けか。

「人生ってのは勝負事の連続だろ。『生きることは戦いだ。それが戦いである以上、当然負けることもある』」

「西尾維新の『悲鳴伝』だっけ、それ」

「そう。お前から借りたやつ」

田中くんがカードを引く。ババだった。これで勝負はわからなくなった。

「受験だろうが部活だろうが就活だろうが資格試験だろうが恋人争奪戦だろうが、この世はみーんな、戦いの連続だ。そんな世の中を生きていかなければならないし、適度に戦っていかなければならない」

今度は僕がカードを引く。ババだ。

「それで何百回、何千回と戦っていたら、当然負けることもある。ババ引いて、どうしようもなくなることもある」

今度は彼の番。彼が引いたのは……ジョーカーではなかった。

「はい、俺の勝ち」

ババ抜きなんて非常に単純なゲームでも、負けたら悔しいな、と思う。

「っていうか、何やってるんだろうね」

自嘲《じちょう》気味に笑う。

「なんで僕は、ババ抜きなんてしてるんだろう」

死のうと思ったその日に、一体僕は何をやっているんだろうか。そして、彼は言う。

「多くの奴《やつ》はそう思うわけだ。『なんでこんなことやってるんだろうか』って。『どうせいつか死ぬのに、なんでこんなくだらない勝負なんかしなきゃなんないんだろうか』って」

「なるほど。受験も部活も、就活も、くだらないって考えて勝負しない人もいるもんね」

彼の場合は部活だった。僕の場合は受験だった。でも多くの人は、真剣にそのゲームをプレイしようとは思わない。そして、それはきっと正しい。だってそうやって戦っても、事実として、何も得られなかったのだから。

「さて、行くぞ」

急に立ち上がって田中くんは言う。

「行くって、どこに？」

「どこでもいい。この家にあるゲームはあらかた遊び尽くした。サッカーでもしようぜ」

20分歩いて、川の土手に来た。3月中旬の、まだ肌寒い季節。しかもこっちは受験生で全然身体《からだ》を動かしていない。それなのにサッカーをしようだなんて。

「おあつらえむきにゴールまであるんだから、いいじゃないか！」

彼はもう、さっき買ってきたサッカーボールでリフティングをしている。上手いな。普通に負けそうだ。

「じゃあ、お前にボール渡すよ！」

田中くんがリフティングしていたボールをこっちによこす。最初は僕がボールを持ってってことらしい。

「わかった、やろう」

一対一のサッカーの場合、ドリブルで相手に抜かれたら、すぐにゴールを決められてしまう。だからとにかく、ボールを奪われないようにしなければならない。

そんなことを考えていると、

「この前さ、同窓会行ってきたよ！」

と彼がドリブルをしてる僕に話しかける。距離があるので多少声が大きい。

「へえ！　楽しかった？」

「楽しいわけねーだろ。あんなもん！」

彼はボールをカットしようとすごい勢いで迫ってくる。

「マジでさあ、中学の時は、俺は野球バカでよかったんだよ。周りもみんな野球バカでさ。練習やって、試合して、勝ったり負けたりしたら楽しかったんだよ」

僕は田中くんの声を聴きながら、ボールを一旦《いったん》キープする。彼はどんな顔をしているのだろうか？　僕には、見ることはできない。

「それなのに、なんだよ！　高校入ったらさあ、どいつもこいつも賢くなったフリして、なーんも努力しない、何にも打ち込まない。ゲームだって真剣にやらねえんだよ、どいつもこいつもさあ」

正直な話、彼が圧倒的に飢えていたことに、僕は気付いていた。何かに打ち込むことができない周りに、そして自分自身に腹を立てていたことは、傍から見ていてもわかった。

「負けてヘラヘラしてんじゃねーよ！　俺はカードゲームだって負けたくないんだよ‼」

田中くんがボールを奪いに迫ってくる。真剣だ。僕も必死でそれを避けて、後退する。

「それが！　僕とばっかりカードで遊ぶ理由か？」

彼だったら、他にもいろんな友達がいる。カードゲーム友達なんて他に腐るほどいるだろう。でも、大会に出るのは、毎回僕とだった。

彼がたびたび「お前はイラつく」と言っている、友達でもなんでもない、僕と、だった。

「そんでさあ！　またお前のことバカにしてんだぜ、奴等！　『受かるわけねーのにバカだ』っつってさあ！」

まあそれはそうだろう、と思う。そんなのは、もう慣れっこなのだ。

「それに！　俺は！　腹が立つんだよ‼」

語気を強めて、田中くんがスライディングで僕のボールを奪おうとする。すんでのところで避けられたが、足がもつれて転びそうになる。それを彼は見逃さず、ボールを奪う。

　そして、叫ぶ。

「闘わない奴等がさあ！　笑うんだよ！　俺等のことを‼　ふざけんじゃねえって思うのさ！　マジで‼　こんなひでえ状況で、こんな最悪な状態で、それでも闘ってんのに！」

　酷い状況。最悪な状態。それは僕のことを言っているのだろう。死ぬほど辛い中で闘っている、僕の状況を指して、そう言っているのだろう。

「正直アホだよお前は！　どれだけ茨《いばら》の道を進むんだよ！　偏差値35で！　友達もいなくて！　それでも受けたのに落ちて！　バカにされて！　おまけに友達は死んで！」

　そうだ。僕はずっと、辛かった。誰もそう言ってくれなかったから、自分でも忘れていた。

「なあ西岡！　お前悔しくないのかよ⁉　こんなに頑張って闘ってるのに、こんなに懸命に耐えてきたのに、なんも報われないで、そのまま泣き寝入りして死ぬ気かよ⁉」

　彼の言葉に、思わず目頭が熱くなる。

高校3年生から数えて、2年間。僕は懸命に頑張った。頑張ったと、自分でも思う。でも、そうだ。僕はまだ、何も成し遂げられていない。

「俺は嫌だね！　ふざけんなって感じだよ！　闘う選択すらしなかった人間が、勝ち負けを見て笑ってんじゃねえ‼」

そう言って彼はボールを蹴《け》る。走って走って、なんとかそれに追いつく。

「俺の時もそうだ！　こっちは小学校から9年間ずっと野球に費やしたんだ！　それを、1回の怪我《けが》で無駄になったって、あんなに必死になってたのがバカみたいだ、なんてさあ！」

きっと、誰かにそう言われたのだろう。必死になってんじゃねえ、と。そんな風に努力して、お前はバカだ、と。闘わない奴等から、笑われたのだろう。

ドリブルして前に出る。それを田中くんが凄《すご》い勢いで阻《はば》む。

「俺はどんなに頑張っても続けらんないさ！　どんなに笑われても！　耐えるしかないさ！　でもお前は！　違うだろうが！」

ボールを奪われる。それを必死に追うが、間に合わない。

「お前は！　まだ、続けられるだろうが！」

ボールは、ゴールネットを揺らした。

「はぁ、はぁ」

「はぁ、はぁ」

昨日雨だったので地面はぬかるんでいたが、お構いなしに座り込んで息を整える。

「どうすんだよ、西岡。もう1回やるのか？ お前はまだ、『もう1回』ができる」

何度負けたって何度ヘマしたって、命がある限り「もう1回」と勝負を挑むことができる。

「運命とか、宿命とか、生まれながらの才能とか、運とか、世の中にはいろいろあるさ」

彼は運が悪かった。だから野球を辞めた。

僕には才能がなかった。または、運命に負けた。だから、東大受験を辞めようとしている。

「俺だって奴等の気持ちはわかる。世の中は考えれば考えるほど不平等で、頑張ったって報われないことばっかりで、闘わない方がいい選択なように思えてくるさ」

それはいつか、僕が彼に話したことだ。みんな、合理的に考えて、「闘わない」という選択肢を取る。そして、その合理的な選択をしなかった人を否定するのだ。

その選択肢は、自分たちには、選べなかった選択肢だから。

「それでも、闘えよ、西岡。闘わない奴等には得られないものを、得てくれよ。その選択には意味があったって、闘うことには意味があるんだって、証明してくれよ」

僕は、何も言えなかった。いろんな想いが心に去来して、何も言えなくなる。代わりに、涙が溢《あふ》れてくる。

「来年こそは、受かってくれよ、頼むから」

彼も泣いていた。なんで泣いてるんだ、君まで。

「ねえ、田中くん」

鼻声で、僕は言う。

「なんだよ」

彼も鼻声で返す。

「家の卵のお菓子、全部食べてくれ」

「いいよ」

彼は快く、そう言ってくれたのだった。

「こいつで攻撃!」

「なんの! このカードでガード!」

カードゲームは佳境だった。一進一退の攻防が続く。お互い、もう一手で勝てるが、決め手となるカードを引けていない、という状況だった。

彼とは、毎回こうだ。どんなゲームでも手を抜かない。どんな戦いでも、お互いに絶対に妥協しない。相手より考えて、相手を上回ろうと躍起になる。それが、お互いがお互いに対する、礼儀のようなものだった。

「なあ西岡、楽しいよな」

「楽しい？」

「ああ。カードなんてやってたって何にも繋《つな》がらないかもしれない。どんなに頑張ったって、俺等じゃ優勝できないかもしれない。なのに熱くなって、バカみたいだなって周りは思うかもしれない」

彼は山札からカードを引く。

「でもさ、楽しいよな。こうやって、全力で相手と戦って、全力で頑張って、全力で勝ったり負けたりするのは」

引いたカードを、彼は使う。

「あの時と同じだな」

僕が1浪して東大に落ちた時に使ったカードだ。

「今回は、俺の勝ちだ」

また、あの時と同じ。悔しいな、と思った。また挑戦したいな、と思った。

その後、僕を打ち負かした彼は、その大会で優勝した。ショップの店員さんから優勝賞品を受け取った彼に、参加者がみんな拍手を送る。

「やった！　優勝だ！」

「本当に新デッキ強かったんだなぁ」

「当たり前だろ」

そう言う彼の顔は、晴れ晴れとしている。

大会は幕を閉じ、参加者は続々とショップを去ったが、僕と田中くんは余韻に浸っていた。

「でも一番は、お前に勝って優勝できたのが嬉《うれ》しいな」

「えー、なにそれ。冗談でしょ」

だが彼は真剣なようだった。

「俺から言わせりゃ、お前以外は、みんな全力じゃないんだよ。そりゃお前は、プレイも荒いし、デッキ構築も甘い。才能はないかもしれない。それでもお前はどんな勝負でも絶対に妥協しない。東大を目指しはじめたからそうなったのかは知らないけど、お前は努力を笑わない」

「……あれ、やっぱり僕好感度高い？　そろそろ友達に昇格⁇」

「そうだな、友達ポイントマイナス100から0にはしてやろう」

「やっとスタートライン⁉」

なんだかこんな穏やかな時間を過ごすのは嬉しいな、と思った。

「んで、お前が俺を助けてるかどうかって話だけどさ」

びっくりして彼の方を向く。

「最近さ、教育学部の授業に潜り込んでるんだよね」

田中くんはいきなり、そんな話を始めた。

「この国の教育システムって、階層構造の固定化を招いているっていう批判があるんだよ」

「階層構造の固定化？」

聞いたことがない話だな、と彼の話を聞く。

「今って、教育にめちゃくちゃ金がかかる。それこそ、東大に行こうと思ったら私立の中高一貫名門校に入学させる必要があって、そのほとんどは小学4年生から3年間塾に通っているような連中だ」

そういえば、そんな話を高橋が言っていた。

「で、その塾は年間100万円はかかる。3年間で300万。受験費用で50万円と考えると、大体350万円払わないとそもそも受験のスタートラインにすら立てない」

そんなにかかるのか、と思う。田中くんは続ける。

「その後、中高一貫校に通うのにも金が必要で、高校になったら塾にも行かないといけない。で大学受験にも金がかかって、大学に通うのにも授業料がかかる。国立だって年間50万から100万円はかかるわけだ。逆に高学歴になれば、高収入な会社の社員とか国の一大事を担《にな》う高級官僚とかになりやすい。その子供もまた同じように国を背負うようになる、と」

「あー、つまり既得権益が固定化される、と」

「そうそう。貧乏人の子供はいい教育が受けられずにいい学歴を得られず、金持ちの子供はいい教育を受けていい学歴を得て世界を担うようになる」

「どんどんそれが再生産されていくようになるってことか」

「そんな話はいくらでもある。家が金持ちかどうか、親が虐待《ぎゃくたい》しない親か、生まれた地域は教育環境として適しているか」

「生まれる段階で、いろいろ不平等な現実は決められちゃってるってこと？」

「そう。生まれでいろんなものが規定されてるんじゃないか、って議論だな」

どうなんだろうか？　なんとなく引っかかるところはある。

「で、授業では『でもそれを乗り越えることだってできる』って話を教授がしていた」

お、と思う。それは僕が言いたかったことと似ている。

「そもそも資本主義の世の中で、不平等な部分があるのは当たり前で、不平等な世の中だと諦《あきら》めるんじゃなくて、不平等でも頑張ることはできるはずだ、って言っててさ」

僕は伝統の話を思い出した。世の中が伝統や環境によって不平等にされているのなら、それを壊す行動をする人だっていてもいいはずだ。

「でも俺は思ったんだよ。確かにそういう、不平等を乗り越える人はいるかもしれない。だけど、そういう行動をした人を、多くの人は笑うわけだ。お前が同級生からバカにされたみたいに。『不平等な世の中』を受け入れて、伝統とか、環境とか、遺伝とか生まれとか、そういうのを全部諦めて生きていく選択肢を取った人間に、『無駄なことを』って笑われるわけだよ」

いつか聞いた、人と猿の話と同じだな、と思う。

「そして事実として、不平等を受け入れて幸せに生きていくことだってできるわけ。何も考えずに、不平等な世の中だってことに気付いているのに気付いていない振りをして、さ」

努力したって無駄なんだから、不平等だとかそういうのを忘れて、生きることだって可能だ、と。そして、そういう人は笑うのだ、と。

彼はそう言いたいのである。

「努力する方が無駄だって、不平等は仕方ないって考える人が99人いるような環境で、1人の『努力家』が存在し続けるのって、難しいんじゃないかって思う」

それはそうだな、と思う。

「だからこそ、お前みたいなバカが必要なんだよ」

いきなり話が戻ってきて、僕は驚く。

「笑われたって、ヘマしたって、へこたれないで、努力し続ける奴がいる。それでそいつが、何か途方もない成果を得たってなったら、きっと多くの人が、バカになれる」

闘うというのは、一見愚かな選択肢だ。「何マジになってんだ？」って、笑われるような選択だ。「そんなにやったってどうせ、失敗する」って、嘲笑《あざわら》われる選択だ。

それでも、結果も見えない中で、闘い続けた人が、何かを得たのなら。

「それは、誰かの救いになる。闘って負けた人にとって、そしてこれから闘う人にとって、背中を押してくれる何かになる」

彼は真《ま》っ直《す》ぐ、こっちを向く。

「だから俺は、お前が嫌いだ」

このいいタイミングで「またそれなのかよ！」とツッコむ。

「自信なんてないくせに、虚勢を張って、死にそうになりながらも闘い続けて、何度も負けて。それでも何度も立ち上がって、闘い続ける、お前が、嫌いだ。そんなお前を間近で見てると、俺までなんかやらなきゃならないって思わされるから、大嫌いだよ」

僕は、何も言えない。僕は彼の中にある感情を、どうすることもできない。きっとそれは、彼だけのものであり、彼が向き合うべきものなのだから。

「あーあ。俺、お前に東大合格しないでほしいんだよね」

酷《ひど》いな、と思う。ここまで6人に「僕は合格できると思うか」と聞いてきたわけだが、こんな回答をする人はいなかった。

「だってお前が合格したら、俺もいよいよ本格的に、なんかしなきゃならないじゃん」

今度は僕が言い返す。

「君も、なんかしろよ。もう観念して、なんか一から新しいこと始めなよ。君ならどうせ、うまくやるでしょ」

心から、そう思う。高校時代から、ずっと思っていた。彼はきっと、何かを成し遂げることができる奴だ。

「じゃあ俺も東大でも目指そうかな。仮面浪人してさ。大学通いながら、勉強しようかな」

「そっか。それならその時は、勉強教えるよ」

彼は大声で笑い出した。そして、

「じゃあ、そん時までには東大受かっとけよ、お前」

なんて言うのであった。

あの日の川の土手の話には、実は続きがある。

「そうだ、西岡」

家に帰ろうとする僕を、田中くんは引き止めたのだ。

「これは、お前宛《あて》に預かったものだ」

彼は懐《ふところ》から手紙らしいものを取り出して、僕の方に向ける。

「お前に、まだ続ける意思があるのなら、渡せって言われた」

僕は黙って、それを受け取る。すぐに裏を見た。

「……2年ぶりだろ？　渋谷先生」

東大に行けと言った、あの先生の名前だったのだ。

7章　3月8日　合格発表まであと2日

2浪が決定した日、田中くんから白い封筒をもらった。

「何これ」

中を開けると、そこにはドイツ・デュッセルドルフ行きの飛行機のチケットが入っている。

1週間後の日付で、1人用のチケット。そしてそれ以外には、何も入っていないのだった。

どういうこと、と、田中くんの顔を見る。彼は首を振った。

「何も知らない。渋谷先生が渡しとけって俺に押し付けてきたものだから」

なんだそれ、と思う。渋谷先生が倒れてから、1年半が経過している。それまで本当に、僕はあの人と全く連絡が取れないままだった。

それが、いきなりこんなものを人を介してよこしてきたのだ。

「本当に渋谷先生からもらったの？」

するとなぜか、田中くんは少し笑う。

「そうだよ。お前がちょっとでも前向きになったら、渡してやってくれって頼まれたの」

前向き？　東大受験をもう1回やろうという気になったら、ということだろうか。

確かに今は、そんな気分ではあるが。

いや、そんなことよりも先に、僕は聞かなければならない。

「あの人は、元気なの？」

渋谷先生は、もしかしたら死んでしまったんじゃないかとすら思っていた。

それがこんな風に、手紙が来た。どういう意味なのかはわからない。今はドイツにいるのかとか、なんでこんなチケットが来たのかとか、聞きたいことはたくさんある。

でも、まずは生きているのかどうか。それだけは、確かめたかった。

「知りたきゃ、そこに行けってさ」

それに対しての反応は、素っ気ないものだった。

「そのチケット使って、確かめてみろってさ」

僕は、チケットを見つめる。ドイツだってさ。日本からほとんど出たことがない僕にとって、本当に本当にはじめての場所だ。

「行ってこいよ、西岡」

ふと、田中くんが言う。

「きっと想像もつかないようなことが待ってるはずさ」

……あれ、パスポートの期限、まだ切れてなかったよな。

「そして本当に、どうしようもなく想像もつかないことが、待っていたんだよなぁ」

朝ご飯から部屋に戻り、僕は一言、そんな風に呟《つぶや》く。

机の上には、引き出しから見つけたドイツの写真がたくさん並んでいる。まさか東大に落ちて、ドイツに行くことになるなんて、本当に思ってもみなかった。どんな浪人生だよ、と自分でツッコミを入れたくなる。1浪で落ちて海外旅行だなんて、放蕩《ほうとう》息子のやることだ。

「まあ事実、放蕩息子みたいなもんなんだけど」

と口にして、少し虚《むな》しくなった。

だがまあしかし、事実として、僕はドイツに行った。そこでとんでもないことがいろいろあって、帰ってきた。

そういえば、旅の時間を共有したのは師匠だけではない。もう1人、あの人と一緒だったことを思い出す。

「じゃあ、今日は彼にしよう」

この1週間続けてきた、お世話になった人へのお礼参りもいよいよ大詰めだ。

まだ、僕が何を見落としているのかはわからない。わからないが、人生が大きく動いた田中くんとの会話を思い出したら、なんとなく見えてきたことがある。

それならば、あの時間を共有した彼となら、もっと深く、何かが見えるかもしれない。

すぐに僕はスマホのメッセンジャーで彼に連絡を取るのだった。

「朴《パク》くん、こんにちは」

「ああ、西岡サン、お久しぶりデスね」

最初のメッセージから数分後、彼も今日は休みらしく、すぐに電話に対応してくれた。

相変わらず流暢《りゅうちょう》な日本語だ。少しイントネーションが独特だが、ほとんど問題なく日本語でコミュニケーションが取れる。

「いやあ、やっぱり朴くんはすごいですね」

「スゴイ？　アー、どうしたんデスか？　西岡サン」

「ああいや、本当に日本語マスターしててスゴイなあと。今日電話したのは、ちょっと声が聞きたいなと思ってね」

「あー、そうなんデスね。西岡サンも、韓国語とか中国語とか、勉強するといいデスよ」

大学に入って勉強すれば、僕も日本語以外の言語も喋《しゃべ》れるようになるのだろうか？　韓国人の彼が、日本語をマスターしたように。

「そういえば、大学受験、どうなったんデス？　もう発表になったんデスか？」

「今は発表待ちなんだ。それで、受験までにお世話になった人にお礼の電話を、と思って」

朴くんにはそんなふうに説明する。少しだけ違うが、まあこんな言い換えは嘘《うそ》のうちにも入らないだろう。電話の向こうで、「そうなんデスね」と納得するような声が聞こえてきた。

「お世話、なんて言いマスケド、あの時は僕の方がお世話になったんデス。お礼を言うのハ、僕の方な気がしマス」

「いやいや、そんなことないから。僕、マジで朴くんいなかったら死んでたから」

「死んでタ⁉」

彼は驚くが、誇張でもなんでもない。僕は朴くんがいなかったら、ドイツの街のどこかで多分死んでいたのだ。


1年前。日本から15時間かけてデュッセルドルフにある空港に降り立つと世界が変わっていた。

「着いた、のか？」

フライトは途方もなく長かった。飛行機の中で過ごした14時間、僕はドイツに着いたら勉強できるかわからないからと、世界史や地理の参考書を開いてずっと勉強していた。

「ドイツ、ここが」

パスポートコントロールを出て周りを見渡すと、なんとも言えない、日本とは明らかに違った雰囲気があった。

まず気温が違う。ドイツは日本よりも少し肌寒かった。

さらに、なんとなく匂《にお》いも違う。湿度のせいなのか、甘ったるい、じめっとしているような、独特の匂いがするような気がした。

そんな中で一番日本と違ったのは、トイレだった。飛行機を降りてすぐに行ったのだが、男性用の便器の位置が高いのだ。つま先立ちしないと届かない。用を足すだけで一苦労だった。

ついにドイツへ来たのか、と実感する。飛行機の中でも、ついついこの国の歴史に関する記述ばかりを重点的に読んでしまった。おかげで今、僕は過去最高にEUに詳しい人間になっている。

ただ、そんな知識なんて、こうやってドイツに来たら役に立たないんじゃないかと思う。それくらい、僕は今、テンパっているのだった。

とりあえず、言われるがままに空港に来た。でも、ここからどうすればいいのかとか、僕には一切わからない。何とかなると思っていたが、急に不安になる。

空港のロビーを見渡す。周りはみんな、僕が知らない言葉を使っている。僕が唯一《ゆいいつ》知っている外国語、英語ではなさそうなので、おそらくドイツ語だろう。

「これで先生に会えなかったら、異国の地で、本当に僕はひとりぼっちだな」

そう自覚して、その場から離れようと歩き出したところで、

「あっ」

その人を見付けた。どうやらあっちも僕に気付いたようで、こっちに向かって歩いてくる。

「よう。久しぶりだな、西岡」

1年半ぶりに、先生は僕に話しかけたのだった。

ドイツ・デュッセルドルフの空港ターミナル。待合室の椅子《いす》に荷物を置き、その隣に座りながら、僕は先生に聞いた。

「生きてたと思ったら、いきなりドイツにいるなんて、どうなってるんですか？」

「まあ、当然の疑問だな」

先生も僕の前の椅子に座る。僕がおどおど周りを見ながら話しているのに対して、随分と余裕がある感じに見えた。

「そこでいくとほら、俺は元々音楽家だからさ」

「音楽家？」

「学校の先生は世を忍ぶ仮の姿。本当は作曲して、それを海外で売る仕事をしているのさ」

なんと。普通の先生じゃないとは思っていたが、まさかそんなことをしている人だとは毛ほども考えたことがなかった。

「それで今は、たまたま長期でドイツに滞在して、曲を作ってる真っ最中ってことだな」

「そこに、僕を呼んだ、ってことですか」

「そうだよ。元気にしてるのかなと思ってね」

その言葉を聞いて、いろんな思いが駆け巡る。

今日まで連絡一つくれなかったことの恨み言を言いたい気分でもあるし、再会を喜ぶ言葉をかけたい気分でもあるし、ここまでの僕の軌跡を聞いてもらいたい気分でも、ある。

だが、思いが多すぎて、どんなことを口にすればいいのかわからないのだった。

「西岡、ごめんな」

先生は、不意にそう言った。

「ずっと気がかりではあった。お前が、どうしてるかって。それでも、今日まで連絡できなかった。本当に、ごめんな」

なんだよ。そんな風に言われたら、怒れないじゃないか。

多分この人のことだ。本当に、退《の》っ引《ぴ》きならない事情で、僕に連絡ができなかったのだと思う。それが、やっと連絡できるようになった上での、今なのだと思う。

声色から、それがわかってしまう。だからこそ、何も言えない。

「先生、僕は……」

僕が何か口にしようとしたところで、それは先生の言葉でかき消された。

「あ、それでさ、西岡。ごめんついで、なんだけど！」

「はい？」

なんだか猛烈に嫌な予感がするのだが、気のせいだろうか？

「実は俺、今からまた仕事でさ。悪いんだけど、ホテル、テキトーに探してチェックインしておいてもらえない？」

何言ってるんだ、この人は。

「え、いやあの、はい？」

この、言葉も通じない異国のターミナルに、生徒を置いていくというのか。

「ま、これも勉強だよ、西岡。頑張れ」

「いや頑張れじゃなくて、え？　嘘でしょ？」

「じゃ、あとはよろしく！」

「えええぇ!?」

そんなわけで、僕は1人、デュッセルドルフの空港に置き去りにされたのだった。

「ハハハ、キャプテンならやりそうなことデスね」

朴くんは笑う。笑い事じゃないのだが、まあ確かに、客観的に考えると面白すぎるシチュエーションだと僕も思う。

ちなみにキャプテンというのは、朴くんが師匠のことを呼ぶときのあだ名だ。

「でも、アー、なんだろう、多分なんデスが、キャプテンもキャプテンなりに、考えがあったんじゃないデスか？」

「考え？」

電話の向こうで、彼は続ける。

「だって、聞いた話だと、ドイツに西岡サンを呼んだのは、西岡サンを成長させるためだったんデスよね？　アー、キャプテンはキャプテンなりに、西岡サンに経験を積ませたかったんじゃないデスか？」

「朴くんはあい変わらず、頭がいいですね」

「イヤイヤ」

確かに、そうなのかもしれない。あの人は僕のことを成長させたくて、そうやって突き放していたのかもしれない。

「でもね朴くん、面白いのは、あの人そういう意図があって行動しているのは確かなんですけど、その一方で本当に仕事があるのを忘れてて、急にそういう行動取ってるんですよ」

「アー、ナルホド」

昔からそうだった。

生徒会長にさせたのは、僕に必要だと思っていたからというのも本当だが、それと同時に本当に単純に、生徒会長候補がいなかったからというのもある。ひょっとしたら、東大を目指させたのも、意図はあったのかもしれないが、一方でその場しのぎで言っていたのかもしれない。まあ、それでもなんとかなるのが、あの人なのだが。

「それもそれで、イイんじゃないかと思いますケドね」

朴くんは言う。

「だって、そうやってキャプテンが西岡サンをドイツに呼んだから、僕は西岡サンとキャプテンと会えたんですカラ」

「あー、もうダメだ、人生詰んだわ」

デュッセルドルフの市街地。日本の建物とはまるで違う、石造りの建物が立ち並ぶ街を、僕はキャスターバッグを転がしながら歩いていた。

当たり前だが周りはドイツ人ばかり。僕のボヤキなんて誰もわからない。

海外をなめていたわけではない。でも、見通しが甘かったと言わざるを得ない。

案内板や表示を見ると、英語が書いてあった。だからなんとか、空港から出て市街地まで来た。そこまではよかった。

だが、スマホで見つけたホテルに入っても、フロントでコミュニケーションが取れない。

「Excuse me?」

流石《さすが》に英語くらいは誰でも理解してくれるだろうと思っていた。しかし、英語で話しかけても無視される。ホテルの職員の人も含めてだ。僕の発音のせい？

そんなことを、もう3回も繰り返している。つまり本格的にどうしようもない状態だった。

「あー……」

疲れた、というか腹減った。

ドイツは割と治安が良い方だとも聞くが、それも比較的、という話でしかない。パスポートをひったくられたら帰れないし、スマホを奪われたら野垂れ死にしそうだ。

だから気を張って、緊張しながら、ここまで歩いてきたわけだが、もう限界だ。

ふと見ると、ベンチがある。川沿いの人通りが多くないところに、いい感じのベンチが。

（ここで休むか）

僕はそのベンチに腰をかけて、一息つく。空港で買ったよくわからない飲み物（甘酸《ず》っぱいのでフルーツ系の飲み物だと思うのだが、何が入っているのか全く見当がつかない）を取り出して、飲む。

「どうしよっかな、これから」

ぼんやりと街並みを見る。なんというか、ここは重厚で洗練された建物が多いと感じる。連綿と続いてきた文化が建物の細部にまで表れているような印象を受ける。

「綺麗《きれい》だなあ」

浪人して、普通なら日本で勉強してなきゃいけない中、僕は一体、何をやっているんだろうか。

そんな風に物思いに耽《ふけ》っていると、ポツリ、と何かが肌にぶつかる。その「ポツリ」は次の瞬間からどんどん大きくなっていって、そして、「ザー」という音へと変わる。

「マジかよ」

傘を出そうとするも、キャスターバッグの一番奥にあることに気付いて僕は途方に暮れる。

最悪だ。どうしようと周囲を見渡すと、すぐ近くに雨を凌《しの》げる屋根があるスペースを見つけた。そこには幸いなことに、誰もいない。

とにかく、雨を凌がなければ。すぐに僕はそのスペースに移動する。タオルを出して、濡《ぬ》れてしまった服やバッグを拭《ふ》く。

すると、バシャバシャ、と大きな音がする。そっちを見ると、1人の男性が、走って来た。その男性は傘を持っていないようで、雨宿りのスペースを探しているらしい。

僕と目が合うと、すぐに彼はこっちに来た。ふー、と息をつく男性は、アジア人だった。中国人か韓国人か、たぶんそんな顔立ちだ。

「え、Excuse me?」

旅行中のアジア人ならば、もしかしたら、英語が話せるかもしれない。そんな一縷《いちる》の望みをかけて、僕は思い切って話しかけた。

「What?」

彼は首を傾《かし》げてこちらを向く。「What?」って、多分、英語で返された。しめた、英語が通じるかも。しかし、次の言葉が出てこない。どんな風に自分の状況を話せばいいんだ、英語で。

「アー、ニホンの方、デスか？」

こっちが言い淀《よど》んでいると、その人はたどたどしいが日本語で話し始めた。

「ボク、ニホン語、少しできマス」

「本当に⁉」

「エエ、ゆっくりなら、喋れマスよ」

そう、この時出会ったアジア人こそが、朴くんだった。

「アー、西岡サン、いますか？」

朴くんのおかげで空き部屋のあるホテルが見つかり、無事にチェックインできた僕は、やっとのことで辿《たど》り着いた部屋でボーッとしていた。調度品は何もかも洒落《しゃれ》ていて、こういうのがヨーロッパ風なのかな、なんて考えていたら、窓の外は暗くなりかけていた。

そんな時に、朴くんが部屋を訪ねてきたのだ。少し重いドアを開けて、彼を中に通す。

「ドウデスか？　ホテル、アー、問題なさそうデスか？」

「問題ありません。ノープロブレム！　ありがとう！」

心からの感謝を述べる。彼は照れ臭そうにしながら、こんなことを言う。

「アー、それで、お連れの人と、次はレストランで待ち合わせているんデスよね？」

「そうです！」

先生は、別れ際《ぎわ》に「じゃあ、このレストランで18時に」とだけ言い残して、どこかに行ってしまった。そろそろ、そのレストランまで移動しなくちゃならない。

「そのレストラン、ボクも行ってみたいと思ってたところなんデス。よかったら、アー、一緒に行きませんか？」

こんな風に言ってくれたのは、朴くんの親切心に違いない。この街に不案内な僕が迷わないよう、案内役を買って出てくれたのだ。

「本当にいいんですか⁉」

こんなにありがたいことはない。僕は彼の申し出に感謝して、レストランまで一緒に行くことにした。

「お、来たな、西岡」

「『来たな』じゃないですよ！」

レストランと言うから、落ち着いた雰囲気のお店かと思ったら、全然違っていた。

「アー、ここはビアホールなんデス」

朴くんが来る途中で説明してくれた。

「席と席がくっついていて、ぎゅうぎゅう詰めでビールを飲むレストランなんデスよ」

その言葉通り、ビアホールの中は所狭しと人々が蠢《うごめ》いていた。ワイワイガヤガヤしながら、ジャガイモや肉料理をつまみに、誰もがビールを酌《く》み交わしている。

長いテーブルに何組ものお客さんが座っているけど、自分の料理がどれかとか、ビールを何杯飲んだのかとか、わかるんだろうか？　なんだかわからなくなりそうな感じがするが。

そんな人が溢《あふ》れるホールの中で、先生は呑気《のんき》にビールを飲んでいたのだった。

「大変だったんですよ、本当に‼」

「おおよかったよかった」

「よくないですよ！」

本当に、よくなんてない。大変だった。知らぬ土地で野垂れ死ぬかと思った。

「そちらのお兄さんは？」

「はじめまして、朴と言いマス」

ホテルがなかなかとれなかったこと、急に降り出した雨に困り果てたこと、でも朴くんが助けてくれたこと。そんな話をすると、先生は「おお！　それは素晴らしい」と言って、朴くんと早速意気投合したようだった。話をしているうちに、ジョッキが三つテーブルに届く。

「でっか！　なんですかこれ⁉」

そのジョッキは、バケツかと思うほど大きかった。その中に黄金色の液体がなみなみと注がれている。まさかこれは。

「ビールだよ！　ドイツビールだ！　ドイツに来たならビール飲まないとな！」

と先生は言う。いやいやいや、ちょっと待て。

「いや、僕、未成年ですよ先生？」

「ア、西岡サン、ドイツは法律で16歳以上ならビール飲んでもいいんデスよ」

朴くんの言葉に、僕は驚く。

「しかも外国人にも適用されるから、お前がここでビールを飲んでもなんにも法律違反じゃないんだぞ」

「ま、マジですか」

そんなことがあるのか、と思う。母が酒に強いので、多分、飲めなくはないと思っていたのだが、まさかドイツで飲酒初体験とは。

「西岡、無理強いはしないけどな、せっかくドイツに来たんだ。やったことのないことをガンガンやってみろ」

いくら16歳で飲酒が認められる国だとしても、教師が浪人生に酒を勧めるなんて、この人はいったい何なんだ。

「まあ飲めなかったら俺が飲んでやるからさ」

「この量を⁉」

「おう。余裕だ」

なんでもないことのように言うが、おいおい、スゴイな、と思う。朴くんもお酒は強いのか、普通に飲む気満々らしい。

目の前に置かれたジョッキを見る。確かに、これは経験したことのない状況だ。

「まあ、もういいです。なるようになれ、です」

そう言って、僕はずっしりと重いジョッキを持ち上げる。本当にこれ飲むのかよ、と半分呆《あき》れながら、乾杯の仕草をする。

「ドイツでは、乾杯はプロージットだ」

先生はそう言った。それに倣《なら》って、僕ら3人は、「プロージット！」と言ってジョッキをぶつけ合ったのだった。

「ドイツのビールって、なんであんなに量が多いんでしょうね」

僕はあの時のビアホールの写真を眺める。どう見ても大きすぎるジョッキだった。

「ドイツ人は、アー、お酒を分解するのが得意みたいなんデス。だから、きっとビールジョッキも大きいんデスよ」

肝臓の、アセトアルデヒドの分解酵素の話だろう。酔いが回りにくい体をしているということらしい。

「そう言えば、朴くんもお酒強かったですね」

あの後、朴くんはジョッキのビールを一気に飲み干していた。

「西岡サンも結構強かったデスよ。はじめてのお酒と思えないくらい。あの後もジョッキを何杯も空けてましたよね」

そうだった。飲んだ、飲んだ。

「しかし本当にスゴイ写真デスね、これ。わはは」

メッセンジャーで彼に写真を送ったのだが、電話の向こうから笑い声が聞こえる。

そこに写っている3人が朴くんのツボだったらしい。

「その日に偶然出会って、こんな風に楽しそうに写真撮ってるってすごいデスよね。

ドイツの街角で、なぜか全員がアジア人っていう」

あの旅行は大変ではあったけど、今思えばとても楽しかった。

「でも、僕らみたいな変な奴等《やつら》についてきて、よかったの？」

その後、朴くんは師匠と僕と行動を共にすることになる。3人でドイツやオーストリアなどいろんなところを旅した。でも、朴くんにとっては、それは迷惑だったかもしれない。

それに対して朴くんは、「いやいや」と言った。

「いいんデスよ、ボクもどうせ、目的のない旅というか。アー、自分探しがしたいがために、旅立ったわけデスから」なんて、言う。

そして、その言葉に、ああ、そうだ、と思い出す。

「キャプテンと西岡サンの話は興味深くって、ボクも聞きながら、自分の人生を考え直してたんデスよ」

彼は、自分探しをしている旅人だったのだ。

朴くんは、自分探しにここに来た、とすぐに先生に話した。すると先生は、「いいね」と一言口にして、それ以上は何も聞かなかった。代わりに、3人でビールを飲みながら、いろんな話をした。音楽の先生らしく、ドイツやウィーンの音楽の話、ヨーロッパの文化の話。

朴くんは、これまで行ってきた国の話をした。

僕は自分の話はせず、ただ先生と朴くんの話を聞いていた。それだけで、なんだか楽しかった。それはきっと、お酒が入っているからかもしれないし、異国で全く知らない体験をしているからかもしれない。でも、それよりも、単純に、渋谷先生の話を聞くのが久々で、すごく懐《なつ》かしかったのだ。

そんな中で、渋谷先生が話題を僕に振る。いじめられっ子な西岡のこと。そんな西岡に、東大に行けと言ったこと。

「というわけで、俺は西岡に東大に行ってもらうために、ドイツに連れ出したというわけだ」

「なんか記憶改竄《かいざん》してませんか?」

別に僕を東大に行かせるために、ドイツに呼んだわけでもあるまいに。

（……いや、もしかして、この人、本気なのか？）

そうだった。この人は、そういう人だった。

僕に何かを気付かせるために、成長させるために、無理難題を投げる人だった。

ということは、もしかして今回のドイツ旅行も、本当にそういう目的があるんだろうか？

「アー、渋谷サンは『Dead Poets Society』のキャプテンみたいデスね」

朴くんは師匠のことを指してそんな風に言った。

「はは、あれか。ロビン・ウィリアムズ」

あとで知ったのだが、「Dead Poets Society」は昔の映画だ。厳格な全寮制の学校が舞台で、キャプテンと呼ばれる破天荒な先生が、生徒たちに自由な生き方を気付かせる物語らしい。

「西岡も、今度観《み》たらいいよ」

受験生の僕にそんな余裕はないんだけどな、と思いつつ、何も言わずに料理を切り分ける。

僕らの目の前にあるのは、アイスバインと呼ばれる肉料理だ。ここで出るドイツ料理は肉とポテトがメインで、オムレツ以外、卵を使ったおつまみはほとんどないと聞いて安心した。僕は肉とポテトが大好きだ。ビールと相俟《あいま》って、僕好みの食事だと思った。でも、旅行中にこんなものばかり食べてたら、太りそうだな、なんて思う。

「じゃあボクは、渋谷サンのことをキャプテンと呼びまショウ」

朴くんの言葉に先生は少し驚いたようだったが、「おお、いいよ」と返して、彼に向けてジョッキを掲げた。

「キャプテン。なんだかかっこいいですね、先生」

そうつぶやきながら肉の塊にかぶりつく僕に、今度は先生から、

「お前も、卒業したんだから先生じゃない呼び方にしろよ」

という命令が下った。

「え？　先生以外の呼び方ですか？」

「ドイツまで来て、『先生、先生』って言われたくない」

相変わらずだなあ、と思いつつ、ビールを胃に流し込む。すると朴くんがこう言った。

「西岡サンも、ボクと同じ、キャプテンじゃダメデスか？」

何かこだわりがあるわけではないが、キャプテン、つまり船長と呼ぶのは違う気が

する。

「というか、2人ってどういう関係なんデスか？　なんだか、アー、先生と生徒という風には見えないデスが？」

僕と先生は、どういう関係なんだろうか。普通の生徒と先生ではない。それは確かだ。

学校の先生は音楽を教えてくれるが、それだけに止《とど》まらず、どう生きて、どう人生を送ればいいのか、何を指針にして生きていけばいいのかを教わった。そういう存在を、世間ではなんと言うのか？

「生きる指針をくれた人、って感じなんだよなぁ」

すると、朴くんはこう言った。

「ああ、だったら師匠じゃないデスか？」

師匠。師匠と弟子。生き方の師匠。

「確かに、しっくり来ますね」

なるほど、と朴くんの日本語の語彙《ごい》力に感心していたら、

「えー、こんな弟子いらないよ」

と渋谷先生は即答した。僕は、こういうところ、先生は全然変わらないなあ、と思った。

早速「師匠」という呼び方を使ってみた。

「師匠、僕、どうすればいいんですか？」

ビアホールを出た後、朴くんと別れて、僕は師匠の泊まるホテルにお邪魔させてもらった。いろいろ、話をしなければならないと思ったからだ。ここで話す内容によっては、僕はまたすぐに日本に帰る必要がある。

「どうするって、どういうことだ？」

というのも、僕は本当に何も考えずにドイツに来た。出発前に時間がなかったこともあるが、明日から何をすればいいのか、全く考えていなかったのだ。

というか、本当なら明日にでも帰国した方がいいのだ。

「いやだって、僕ほら、浪人生じゃないですか」

本当なら、毎日勉強しなければならない立場なのだ。ドイツを満喫する旅行なんて、してはいけない。

「師匠のチケットを使ってドイツまで来ましたけど、師匠が帰れって言うなら、帰りますよ」

「マジで⁉」

師匠は部屋のベッドに座りながら、そんな風に驚いた。

「お前わざわざドイツまで来たのに、帰れって言われたらすぐ帰るの⁉」

「え、はい。家に帰って勉強します」

「はー、マジか」

多少酒が回っているので、お互いに何だかテンションが高い会話を続けていた。

「なんかお前、優等生っぽくなったな」

「師匠が優等生を演じろって言ったんでしょ」

「そりゃそうだ」

ははは、と笑う。

「だけどさ、西岡。優等生を演じたお前は、この2年間で本当に賢くなったのか？」

どういう意味だろうか。僕は適当な返事をする。

「さあ、どうなんでしょうかね。でも、一生懸命勉強はしましたよ。今回だって、ドイツやEUのことをそれなりに調べてきたし」

そうだ、それなりには勉強した。勉強して、東大に2回挑戦できるくらいにはなった。

「でも、結果は東大に2回落ちたわけですから、まだあの時のまま、頭よくなってないんじゃないかと思うこともありますよ」

なんて、自虐《じぎゃく》的な自覚も付け加えた。

それを聞いた師匠は、苦笑いを浮かべながら、「今のお前に足りていないもの、なんだかわかるか?」とまた質問してきた。

「足りないもの、ですか。なんでしょうね」

師匠は、僕に一体何が足りていないと言いたいんだろうか?

「結局、お前はこの2年間、座学しかしてないんだよ」

「座学、ですか?」

「お前は、ここドイツでしばらく過ごせば、きっと日本で勉強しているよりも多くのことを学べるはずだ」

日本で勉強している以上のことって、一体なんだろうか?

「じゃあ、明日の夜、それが体感できる場所に連れてってやるよ」

「僕はどこへ連れて行かれるんですか?」

「ああ、風俗だ」

師匠は、それが当たり前のような顔でそう答えた。

翌日。朴くんも加わった3人でデュッセルドルフを散策した後、僕らはとある裏通りを歩いていた。もう日が沈みかけていて、あたりは結構暗い。

その通りの途中で、青白いランプが灯っていた。一見すると普通の大きな邸宅のようだが、なんとなく不思議な雰囲気のあるところだった。

「ここが、ドイツが誇る風俗店、ＦＫＫだよ」

師匠はこう続けた。

「中では裸のねーちゃんたちが踊ってて、そこに男性が声をかけるってシステムだ」

うええ、と僕はたまらずに言う。そんな僕を尻目《しりめ》に、師匠はルンルンだ。

「そういや、朴くんは行ったことある？」

師匠が聞くと、彼は「流石にないデスね」と答えた。

「あの、師匠、僕、帰っていいですかね？　いやあの、僕は行かないですよ！」

口にするまでもなく、僕には縁のない場所だ。縁があっちゃいけない。浪人生がそんなところに遊びに行くなんて、なんの冗談だ、と思う。

「まぁ聞けよ、西岡。ここで座学の成果を見せてみろ。まず、ＥＵっていうのは、世界経済の中で、どういう利点があるんだ？」

え、と戸惑いつつ、僕は聞かれたことに教科書通りの回答を返す。

「そりゃ、人とか物とかお金とか、いろんなものの移動が自由で、まるで一つの国のような連合ができることで、経済的にも政治的にもプラスが多い、みたいな」

これは、東大入試のために勉強している僕にとって、ごく当たり前に答えられなきゃならない知識だ。何度も勉強している。

「経済的なプラスって、どういうことだよ？」

「まあ、例えば分業ができたり、ビジネスがしやすかったり、みたいな？」

事実、フランスのトゥールーズにある航空機メーカーでは、部品の製造が分業化されている。主翼はイギリス、胴体の後部はスペインとか、周りの国で各部を製作し、それをトゥールーズで組み立てて出荷しているのだ。

そんな事例も、東大入試では頻出だった。当たり前の、ごく一般的な知識だ。

「それじゃあ、あの風俗店を見てみろ」

そう言って指差した先では、建物のドアから半身を出した白人の女性が、ドイツ人と思われる男性と親しげに話していた。

「あそこにいるおねーちゃん方は、みんなドイツ人じゃない。おそらくはハンガリーとかポーランドとか、そういう、ちょっとドイツよりも貧しい国から来ている人たちだ」

あ、と僕はあることに気付く。師匠が続ける。

「ここドイツじゃ、風俗産業は合法だ。EU間で人の移動が自由になったことによって、彼女たちは所得の高いドイツ人の相手をすることができて、大儲《おおもう》けができる。EUがなかった時には、出稼ぎも大変だったろうな」

つまりはEUのおかげで、風俗産業は繁盛《はんじょう》していると言うのだ。

そんなことってあるのだろうか。というか、あっていいのだろうか。

「お前はEUの勉強して、その先でどんなものがあるか、知らなかっただろう。座学で留まっていたら得られないような世界があるんだ。勉強に意味がないわけじゃない。でも、お前は世界が狭すぎる。1回、広い世界を見るべきだ」

正直、衝撃的だった。僕がEUについて勉強してきたのは、教科書に載っているような「表側」だけ、「裏側」では、そんなことが起こっていたのか。

「それって、本当にいいんですか？」

僕は別に潔癖症《けっぺきしょう》ではないけど、なんだかいけないものを見ているかのような感覚を覚える。いくら合法と言ったって、それを肯定的にとらえられない。

　すると、今まで何も言わなかった朴くんが、口を開いた。

「西岡サンが感じる違和感も、わかりマス。でも実は、アー、このシステム？　で多くの人が幸せになっているんデス」

「幸せに？」

　そう言うと、今度は師匠が話を続ける。

「あのな。あそこで働いている女性たちはほとんどシングルマザーで、彼女たちは地元に子供を残して出稼ぎに来てるんだ。ここで3、4ヶ月働けば、1年分くらいの養育費を稼げる。ここで働いている間だけ子供を自分の親や親戚《しんせき》に預けられれば、残りの時間は子供と一緒に幸せな時間を過ごせる」

　そんなの、どんな教科書にも書いてなかった。

「ここの女性たちは、みんな自分の仕事に誇りを持っているんデス。だからお客さんにも信頼されていて、『息子を男にするのは君しかいない』みたいな感じで、アー、ここに連れてきちゃうこともありマス」

　えっ、嘘《うそ》でしょ。僕らの感覚とは、やはり全然違う価値観なんだな、と思う。

「国が認めているということもあるが、日本とか韓国の風俗事情から比べたら、健全で真っ当だ。みんなが誇りを持って、みんなが一生懸命生きるために、ＥＵという制度を使っている。お前が、それを否定したり、それを憐《あわ》れんだりするのは、間違ってんじゃないか？」

言わんとすることはわかる。でも。

すると、納得いっていない様子を見透かされたのか、朴くんが、

「ボクの親も片親で、あそこで働いている女性たちみたいに、ボクを育ててくれマシタ」

と、いきなり、そんな風に自分のことを話し出したのだ。

「母親が家にいない間は、アー、寂しい思いをしたりしマシタ」

僕は何を言っていいかわからなかった。

「アー、だから、何ヶ月も子供と一緒に暮らせるのであレバ、それはすごく、子供にとってプラスなんだと思いマス」

すると師匠は、こっちを向いて、こう言った。

「お前が学んできたことの裏側には、こんな現実があるんだ。勉強は、座学だけじゃない。知らない世界、見たことのない社会に飛び出してみる必要があるんじゃないのか？」

僕は電話の向こうの朴くんに語りかける。

「今考えてみると仮にも教師が風俗の説明をするとか、相当ヤバイことしてましたよね」

朴くんは笑って、こう言った。

「まあでも、実際には入らなかったわけじゃないデスか。みんな」

てっきり僕は、師匠は中で遊んで帰るものだと思っていた。しかし、そうしなかった。

本当に、僕に「勉強」だけさせたかったのかもしれない。

「いい先生デスね、キャプテンは」

それは本当にそう思う。なんだかんだ言って、本当に本当に、いい人だ。

あの人に会えなかったら、今の僕はない。そんな風に、心の底から思う。

「いや、でも本当、いろんなところに行けて、いろんな話が聞けて、楽しい旅行デシタ」

あの時を懐かしむように、彼は言う。

「ボクも最後には、旅の目的を、達成できたような気がしマスし」

それから1週間、僕は結局、日本には戻らなかった。

代わりに、僕らはいろんなところに行った。

師匠はちょくちょく仕事でいなくなったが、その間も、僕は朴くんとずっと一緒に過ごした。

朴くんはドイツは初めてらしいのだが、シンデレラ城のモデルになったノイシュバンシュタイン城、ヨーロッパ中部を流れるライン川、ゴシック様式のケルン大聖堂、南ドイツのロマンチック街道など、いろんな観光地を知っていて、師匠が僕らをそこに連れて行ってくれた。

「朴くん、ここが、君が見たかったっていう光景だよ。どうだい？」

ベルギーとの国境に近い、アイフェル国立公園に来ていた。

広大な湖と、水際ギリギリまで迫っている森。山にはびっしりと木々が生い茂っている。雲一つない空の下に、絵画のような青の湖。青々とした森。奇跡のような光景だった。

「オー、キャプテン。ベリーグッド、サイコーデス」

「勉強した通り、いや、それ以上です」

地理で習った、ホットスポットによって作られた美しい自然。ドイツの自然は本当に、本当に、1000年以上も多くの人から守られて作り上げられているものだ。日本のものとは違う自然だ。色とスケールがまるで違う。優劣をつけたいわけではないが、植生が根本から違う風景は、僕にとって本当に神聖なものだった。

そんな中で、不意に朴くんはこんなことを言い出した。

「ヘイ、キャプテン」

「生きる意味って、ナンなんデショウか？」

大いなる自然の前で、そんな禅問答のような問いをしてみたい、そう思ったのだろう。

それに対して、師匠は、「ないよ、そんなもん」と返す。

師匠の反応に僕はびっくりしたが、朴くんは想定どおりだったらしく、あまり驚かなかった。

「ナンで、そう思うのデスか？」

朴くんは、川を眺めながらそんな風に聞く。

川と僕らを隔てる柵《さく》にもたれかかり、師匠は言う。

「だってさあ、見てみろよ、２人とも」

師匠は遠くを指さす。壮大な河川と、どこまでも続く無限の荒野。綺麗、という言葉が陳腐だと思えるほどに、美しい風景だ。

「世界は、こんなに綺麗なんだ。人間の力なんて借りなくても、こんなに綺麗で、美しいんだ。こんな世界の中で、俺らなんてちっぽけな存在でしかない」

なんて話をしている中で、1羽の鳥が川岸から飛び立った。悠々自適に羽を広げ、どこかへと飛んでいくその姿は、この風景にふさわしかった。

「言ってしまえば、あの鳥と同じだよ。この美しい風景の中の、一部分でしかない。俺らの人生は、掛け替えのない、もっと大きなデザインのための、ほんの1パーツでしかないんだ」

ジグソーパズルの、ピースのように。大きな絵の中の、一刷けの絵具のように。素晴らしい音楽の、たった一つの音符のように。

「より大きなデザインのための、一部分」

僕らの人生は、そんなちっぽけなものなのだと、師匠は言いたいらしい。

僕は、そんなものなのかなぁ、と、ある程度は納得しつつ、ぼんやりその風景を見ていた。

そして、次にその話題になったのは、ケルン大聖堂を訪れた時だった。

ゴシック様式の最高峰。巨大な建物なのに、細部の細部まで作り込まれたその形態は、涙が出そうなぐらい美しかった。ステンドグラス、絵画、祭壇。すべてが役割をもって配置され、完成形になっている。一つの建物として、芸術作品のように完成されていたのだった。

そんな大聖堂の中で、朴くんは師匠にまた質問をした。

「キャプテン。確かに自然は素晴らしいデス。でも人間にだって、こんなに素晴らしいものを作る才能がありマス。ボクらだって、アー、世界の一部じゃなくて、世界を作ることができるんじゃないデスか？」

自然は素晴らしい。自然の一部としての人間の価値も、わかる。でも、そうじゃないんじゃないか。それだけじゃないんじゃないか。

「もちろん、それは否定できないよ。こんなに素晴らしいものが作られているのを見たら、そう言いたくなるのもわかる」

師匠は朴くんの考えを否定しなかった。しかし、同時にこう返した。

「でも、それは、生きている間には不可能なんだ」

生きている間？　朴くんも首を傾げている。

「芸術作品の多くは、作者が生きている間ではなく、死んだ後に評価される。その生きた軌跡とその生涯をかけて残したものを見て、人はそれを評価されるんだ」

３人は大聖堂の奥へと進んでいく。あれだけ観光客で賑《にぎ》わっていた入口付近と違って、奥の方には誰もいない。その空間だけ、時が止まっているかのようだった。

「この大聖堂もそうさ。図面を考えた人は、この大聖堂が作られる前に亡《な》くなった。多くの建物がそうだ。サグラダファミリアなんて、いまだに完成されていない」

確かに、ゴッホのように、芸術は死後にその意味が見出《みいだ》されることが多い。そして、師匠はそれが、すべての人間に当てはまると言いたいのだ。

「人間は、生きている間に生きる意味を見出すことはできない」

師匠は、若い２人にそう言い放った。

「誰かが全力で駆け抜けて、全力で闘い抜く。その姿を後ろから見ている人たちが、その誰かが去ってから、彼が生きた意味を与えるんだ」

僕はそれを黙って聞いていた。

それから何日かして、朴くんはドイツから離れることになった。僕と師匠は空港まで見送りに行った。

「そこまでしなくていいデスよ」と朴くんは遠慮したのだが、師匠と僕はこれまでのお礼のつもりで、出発ロビーまで付いていった。

「キャプテン、西岡サン」

先に進んでいた朴くんが僕らの方を振り向く。

「本当に、この数日間ありがとうございマシタ」

彼は深く頭を下げた。

「いやいや、こちらこそですよ」

困っていた僕を助けてくれて、それからずっと行動を共にしてくれた彼には、感謝しかなかった。

「本当に、ありがとう。日本に来たら連絡してください。僕が案内しますよ」

「ありがとう、西岡サン」

師匠も彼に感謝の言葉を伝えながら、

「朴くんは、これからどこへ行くんだい？」

と、次の行き先を尋ねた。

「あー、それなんデスが」と前置きをしてから、朴くんはこう言った。

「そろそろボクは、国に帰らなきゃならないんデス」

意外な答えだった。僕はてっきり、彼はずっと旅を続けるんじゃないかと思っていた。

「ちょっと用事があって。だから飛行機の行き先は、韓国デス」

朴くんは韓国行きのチケットを僕らに見せた。

すると、何かを察した師匠が、

「そうか。兵役なんだね」

と言うと、朴くんは黙って頷《うなず》いた。状況が飲み込めない僕に、師匠は説明してくれた。

「韓国では、成人男性に兵役の義務が課されている。一定の年齢になったら、軍隊で数年研修をしなきゃならない。北朝鮮との関係が不安定だからね」

その話は聞いたことがある。朴くんはバツが悪そうな表情でこう言った。

「アー、キャプテンはタンテーみたいデスね」

タンテー？　ああ、「探偵」のことか。

「最近の北朝鮮情勢は知っての通り不穏デス。もしかしたら、このまま軍に行って、場合によっては帰って来れないかもしれない。そんな風に思ったラ、そういえば生きる意味とか考えたことなかったなって思い返しマシテ」

ふと、朴くんは空港を行き来する人々を眺める。

「ボクはずっと、自分が死ぬことなんて怖くないと思っていたんデスけどね」

少し前に僕の友達が死んだ。そして、僕も死のうと思った。

でもなんだか、彼の苦悩に比べたら、ちゃちな悩みだったような気がしてきた。

「だから、いろんな国で人に会って、生きるってどういうことか、もっと考えようと思って」

そうだったのかと、僕は気付いた。

「だから、いろんな国を旅してたんだね」

「そうデス。それで、キャプテンと西岡サンに会ったわけデス」

自分探しなんて、旅行して放浪しているだけかと思っていたが、違ったのだ。

彼は本当に、何かを探していたのだ。

「なあ、朴くん。俺さ、生まれた時からずっと、ある病気で身体《からだ》が弱いんだよね」

師匠は唐突に、そんな話を始めた。

「小さい時は、医者に20歳までは生きられないって言われたよ」

聞いてないよ、そんなこと。朴くんではなく、僕が驚く。

「そんで最近まで、1年半、入院してた。今回こそダメかと思ったが、なんとか生き残って、今君の目の前にいる」

今度は朴くんも驚いた顔をしている。やっぱり師匠、ヤバかったんだ。

「でもね、だからこそ思うんだよ。『生きる意味は、自分で作れる』って」

「生きる意味は、自分で作れる」

師匠の言葉を朴くんは茫然《ぼうぜん》と繰り返した。

「どうせ俺たちはいつか死ぬ。俺とか君とかみたいに、心臓病で明日死ぬかもしれないとか、戦争が起こって来年死ぬかもしれないとか、そんなことを考えるまでもなく、どうせみんな、いつかは死ぬ。ここにいる誰も彼もが、１００年後までは生きられない」

それはそうだ。この世に生きている人はみんな、明日死ぬかもしれない人生を生きている。

「俺らの人生なんて、その程度のもんだよ。大いなる自然の前には俺らは無力だし、世界の中で言ったらチリでしかない。そんな掛け替えが『ある』人生を、俺らは生きているんだ」

掛け替えがある人生。他に代わりなんていくらでもいる、大切でもなんでもない、ごくありふれた、人生。

この人は、自分たちの人生にたいした価値はないと、そう言いたいのだ。

「また変なことを言い出しますね、師匠」

「デモ、あんな綺麗《きれい》な自然を目の前にしたら、確かに、そう思いマスよね」

朴くんと師匠と一緒に見た、ライン川の風景を思い出した。

普段なら、そんな風には感じなかったかもしれない。でも、ここ数日の経験があるからこそ、僕たちはそれを肯定できたのだと思う。ちっぽけな人生を生きているんだ、と。

「だから、俺たちは意味なんてないから、たいした価値なんてないから、好きなように生きられるんだ。やりたいように生きればいいし、やりたいように死ねばいい。シンプルだけど、これが、この歳《とし》まで俺が生きてきて感じたことだよ、朴くん」

朴くんは、その言葉に大きく頷いた。

人生に意味はない。

だからこそ、自由に生きていい。突き放すようでいて、非常に優しい言葉だな、と僕は思った。

「キャプテン、それならボクは、好きなように生きマスよ」

朴くんは、改まってそう宣言した。決心したように、それでいて諦《あきら》めたように、そんな風に言ったのだった。

「それがいい。人生なんて1回ぽっきりなんだから」

　僕は電話の向こうの朴くんにこう告げた。

「実は、僕は知らなかったんですよ」

「知らなかっタ？　何をデス？」

「師匠が20歳まで生きられないって言われてたってこと。そして、最近まで本当に死にそうだったたってこと。だからあの時、師匠の言葉に、妙に感じ入っちゃって」

　生きることに意味はない。だから後からいくらでも作れるんだ。その言葉に、なんだか救われたような気がしたのだ。

「だからデショウか。なんだかいろんなところを巡って、最後に会った人が、キャプテンと西岡サンで良かったなって、今もそう思ってマスよ」

　朴くんにそんな風に言ってもらえるのは、とても嬉《うれ》しい。

　そして、そんな出会いができたことに、本当に感謝したいと思う。

「朴くん、実はあの後、僕たちは話を続けていたんだ」

「さて、飲もうか」

朴くんを送り出した僕らは、軽く夕飯を食べてから、師匠のホテルの一室で飲み明かすことにしたのだ。

「ドイツビールって、美味《おい》しいですね」

僕は未成年のくせに飲みまくっていたわけだが、なんだか本当に喉越《のどご》しが良くて、このビールの虜《とりこ》になってしまっていた。

「おお、その良さがわかるとは。お前もイケる口だな」

笑いながら、師匠はビールを開ける。

「プロージット」

2人で缶ビールをぶつけ合い、乾杯をする。それを一口飲んでテーブルにおいた。

「今晩は俺も気分がいいから、聞きたいこと、なんでも答えてやるよ、西岡」

「なんでも、ですか」

師匠に聞きたいことなんて、無限にある。

例えば、20歳まで生きられないって言われたというのは本当なのか。

例えば、なんで1年半も入院していたのか。

でも、そんないろんな問いを押し除《の》けて、僕はこう聞いた。

「その、死ぬかもしれないって、怖くないんですか？」

師匠と朴くんは、2人とも、死ぬかもしれないと考えていた。だから2人はさっき、あんな風に通じ合えた。死ぬのって、怖くないんだろうか。そして、それでも生きていくのって、どれだけ勇気が必要なんだろうか。

すると師匠は、何がおかしいのか、少し笑った。

「逆に聞きたいんだけど、西岡、お前はなんで死ぬのが怖いんだ？」

そんなの当たり前のことだと思っていたから、気にも止めなかった。

「え、なんで、って。例えば、存在が消えてしまうことが怖い、みたいな」

「おいおい、マジかよ？」

師匠はビールを一口飲みながら、呆《あき》れたように言った。

「元々、俺たちはこの世の中に存在すらしていなかった。それがほんの20年だか40年だか、ほんのちょっと生きたぐらいで、死にたくなってしまうとでも言うつもりか？」

「ぐらい、って。結構長いと思いますけどね」

「例えば明日俺が死んだって、世界はなんでもなく進んでいくよ。事実、お前だって俺がいなくなってからも今日まで、生きて来たじゃないか」

「それはそうですけど……」

わからなくはない。でも、そんな風には言って欲しくない、と思う自分がいる。僕はずっと、あなたのことを頭に思い浮かべながら、生きていたんだ。それを、なんだか大切な人間じゃないみたいな言い方をされるのは、なんだか違う気がした。

そんな僕の気持ちを知ってか知らずか、師匠はこう続ける。

「もちろん短期的には、何か変化はあるかもしれない。でも、人間の社会は何千年と積み重なってきたんだぞ？　そんな中で、ほんの数十年の寿命のたった1人が死んだところで、何も変わらない」

何も変わらない。それは、そうなのかもしれない。心情的には納得できないけれど、論理的には理解できる。

「それに、別にスパッと消えるなら、その後どうなるかなんて知ったことじゃないだろ？　だったら、この世の中にはなんの未練もないはずだ」

例えば明日死ぬとして、そのまま僕の意識が消えるというのなら、何も怖がる必要はない。

だって文字通り、意識すら消えてしまうのだから。まあ、それも屁理屈《へりくつ》だけれど。

しかしまあ、屁理屈でも理屈は通っている。だから反論できない。そしてそんな僕

を見て師匠は、

「他に、死ぬのが怖くなる理由はあるか？」

なんだろうか。他に、死ぬのが怖くなる理由。

「死んだ後に、地獄に落ちるんじゃないか、みたいな」

「お前は地獄なんて信じてるのか？」

「いや、まあ、そうじゃないですけど」

僕もビールを飲みながら、考える。酒に酔った頭で、深く考えようと試みる。

「何かを残せないままで死んでしまうことが怖い、みたいなことはあるんじゃないですか？」

頭を捻《ひね》った末に、さらにこう続けた。

「努力したことの結果とか、歴史に名前を刻むとか、楽しむはずだった残りの人生とか、あとは、自分の子供とか？　そういう、自分が生きてきたってことの証明が残せないまま、人生をロクに謳歌《おうか》せずに、死んでしまうことが、怖い、みたいな」

うまく言葉になっていないな、と思いつつ、語ってみた。

するど、師匠はビールを置いて、僕に向き直る。

「そうだよ。人間と動物の一番の違いは、そこだ」

こんな風に、師匠が僕に向き合って、何かを教えてくれる。1年半前まではたくさんあったことが、今は本当に、懐かしい。

そんな僕の考えを見透かしているのか、師匠はニヤッと笑いながら、話を続ける。

「動物は、差し迫った死に対して恐怖を感じる。ライオンから追われる時に、餓死寸前って時に、『怖い』と考える」

「人間は違うんですか？」

「人間も、そりゃ目の前の危険は怖いと感じる。だけど人間は、それ以外にも恐怖を感じるだろう？」

「ああ、死が差し迫っていない、普通の時にも恐怖する、ってことですか？」

「そういうことだ」

明日死んだらどうしよう。いつか死ぬ時が来たらどうしよう。

そんな風にして、僕らは死に思いを馳《は》せて、恐怖を感じる。

「つまり人間にとっての死の恐怖の正体は、『未来』そのものなんだよ。自分が送るはずだった未来、自分が残すはずだった生きた証。そういう、未来の可能性が消えてなくなることに恐怖するんだ」

いつの間にか、僕のビールは空になり、別の缶に手を伸ばした。

「動物のように、今の自分が死ぬこと自体に恐怖しているんじゃない。今死んだら、明日生きるはずだった自分が消えてしまう。明後日できるはずだったことがなくなってしまう。人間が怖がっているのは、現在がなくなることじゃない。未来が消えることが、怖いんだよ」

今じゃなくて、未来が怖い。そんな風に考えたことはなかった。

僕はあの時、死のうと思った。それは、僕に未来はないと思ったからなのかもしれない。これから先、生きていても意味がないと思ったから、ああいう行動をしたのかもしれない。

「でもな、西岡。未来なんて、この世には存在しないんだよ」

師匠も飲み干したのか、今度は瓶ビールの栓を開けて、コップを手に取った。黄金色の液体がコップになみなみと注がれていくのを見ながら、師匠は話を続ける。

「お前、『明日どうなるのか』わかって生きているか？」

「多分、またそのあたりの街並みを散策するんじゃないかと思いますけど」

「でもそれは、想像でしかない。もしかしたら明日このホテルは爆撃されて、死ぬかもしれない。散策の途中で鞄《かばん》を盗まれて日本に帰れなくなるかもしれない」

確かに、そうかもしれない。

「未来なんて、この世の中には存在しない。あるのは、今、この瞬間だけだ。だから俺は、怖くない。俺は今を生きているだけで、未来の可能性に想《おも》いを馳せたりはしていない」

ビールの酔いもあるかもしれないが、師匠の目が据わっていた。

「だから、何にも怖くない」

死ぬようなことを何度も経験してきた人の言葉とは思えないほど、その言葉は軽く、しかし不思議な重さを一方で持っているのだった。

「それは、おかしいですよ」

僕は反論した。ビールはまた、いつの間にか空になっていた。

「未来が見えないから死ぬのが怖くない、だなんて、そんなのおかしいじゃないですか」

未来の可能性がないから、怖くはない。それは経験したことがある感情だ。僕も、未来が見えなくなって、死のうとしたのだから。

「師匠にだって、これから先、まだまだできることだってあるはずじゃないですか。やれることだって、やりたいことだって、まだまだたくさん、あるはずですよ！」

ここが異国のホテルだなんて忘れて、僕は叫んだ。師匠は、黙ってそれを聞いていた。

「未来がないだなんて、悲しいこと言わないでくださいよ。未来の可能性を信じて、死ぬのを怖がってくださいよ」

気が付くと、僕は泣いていた。

「僕は、師匠に、死んで欲しく、ないんです」

思わず、死のうとしていた人間とは思えない言葉が口から出た。

「俺はな、未来の可能性を信じているし、その上で同時に、死ぬのは怖くないんだ」

師匠はそんな風に僕へ語りかける。いつになく、優しい口調だ。

「俺は死ぬのは、微塵《みじん》も怖くない。だって全力で生きて、その背中をお前が見てるから」

師匠はビールを一気に飲み干す。その缶をテーブルに置いてから、さらにこう言った。

「明日、強制収容所に行こう」

僕たちはドイツ旅行の最後の行き先に、ダッハウ強制収容所を選んだ。ミュンヘンから15㎞のところにある、市街地から一番近い、強制収容所。

Arbeit Macht Frei（アルバイト・マハト・フライ）、「働けば自由になる」と書かれた看板が残っており、そこで多くの人が写真を撮っていた。

「本当にあれ、あるんですね」

確か教科書にも載っていた。

「座学だとわかんないことばっかりでしたね」

それを聞いて、師匠はニヤリと笑った。

中は、非常に広かった。驚くほどに大きな建物と、驚くほどに広い空間。ここに罪のない多くの人が送り込まれ、無理矢理労働させられていたというのは、なかなか想像できなかった。

「見てみろよ。これが悪名高きガス室だ」

そこは、人を機能的に殺すことしか考えられていない空間。シャワーと称して室内に毒を撒《ま》き散らし、死体をすぐ処理できるよう隣に焼場が用意されていて、さらに出た灰をすぐに埋められるように外につながっている。その、どこまでも機能的なやり方に、吐き気を催す。

「こっちが、収監されていた人たちの写真だな」

師匠が教えてくれた壁には、1人1人の顔写真が貼《は》られ、その人がなぜ収監されたのかの理由が書いてあった。

ユダヤ人もいれば、政府への批判を口にした人の写真もあり、またはアル中とか同性愛とか、罪でも何でもない罪状もたくさんあった。

この人たちが、みんな死んでいったのか、と、なんだか苦しい気分になる。

その先には、収監されていた人たちの部屋と中庭があった。

「なあ、西岡、ここから、外を見てみろよ」

言われた通りに、窓を開けて外を見る。

あーっ、と僕は、思わず声をあげてしまった。

「綺麗だな」

師匠が、噛《か》み締めるように言う。

僕は、その言葉に、心の底から同意した。それは本当に、最高の景色だった。どこまでも、どこまでも続く青空。一面に広がる小麦色をした荒野。どんなに性能のいいカメラを使っても、こんなに綺麗な風景の10分の1も伝えられないだろう。どんなに最高の芸術家が描いたとしても、こんなに綺麗な空の10分の1も描き切れないだろう。

今日まで、ドイツのいろんな場所を旅してきた。でも、それでも、ここほど綺麗な風景を見てはいない。それくらい、本当に、死んでしまうほどに綺麗な風景なのだった。

僕はふと、自分が涙していることに気付いた。どうしてこんなに、綺麗なのだろうか。

「なんて、残酷なんだろう」

僕はそう呟《つぶや》いた。

「残酷だな」

隣にいた師匠もそう呟いた。

「きっと、今日みたいに、一面の青空で一面小麦色の荒野が広がっている日も、きっとあっただろう。こんなに綺麗な日が、きっとあったはずだ。こんなに綺麗だなんて。本当に神様の悪戯《いたずら》なんじゃないかと思うよなぁ」

師匠がそう語るのに、僕は心の底から、同意した。

ここは、強制収容所だ。明日死ぬかもしれない人々が、ここで生活していた。隣では、ガス室で隣人が機能的に処理されている中で、明日の希望も摑《つか》めないような状況で、生きていた。

そんな中で、なんでこんなに、残酷なほどに、綺麗なんだろうか。

「きっとみんな、この風景を糧《かて》にして、懸命に生きて、懸命に闘って、懸命に希望を持っていたんだろうな」

この美しい風景を胸に懸命に生きた人たち。諦められた方が幸せだったのかもしれないのに、こんなに綺麗な風景があったから、希望を持ってしまったんだろう。

「なあ、西岡」

窓から身を乗り出して、師匠は言う。

「朴くんが聞いたな。『生きる意味ってなんなんですか？』って」

「はい、言ってましたね」

「俺は『ない』って答えた。俺らなんて偶然生まれて、自然の摂理で死んでいく生き物だから、生きる意味とか生まれてきた理由とかそんなものはない、って」

ないからこそ、なんでもやっていいと、師匠は言った。兵役に向かう朴くんを、そう送り出したのだ。

「この強制収容所で多くの人が懸命に生きたはずだ。救いなんてないのに、ここから出る日を夢見て、その希望を摑むために、何年も何年も努力し続けた人がいたんだろう。それでも死んでしまった人がほとんどだ。このガス室で、情け容赦なく、道徳も倫理もなく、ただただ機能的に、殺されてしまった人がいた」

機能的に、システマチックに、多くの人が殺された。

「ただな、西岡。それでも彼ら彼女らの人生には、意味があったんだ。全力で闘った人の想いを、何十年も経《た》った後の俺たちが引きついでいるんだから。未来なんて、誰にもわからない。でも、それでも不確定な未来に手を伸ばす。それが、『生きる』ってことだ」

荒野の草木が蠢《うごめ》く。空に風が吹いて、雲が動く。

「生きる意味も、これからの未来も、わからないままに、それでも懸命に手を伸ばして、闘う。こんな残酷なほど綺麗な風景を糧にして、本当は希望なんてないのに、それでも生きる。その軌跡こそが、『生きる』ってことだ」

本当はこの空間に希望なんてなかった。それでも、生きようと思った人たちがいたのだ。そしてそれはきっと、僕たちも同じだ。

「結果が見えないもののために、闘う。勝率の低い賭《か》けに、賭ける」

その確率が、万に一つでも。億に一つでも。兆に一つでも、京に一つでも、または那由多《なゆた》の彼方《かなた》だったとしても。それでもそんな分の悪い賭けに、賭けて、生きる人たちがいる。

バカにされるだろう。風が吹いたら飛んでいってしまうような闘いなのだから。闘って、勝ったり負けたりする。それが生きることだと、師匠は言いたいのだ。

「そうして生きた先で、そんな分が悪い闘いをした先で、その軌跡に誰かが意味を与えてくれるかもしれない」

本気で闘っていさえすれば、誰かが後から見てくれるのかもしれない。

「人間が生きる意味を、強いて見出せるとするならば、それだけだ。誰かが意味を与えてくれること、つまりは『次に繋《つな》げる』ことだけなんだよ」

それはきっと、次の世代であり、後ろで見ている誰かであり、100年経った後の世代かもしれない。それでも、きっと意味ができるのだ。

「全力で、好きに生きる。その結果、何かを摑んだり、摑めなかったりする。未来なんてわからないのに、結果のわからない物事のために努力して、何かを得ようと奮闘する。そういう、本当の意味で生きている人が、この世の中にはいる」

ふと、田中くんを思い出す。努力した結果、何も得られなかったと言いたくないと泣いた彼を。

「そしてその背中を見た人が、また全力で生きようとする。全力で、未来を摑もうとする。先人に摑めなかった未来を摑もうとするかもしれない」

今度は、小田のことを考えた。僕ができなかったことを、彼が引き継いだことを。

「そしてそんな風に生きた人の背中を見て、また誰かが何かを摑もうとする。そうやって何十年も何百年も積み重なって、それが世界になっていくんだよ」

「それが、師匠が、死ぬのが怖くない理由、ですか。全力で生きれば、次の誰かに繫がるから、きっとその人たちが生きる意味を見出してくれる、と?」

僕が言うと、師匠は首を振る。

「見出してくれる、じゃないさ。見出してもらえるかどうかなんて、わからない。本当に次に繫がるかどうかは、死んだ後で、次の世代が決めることだ。でも、闘っていれば、きっと誰かがその軌跡を糧にしてくれる」

わかるような、わからないような気分だ。

しかし、そうか。確かにそれなら、納得できるような気がする。

生きる意味なんてないけれど、全力で生きたら、後から意味がついてくる。

そう割り切って生きることができるなら、きっと、その人生は、幸せなんだろう。

どんなに未来が見えなくても、結果としてうまくいかなくても、きっとその人生には、価値はあるはずだ。強制収容所の窓の外を見ながら、そんな風に僕は考えた。

「初めて会った時のお前は、いろんな物に縛られて、好きなように生きられなかった。ろくに生きてなかった」

師匠は不意に、そんなことを話し出した。

「手の届く範囲でだけ生きていて、何かに手を伸ばそうとすることはなかった」

そうだったな、と思い出す。僕は中途半端《はんぱ》で、何も摑もうとしていなかった。勝率の低い勝負をする意味を、僕は知らなかった。

「だから、届かないかもしれない目標を持てと、俺は言ったんだ」

あの日を思い出す。いじめられてどうしようもなくて、僕には何もできないと思った日を。

「そしてお前がこれからどうなるか、俺にはわからない。次は受かるかもしれないし、次も落ちるかもしれない。合格した後でどんな人生を送るのか、不合格になった後でどんな人生が待っているのか、俺にもお前にも、わからない」

残酷な言葉だが、真理だな、と思った。それはきっと、そういうものなんだ。

「でも、お前が頑張って努力していたら、きっとその後で、誰かがお前の進んできた道の軌跡に、意味を見出してくれるかもしれない。それは生きている間じゃなくて、死んでからかもしれないけど」

師匠は、あの時と同じ笑顔で、僕に向き合っている。

「だからさ、頑張れよ、西岡。きっとお前のことも、全力で生きれば、きっと誰かが意味を与えてくれるはずだからさ」

「次、ですか。そうかぁ、確かに」

僕の話を聞いて、朴くんはそんな風に言った。

「次なんだってさ。今の自分たちじゃなくて、次の人たちが、意味を与えてくれるんだって」

「わかる気がしマス。ボクも、そうなんデス。従軍するようになって思ったのは、アー、次の世代のことなんデスよ」

朴くんの声色が、優しくなる。僕はそんな朴くんの言葉を、自分なりに噛み砕きながら聞いていた。

「『ここで自分たちが戦うのは、祖国で生きる子供たちのためなんだ』って、そう思うと、怖くなくなるんデスよ」

「そっか。それは、師匠と同じだね」

闘っているのを、誰かが見ているから、頑張れる。誰かのための闘いだから、強くなれる。

そういう真理を、師匠も彼も、得ているのだと思う。

「すいません、ソロソロ、ボクは仕事に戻りマスね」

「あ、長々とごめんね」

気が付くと1時間近く話していたらしい。

「イエイエ、楽しかったデスし、勉強になりましタ」

朴くんはいい人だ。いつも優しい。

「あ、最後に一つだけ。僕って、東大、合格できると思う?」

「アー、難しい質問デス」

聞いておいてなんだが、確かに答えづらいよな。でも、朴くんに聞いてみたかった。

「そうデスね、それで言うなら、西岡サンは、ボクとか、キャプテンとか、きっとそれ以外にも、多くの人が応援してくれていると思うんデス」

朴くんは、そんな風に語り出す。

「きっと、西岡サンは、自分のタメだけじゃなくて、誰かのタメに闘っているんだと思うんデスよね」

そして朴くんはこう付け加えた。

「次の誰かのタメに、闘える人はキット、強いんだと思いマスよ」

8章　3月9日　合格発表まであと1日

「そういえばお前には確かに、いろんなことを教えたな」

10、000メートルの上空、ドイツ・ミュンヘンの空港から日本の成田空港に帰る飛行機の中。

師匠は、僕と一緒に東京に帰るのだそうだ。どうやらドイツでの仕事は終わったらしく、4月からはまた、あの学校に先生として復帰するらしい。ちょうど夕食が終わり、ワイングラスを片手に、優雅に足を伸ばして師匠は話す。

機内は和やかな雰囲気に包まれていた。

「そうですね。生徒会長になれとか、優等生のフリをしろとか、まあいろんなことを教わりましたね。あとまだ師匠の無茶振りで達成していないのは、東大合格だけですね」

「そうだな。そう言えば、そうなるな」

このワインは何杯目だろう。機内だと酔いが回りやすい、なんて話を聞いたことがあるが、師匠には関係ないのかもしれない。

「まあでも、きっかけは師匠が東大に行けって言ったからですが、今は、いろんなことを経て、目指してよかったな、って思いますよ」

思えば、僕が初めて師匠と出会ってから5年の月日が経《た》っていた。

そんなに長い付き合いなのに、僕はやっと、この時になって初めて、師匠と、真っ向から向き合えたような気がしていた。

「なあ、1個聞いても良いか？」

「はい、なんですか？」

そして師匠は僕に、こんなことを言った。

「結局お前は、ここまでの受験勉強で何を得て、何を求めて東大に行くんだ？」

目を覚ますと、いつもの天井だった。

「……何を求めて、東大に行くのか……」

師匠の言葉が頭の中でリフレインする。

明日はいよいよ、合格発表だ。東大に行けるかどうかが決まる。

もしかしたら受かっているのかもしれないし、落ちているのかもしれない。今までの2回と同じように失敗なのかもしれないと思うと、胸を掻《か》き毟《むし》られるような気分になる。

ぽすん、とベッドに顔を埋《うず》める。そしてあの時師匠から聞かれた問いを思い出す。

「あー、もしかしたら、師匠は」

1年前、何を求めて東大に行くのかと聞かれた。

1週間前、気付いていないことがなんなのか、探しに行けと言われた。

この二つは、何か繋《つな》がっているところがあるのかもしれない。

「僕は東大に、なんで行きたいのか、かぁ」

あの時僕は、なんて答えたんだったっけ？

「いよいよ明日ね」

母親は料理を運びながら、そんな風に話しかけてきた。

今日の朝食はポトフらしい。暖かい器の中に、ソーセージやキャベツが入っている。

「そうだね」

僕は母親の言うことに頷《うなず》きながら、「いただきます」と小さく言った。

「今日は、誰に会うとか決めてるの？」

「決めてない。最後だし、ちゃんと考えなきゃ、って思っているんだけどね」

師匠、小田、星川さん、葉山くん、高橋、田中くん、朴くん。みんな、いろんなことを教えてくれた。

でも、やっぱり何かが足りないのだ。僕が気付いていないことはなんなのか、その最後のピースが揃《そろ》わない。うーん、と悩みながらポトフを食べる。それに対して母親が話しかけてくる。

「どうなのよ、実際。何かわかったことはあるの？」

「うーん。僕が思っているよりも、僕は誰かに影響を与えたり、与えられたりしているんだろうな、っていうことはわかったんだ。全部捨てたつもりでいたけれど、捨てられてなかった、っていうか」

ふと、受験当日の朝のことを考える。僕は自分の高校の卒業式で田中くんに話したことと同じことを言った。

「僕は東大受験をした時に、人間関係とか友達とか、そういうのを全部捨てて、ここにいると思っていたんだ」

でも、本当はそんなことはなかった。僕みたいに友達のいない人間でも、人並みに、人と関係をつないで生きていたのだとわかった。そういう意味で、この7日間はとても有意義なものだったと思う。

でも、まだわからない。

「悔しいなあ」

「悔しい？」

「うん、悔しい。勉強して、もっといい人間になりたいと思ってここまで来たのに、まだ知らないことがあって、まだ足りないって言われてるみたいで」

母親は、ふうん、と言いつつ自分の朝ご飯を食べ始めた。

それを見つつ、僕はあの時の飛行機のことを不意に思い出した。そうだ、そういえば。

「昔さあ、師匠に『お前は何を求めて東大に行くんだ？』って言われたことがあって」

飛行機の中で、師匠は言った。

「結局お前は、ここまでの受験勉強で何を得て、何を求めて東大に行くんだ？」

「僕は」口を開きながら、考える。いじめられっ子だった自分が、勉強して、２浪して、これから何を得ようと思っているのかを。「僕は、生きていてもいい人間になりたかったんです」

「生きていてもいい人間？」

「はい。きっと僕は知らないところで誰かを傷付けたり、イラつかせたりしていて、だからいじめられっ子だったんだと思うんです」

相手の立場になって考えろ、とよく大人は言う。でもそれは想像力がないと難しいことだ。

ふと、風俗街のこと、強制収容所のことを思い出す。僕は何も知らなかった。そこで生きる人たちの喜びも、苦しみも。

知らないでいること、知ろうとしないで生きるのは良くないことなのだ。

「知識を付けて、僕の言動で誰かを傷付けたりしない人間になって、こんな自分でも生きていてもいいんだなって思えるようになりたい」

それが僕の願いだった。

今まで19年間生きてきてずっと、苦しかった。自分にできないことが多くて、誰かにいい影響を与えることなんてできなくて、傷付けてばっかりで。こんな自分なら死んだ方が社会にとってプラスなんだと思っていた。

だから、生きていてもいいと思えるようになりたかったんだ。

「僕にとって受験は、生きるための行為なんです」

「ふーん。そうか」

師匠はあっけらかんと言った。言いながらワインを飲み、そしてこんな風に言う。

「人生に生きる理由なんてないよ。そんなもんは自分で見出《みいだ》すしかない。お前はそれを受験勉強で得ようとしているんだな」

「そうですね。そうしたいんだと思います」

「なら、」と師匠は言葉を区切って、こっちを向く。「お前はもっと、周りに目を向けるべきだな」

「生きていてもいいって思えるような人間になりたかったし、いい人になりたかった。でも、師匠の基準だと、なれてないんだと思うんだよね」

ご飯を食べる手を止めて、僕は語る。母親の方はもうほとんど食べ終わっていて、僕だけが喋《しゃべ》っていたから全然箸《はし》が進んでいない。

「まあ、人生なんてそんなもんよ」。そんな中で、母親はようやく、口を開いた。「頑張って目の前にある壁を越えても、また新しい壁があって、辛《つら》かったり苦しかったりする。でも、それでも前に進もうと思っているなら、次の壁もその次の壁も越えられる」

なんだかいいことを言うなあ、と思いながら話を聞く。

「きっとあんたは、合格しようが不合格になろうが、別にそんなに幸福になったり不幸になったりすることはないと思う」

「ええ？　そうかなあ？　泣いたり笑ったりすると思うけど」

「そりゃするでしょうよ。でもそれも一瞬。合格したらしたで次の新しい壁が出てきて、不合格になったらなったでまた新しい壁が出てきて、それどころじゃなくなる。進み続けようと思っていれば、きっと新しい何かに出会えるようになるのよ」

そうなのかなあ、と思う。確かに僕はずっと線の中で立ち止まっていた。自分の引いた、「なれま線」という線の中で。その線を越えたいと思って東大を受験していた。

でももしかしたら、東大に受からなくたって、その線は越えられるのかもしれない。歩み続けてさえいれば、そうなれるのかもしれない。

「じゃあ、そんなあんたに免じて、ヒントをあげるわ」

「は？　ヒント？」

「あんたが、何に気付いていないのか」

「えっ」

ちょっと待ってくれ、頭が追いつかない。

「母さん」

「何」

「知ってるの？　師匠がなんで、落ちるって言ったのか」

「そりゃもう」

「早く言ってよ!!」

なんだそりゃ、と叫ぶ。うるさいわねえ、といったテンションで母親はそっぽを向きながらこんな風に言い出した。

「こんなもん、みんな知ってるわよ。私も、田中くんも」

「田中くんも!?」

「普通に、ただの事実を、あんたは見落としていて、だからしぶやんから『落ちる』って言われたの。ヒントはもう、十分出揃ってる。この7日間で出会った人が教えてくれた話が全部ヒント。あとはあんたが気付くか気付かないか、ね」

「ど、どういうこと？　全然わからない」

何にも思考ができない。どういうことだ。僕は一体、何を見逃しているっていうんだ。

「最後は、あの人に会いなさいな」

そんな僕に、食器を片付けようと立ち上がりながら、なんでもないことのように声を掛ける。

「あの人？」

「そう。あんたのことを一番支援しているけれどあんたがこの世で一番嫌いで、あんたのことを誰よりも一番よく知ってるけどあんたのことを誰よりもわかっていない、あの人と、向き合いなさい」

それはまさか、あの人のことだろうか。僕がこの世で一番嫌いな、あの人のことか。

「あんたの父親と、向き合いなさい」

周りに目を向けるべきだ、と言われて、僕は首を捻《ひね》る。

「周りですか」

「例えば、そうだな。予備校には友達とかいないのか？」

「……いませんね」

ふと高橋の顔が思い浮かんだが、すぐに掻き消して、そう答えた。

「まずは予備校で友達を作るところから始めてみろよ。自分から、予備校の仲間に価値を与えられる人間になったらいい」

「価値、ですか」それを聞いて僕はぼんやり飛行機の天井を見つめた。「僕に提供できるものなんて、何もないと思うんですが」

「あるよ。少なくともお前は1年間予備校に行ってたんじゃねえか。新しく予備校に入ってくる浪人生は、予備校のこと何にも知らないんだろ」

「ああ、確かに」

そういえばそうだなあ、と思い返す。今度予備校の仲間になる人たちは、1年下の学年の子達なのか。そう考えると、何かできそうな気がしてくる。

「他にも、ちょっと進度が早い先生の授業を助けてあげたり、ノートを見せてあげたりしたらいい」

「そんなことされて、迷惑じゃないですかね」

「迷惑になるかもと思うなら、迷惑にならないようにしっかりと頑張れ。価値を作れるように頑張ってみろ」

そうかもしれない、と思った。ノートが迷惑だと思われないくらいクオリティの高いものなら問題ないんだ。だったらそういうものを作ってもいいかもしれない。

「そうやって誰かのことを考えて、自分から勝手に生きる意味を見出せるようになることが、これから1年の課題だよ」

「はい」

僕は頷いた。このあと日本に帰ったら、早速準備をしようと心に決めたのであった。

周りに目を向ける、とはこういうことか、と納得しかけているところで、師匠は不意に一言、爆弾をぶち込んできた。

「お前、親とかとはどんな関係性なのさ？」

それを聞いて、僕は、咄嗟《とっさ》に「ははは」と自嘲《じちょう》気味に笑った。

「母親とは普通の仲ですけど、父親とは地獄ですね」

（……あー、会いたくねー）

父親。あの人に会わなければならないというのは、本当に嫌だなぁと思い、僕は電車のシートに座りながら頭を抱える。

（マジで嫌いなんだよなぁ）

確か師匠にもあの日、聞かれた。親との関係性を。その時も、「地獄だ」と答えたと思う。

前提を確認しておこう。僕は父親とは、1年に2回くらいしか話さない。単身赴任でいろんなところを飛び回っている彼は、東京に住む僕ら家族のもとに年2回くらいしか顔を出さないのだ。

普通、こういう場合、親というのは子供を放っておきがちになるものだろう。あまり会わないからこそ、勉強に口を出したり成績を見たりすることはない、というのが、一般的だろう。

しかし、逆だ。彼は遠くにいるのに、というか遠くにいるからこそ、ガンガン連絡してきて、ガンガン勉強に口出しをする。

勉強だけではない。生活がどうだとか、本がどうだとか、友達がどうだとか。

まあ、親というのはそれが仕事なのだろうが、遠くにいて、何も事情も知らないくせに、いろんな話を一方的に押し付けられるのが腹立たしいのだ。

（東大受験も反対されたしなぁ……）

まあ、母親が異常なだけで、普通は偏差値35の息子が東大に行くなんて言い出したら止めるものなのだろう。でも、流石《さすが》に何度も何度も考え直せと電話が来るのは嫌になってしまって、僕はいつからか電話すら取らなくなったのだった。

いつもの電車で、いつものように停車駅に止まる。この8日間、何度も乗っていたわけだが、この電車にももう、明日は乗らないだろう。

そう考えると感慨深いものもある。

だがそんな感慨に耽《ふけ》る暇もなく、僕の頭はある疑問で埋め尽くされる。

（……あの父親が、何を知ってるってんだろうか……）

そんなことを考えながらカフェに着いた。

目の前に、なぜかいる父親。挨拶《あいさつ》もせずに彼の前に座ると、50過ぎた父親はこっちを一瞥《いちべつ》するが、何も言わなかった。

そしてすぐに、困る。なぜなら、会話する内容がないからだ。何を話せばいいのかわからない。

まあ、そりゃ、話題ないもんなぁ、と思う。が、そんな中で挨拶もせずに父親はいきなり、

「どうなんだ、お前」

と言った。数ヶ月振りに会う父親は、そんな風に物々しく口を開いたのだった。

「どうなんだ、って言われても」

答えに困る。

「東大、合格できそうなのか？」

たぶん、話題がなくて困ったからそう聞いたのだろう。直近の、東大入試の話が一番話しやすいから、そう聞いているのだろう。

それはわからなくはない。だが、そんな話を振らないで欲しい。こっちは気が気じゃなくて、軽々しくその話題を出さないで欲しいのだ。

「知らないってことはないだろう」

なんて、父親はこっちの気も知らずに言う。

「数学は割とできたとか、英語は少しできなかったとか、国語はまあまあよかったとか……なんかそういうの、あるだろ」

そんなことを言われても困る。だってその話をすること自体が苦痛だし、そんな話をしたって、明日合格か不合格か決定するわけで、それを変えることができるわけではない。そんな、話をしたくないのだ。

すると父親は、話すことがなくなったのか、急に黙ってしまった。

僕たち親子はいつもこんな感じだ。基本的に話すことがない。話題を探しても、会話にならない。なんとか話をしようとしても、うまくいかない。そんなこんなを繰り返して、今日ここまで来ているのだ。

「っていうか、なんで今日、東京にいるの？」

単身赴任で、東京に帰ってくることはまれだ。それなのに、こっちにいるというこ
とは、なんらかの用事があったに違いない。

「明日だろ、合格発表」

は？　と声を出してしまった。だが、本当に驚いたのだ。

「それだけのために来たの？」

「悪いか？」

「いや、だって去年も一昨年《おととし》もいなかったじゃん」

「今年は特別だ」と、注文したコーヒーを、大してうまくもなさそうに父親は飲む。

「今年落ちたら、お前泣くだろ」

「泣かねえよ」

何言ってんだこのクソ親父《おやじ》、とツッコミを入れたくなる。

「これ」

父親は、鞄《かばん》から何かのファイルを取り出した。カフェのテーブルに、それが無造作
に置かれる。

「何これ」

僕はそう言ってファイルを手に取り、開いてみる。

何かのデータがまとまっている。棒グラフやら線グラフやら、「2016年」「2015年」と年号が割り振られ、綺麗《きれい》にまとまっている。

「それは、お前が東大に合格できてるのかできてないのか、判断するためのデータ」

は？　とまた声を出してしまう。まさか……。

「東大合格者のデータ。予備校とか、東大が公開しているデータとかを集めた」

僕はファイルを手に取って、ぺらぺら、ぺらぺらとめくりまくる。よく見ると、確かに、【今年の東大の難易度】【2016年センター最低点】【2015年東大合格者平均点】という文言が書いてある紙が、何ページにもわたって印刷されていた。

「これを見て、お前がどれくらい取れていそうなのかを言ってくれれば、合格か不合格かを判別できる」

父親はさらに話を続ける。

「今から、お前が受かってるのか落ちてるのか、確認するぞ」

なるほど。そうかそうか、なるほどな、と納得する。どうせ明日発表されるが、合格か不合格かは気になる。だから、その結果を今、ある程度あたりをつけておきたい、と。

自分の子供の努力の過程とか、ここまでの成長とか、そういうのは関係ない。やっぱり東大に合格できないと、意味がない。そう考えていて、だからこそ、この父親はあくまで「結果」に、そして自分のエゴに、拘泥《こうでい》しているのだ。

なるほど、そうか、よくわかった。

だからずっと、成績に関してもいろいろ文句を言ってくるし、頑張っていても評価してもらえないのだ。この父親は、そういう人間なんだ。

ガン、という大きな音がした。周りが何事かとこっちを見る。

その視線の先には僕の手があった。

僕が思いっきりテーブルを叩《たた》いたのだ。

「ふざけんじゃねえ」

気が付くと、僕はそんな言葉を吐いていた。

いつだって、父親はそういう人なのだった。

「いじめられてるんだって？」

「お前が弱っちいからだ。もっと身体《からだ》を鍛えたりとかした方がいいぞ。父さんが小さい頃は柔道をやっててだな」

「自主退学勧告されそうになってるんだろ。勉強のやる気はあるんだから、どんどん先の方を読んでいく勉強をしていくべきだ。一度頭に入れてしまえば後はなかなか忘れないぞ」

「東大を目指すんだって？　止めはしないが、こんな成績じゃ絶対無理だ。東大っていったら日本で一番難しい大学だぞ、わかってるのか？」

「模試の点数、上がってはいるけど数学の点数が低すぎるんじゃないのか。この問題で点が取れてなかったら、東大の数学なんて全然点が取れないぞ。もっと整数問題の対策をしてだな」

「……うるせえ」

「おい、どこに行くんだ？」

何度も何度も、そうやって、子供のことも考えずに、押し付ける。

そういえば思い出した。僕が勉強が嫌いになったのも、この人のせいだった。

「いいか？　アメリカには五大湖と呼ばれる湖があって、スペリオル湖・ミシガン湖・ヒューロン湖・エリー湖・オンタリオ湖だ。絶対覚えるんだぞ」

なんてことを、マックを食いながら話されて、辟易《へきえき》した。

「この花はヘビイチゴという名前で、ヘビが生息するような湿地に咲くことが多いからこういう名前で呼ばれているんだ」

なんてことを、散歩の最中に話されて、うんざりした。

「数学の問題はこうやって解かなきゃダメだ」

「九九のスピードが遅いから、もっと早く答えられるようにしなきゃダメだ」

たまに帰ってきたと思ったらそんな風に勉強することを押し付けられて、飽《あ》き飽きした。

勉強が嫌いだった。正確に言うなら、たまにやってくる父親が、つまらない勉強の話ばかりをして、勉強することを押し付けてくるのが本当に嫌だった。

間違っていたからといって怒られたりはしない。でも、嫌な顔をされて、覚えられるまで何度も話される。それが嫌で、勉強も嫌で。ついでに、子供に勉強を押し付けて、自分のエゴを押し付けてくる、父親も嫌いなのだった。

考えてみると、僕には「助けてもらえなかった」という想《おも》いがあったのかもしれない。

小学生の時にいじめられても、家にいなかった父。中学生の時辛くても助けてくれなかった父。

そして、大学受験の時、浪人の時も、何も助けてくれなかった。それどころかこんな風に、邪魔することばかり言ってきて。

ふざけんじゃねえって、感じだったのだ。

「あんたはいつも、結果にしか興味がないんだ」

「結果？」

「合格したか不合格だったか。成績が上がったか下がったか。努力の過程じゃなくて、結果しか見てくれないんだ」

「そんなこと言ったって」

「そりゃ結果は大事だよ。どんなに頑張ったって、明日不合格になったら、この3年間は無駄になるってことだもんな」

無駄になる——何気なくそう口にしたが、僕はその言葉に涙が出そうになってしまった。

この3年間、いろんなことがあった。

小田と出会って、星川さんに恋をして。葉山くんと和解して、「彼」と別れて、田中くんに救われて。朴くんと旅をして、ここまで出会ってきた人たちの想いや、感情や、出会いと別れのすべてが、明日不合格になったら、無駄になってしまうのだとしたら。

「合格してなかったら全部、無価値になるんだもんな。意味がなかったってことになって、無駄な時間過ごしただけだったってことになるんだもんな」

言いながら、僕は泣いていた。辛いわけでも腹立たしいわけでもない。ただ、悲しかったのだ。この道程を、否定されることを、ただただ悲しいと感じたのだ。

「僕を見てくれよ」

僕は絞り出すように言った。

「過程も全部含めて、僕なんだよ」

この3年間は、どうあれ、無駄にはならないはずなのだ。

そりゃ結果は悲しいことになるかもしれない。でも、だからって、みんなの想いは、僕の中にあって、価値は、意味は、想いは、必ずそこにあったのだ。

「過程も結果も、受け入れてくれよ、頼むから」

僕はボロボロ泣きながら、嗚咽《おえつ》まじりで、そんな風に言った。

そんな泣いている僕を見て、父親は困ったようにこちらを覗《のぞ》き込む。だが、もはやどんな言葉も届かない。どんなことを言われても、もう僕は何も反応しないぞ、と、心の中で誓う。

それなのに、次の言葉で、僕は一気に話へ引きこまれた。

「落ちたらお前、悲しむじゃん」

驚いて、思わず前を向く。今度は僕ではなく、父親の方が、下を向いていた。

「不合格になったら、お前、きっと泣くんだよ。俺にはわかる。泣いて後悔して、泣いてまた、いろんなことを肯定できなくなって。そうやって、お前、涙流すじゃん」

父親は、ぽつぽつと、話をする。

「それが、嫌なんだよ。そりゃ結果だけじゃなくて過程もって、わかるよ。そっちの方が理想だと思うよ」

でも、と父親は続ける。

「そんなことといったって、落ちたら明日泣くんだろ、俺の前で。それが、嫌なんだよ」

そんな風に語る彼の顔は、見たことのない表情だった。その顔は、あんなに自分の考えを押し付けてくる父親が、今この瞬間だけは、僕と同じ、悩んで答えが出なくて戸惑う、子供のように見えた。そんな様子を見て、僕は驚いて、涙を流すことも忘れて、彼に聞きたくなった。

なんだ、それは。そんなの、つまりは。

「僕、なの？」

自分の子供が東大に合格できるかどうかとか、今までの教育の成果がどうとか、そういう自分のエゴじゃなくて、

「ただ単に、僕が、目指してたところに入れるかどうかが、心配だったって、そう言いたいの？」

ばかな。そんなにこの人は、僕のことを、手放しで応援していたのか？　そんな、そんなこと、あり得るんだろうか？

「当たり前だろ」

彼は言う。言いつつ、ため息をついて遠くを見つめた。

「逆に、なんでそんな当たり前のことが、伝わってないんだろうな。渋谷先生の言う通りだ」

一瞬、本当に、時が止まったかのような錯覚があった。そして、

「は？」

今日一番の、「は？」が出る。今、この父親は、なんて言った？

「言わないで、墓まで持っていくつもりだったんだけどな」


「お前、親とかとはどんな関係性なのさ？」

こう聞かれた僕は、咄嗟に「ははは」と自嘲気味に笑った。

「母親とは普通の仲ですけど、父親とは地獄ですね」

「地獄ぅ？　なんでだよ」

「なんででしょうね」

言いつつ、確かになんでなんだろう、と考える。なんで自分は父親とここまで仲が悪くなってしまったのか、と。

「あっちが僕にあんまり興味ないからじゃないですかね」

「えぇ？　そんなことはないいんじゃねぇの？」

知らないけど、と言いつつ、近くにいたキャビンアテンダントにワインをもう1杯求める師匠。何杯目だよ、と思いつつ口を開く。

「結果ばっかり見るんですよ、昔っから。その過程でどんなに努力しても、結果が出なければ意味がないし、父親が求めるような結果は出せないし」

「結果ばっかり、ねえ」

師匠は意味深にそんな相槌《あいづち》をうったのだが、僕は構わず続ける。

「だから東大受験で、見返してやりたい、ってのもあります。多分父親は、僕のことなんか、出来損ないの息子だなって思ってるだろうから」

ガタッ、と隣の席の方から音がした。そちらを見ると師匠が席からズリ落ちていた。

「何してるんですか師匠」

「い、いや、なんでもない。ただ驚いただけだ」

何に驚いたのかわからなかったが、僕は続けた。

「父親だけじゃないです。僕は人からよく笑われるから。お前なんかには無理だって言われちゃう人間だから」

そんな自分を変えて、僕は僕がちゃんと変われるんだって、証明したいのかもしれない。ぼんやりそんなことを思った。

「うーん。難しいな」師匠は不意に呟《つぶや》いた。「お前は、いつその勘違いから抜け出せるんだろうな」

勘違い？　とすぐに聞いたが、なんでもない、と師匠ははぐらかしてしまったのだった。

「ちょ、ちょっと待ってよ」

いきなり父親と師匠の話を聞いて、僕は困惑してしまった。

「いつから師匠と繋がってたの？」

今のは一体いつの話なのか。どうして、師匠と父親が話をするなんてことが起こっているのか。なぜ？　どうして？　そういう疑問が駆け巡る。

それに対して父親はコーヒーをすすりながら、こう言う。

「多分もう、わかるんじゃないか？　今までの7日間で会ってきた人、振り返った過去の中で一つだけ、おかしなところはなかったか？」

父親は何を言っているのか。なんの話なのか、皆目見当がつかずに首を傾《かし》げる。

「母さんは『言わない方がいい』って言ってたんだけどな、まあ、お前の東大受験において重要な局面で、1回魔法のようなことが起こっただろ？　それだよ」

なんだ？　なんのことだ？　僕のこれまでの東大受験の中でのターニングポイント。それは紛れもなく師匠との出会いで、もっといえば、去年のドイツ旅行が真っ先に思い浮かぶ。

確かにあの出来事は魔法のようだったが――。

「あ！」

そう考えて、僕は一つの答えに辿《たど》り着く。

あの旅行の中の、魔法。まさか。

僕が都合よく東大に合格することも、都合よく誰かに出会うことも、都合よく何かのアイテムが降ってくることもない。

それなのに、【ソレ】が、都合よく降って湧《わ》いた。そんな魔法みたいなことは、起こり得ないのに。

「ドイツ行きの、チケット？」

田中くんも師匠も、あのチケットについて、何も言及しなかった。誰が買ったとも言わなかったし、日程もなぜか、僕と師匠の予定が合うタイミングで用意されていた。

普通ならそんなアイテムは存在し得ない。でも、事実として僕はあのチケットで、ドイツに行って、帰ってきた。それはつまり、誰かが用意したということに、他ならない。

「あのチケットを買ったのは、父さん、なの？」

父親は、中身が少し残ったコーヒーカップを見つめている。

「僕が2回落ちて、死にそうなくらい落ち込んでる時に、立ち直らせるために、ドイツ行きを師匠と考えたってこと？」

ドイツに行くのにも、結構な金がかかる。

それをてっきり僕は、師匠が用意したものだと思っていた。

でも確かに、それは考えにくい。いくら師匠といえど、自腹を切ってドイツに生徒を呼ぶことはしないはずだ。つまり、あの旅行は、偶然のものでは、なかったのか。

「あの人と会ったのは、お前が1浪していた時のことだよ。お前が東大に落ちるだろうというのは、わかっていた。それで、落ちた時にどうしたらいいんだろう、というのを母さんと話し合った」

「なんで、僕が落ちるってわかってたの？」

「模試の結果は見ていたから。ああ、届かないだろうな、というのはわかっていたんだ」

その答えに少しムッとしつつ、次の父の言葉を待つ。

「そしたら母さんが、『あの先生に話を聞きに行こう』って言って」

「母さんが⁉」

何してんの⁉　と心の中でツッコんだ。

「お前のことをわかっていて、お前としっかり向き合えるのはあの先生だけだろう、って。それで学校に、渋谷先生に会いに行った」

「……全然知らなかった。なんで、何も言わなかったの。別に、言ってもよかったじゃん。ドイツ旅行の旅費出してくれたって言ってくれたら、その、感謝くらい、したのに」

空になったカップを見ながら、僕は言う。父親のカップの方にはまだコーヒーが残っているらしく、父親はそれをあおった。

「お前、俺が金出したって知ったら、ドイツ行かなかったんじゃないか？」

なるほど、その通りだろうなぁ、と思う。父親からの施しなんかいらねえと。

「それでいいんだよ。とりあえず、直近で賭《か》けには勝った。お前はここまでは頑張ることができた。成績だって、随分上がった」

悔しいが、認めるしかない。この人がいなかったら、僕はここまで、来れていなかった。

全く僕が知らないところで、応援してくれる人がいたのだ。

これが、師匠の言っていた、「気付いていないこと」なんだろうか。

でも。それでもまだ、納得できない。

「なんで、そんなことをしたの？　割と僕が死にそうだったのはわかるし、師匠が割と面白い人だったのもわかるよ。でも、無駄金になる可能性、高かったじゃん」

父はなにも答えなかった。それでも僕は続ける。

「予備校に金出すのとは訳が違うじゃん。予備校行かせて東大にでも入ったら、後から返ってきそうだから投資になるよ。でもドイツ行きは、金出したからって、なにが得られるわけでもない。それどころか、子供にすらそれを知らせてなかった。子供から感謝されたかったわけでもない」

父親が腕を組む。こっちの話を聞いて、その上で考えているらしい。

「あんたの言うことを聞かない、生意気でバカで、出来の悪い息子のために、なんでそんなことすんの？」

不意に、父親がこっちを向いて、目が合う。なんだか、この親父と目を合わせるのなんて、初めてなんじゃないかなと思った。

そう考えると今までは、僕の方から目を逸《そ》らしていたのではないだろうか。

「なんで、だろうな。わからない」

父親は、多分僕の前ではじめて、「わからない」と言った。いつでも答えを持っていて、どんな話も知っているという態度をとるこの父親が、である。

「確かに、俺らしくない。でも、その時は、その行動が正しいと思ったんだ」

親というのは、基本的にしっかりしている存在だと僕は思う。答えがわかっているから、僕がどう行動すれば正解なのか、僕がどう考えるのが正解なのか、全部自分の中で答えがある存在のように、僕は思っている。

でも、その日の父親は、答えを知らない、僕と同じ土俵の人物のように、思えた。

「僕はあんたが嫌いだよ」

はっきりと、僕は言う。

「知ってる」

と、父も言う。構わず僕は話を続ける。

「自分の考えとか、自分の価値観とか、押し付けて。自分の中の答えをぶつけてきて。僕が、自分で闘うのを邪魔してくるみたいで、ずっと嫌いだった」

「邪魔なんかしてないだろ」

「模試の成績に口出して自分の勉強法押し付けて口煩《くちうるさ》く勉強について話をするのが邪

魔じゃないと思ってるの？」

何か言いたげだったが、父親は押し黙った。まあ、何が言いたいかはわかる。それは父親にとって、僕の背中を押すのと同じ行為だったんだろう。

息子の背中を押すつもりで、実際には邪魔していた。

さっきの話も含めて考えると、きっと、それだけの話なんだろう。納得はできないが、理解はできる。

「だいたい、あんた、東大受験するって言った時に否定してたじゃんか。それで模試の成績引き合いに出してやいのやいの言ってきたんじゃんか」

「おい、やいのやいのって」

父親は心外だという顔をしているが、スルーして続ける。

「そういうあんたを見て、思った。ああ、僕の父親は、自分の考える答えの通りに、自分の思い通りに、子供を動かしたいんだなって。自分の思うように進まなかったら嫌で、自分が考える道に子供が進むようにしたい。そういう人なんだなって」

そこまで言って、僕はふと、カフェの外の空を見る。

今日は晴れていて、飛行機がどこかに飛んでいく。父親も同じ空を見る。機影は見えなくなり、飛行機雲だけが残っていた。

「俺は、ずっと子供欲しかったんだ」

「へえ、なんで？」

「俺の遺伝子が、どんな風に育っていくのかなと思って。自分の分身が、どう生きるのか、知りたかったし、そういう存在を、残したかったんだろうな」

分身か。それこそ、自分の望むように育ってほしいってことなんだろうなと思う。確かに、わからなくはない。師匠がかつて言っていた通り、人間の価値は、次に繋《つな》げることだ。自分がやっていたことや、他の人がやっていることを、別の人に渡すために、今を全力で生きる。

だから、次の世代に可能性を託すのも、自分のやってきたことを誰かに受け継いでほしいと思うのも、理解できる。

でも、それは違う。分身として育てたかったと言うのなら、それこそ大きな間違いだ。

「だって、僕は、あんたじゃないよ」

「そうだな」父親は否定しなかった。「お前は俺とは違う。分身じゃない。俺の想いとか、人間性とか、価値観とか、そういうものを受け継ぐ必要は、ない」

父親はため息を吐《つ》きながら、天井を見上げ、話を続ける。

「渋谷先生に賭けを持ちかけられた時に、俺の父親の話になった」

「おじいちゃん?」

「そう。数年前に死んだ、あの爺《じい》さん」

自分の父親の話なのに、随分な言い方だなあ、と思う。考えてみると、この父親は、そういえば自分の父親の話をする時は毎回こうだった気がする。基本的に悪口ばかりだった。

「応援された記憶はない。基本的に、自分でバイトして学費も稼いだし、勉強なんて教えてもらったことないし、口煩いから実家に寄り付かない年月が長かった」

元々聞いていた話だったので、割と意外感はない。だが、こうして聞いてみると、やっぱり僕とは全然違う人生を歩んできた親なんだなぁ、と思う。

「それで渋谷先生に『自分だって父親の言うこと聞いてました?』って言われて、否定できなかった」

コーヒーカップはとっくに空だが、照れ臭いのか、父親はコーヒーを飲む仕草をする。

「そう考えてみると、そうか、と。俺が自分の親父に応援されなかったように、お前も、自分の父親から、応援されてないように感じてるんだろうな、と。出来の悪い息子だって思われているって、思っているんだろうな、と独りごちながら、そんな風に語る。

本当はそんなことないんだけどな、と独りごちながら、そんな風に語る。

まあ、そうだ。確かに学校や予備校に行かせてくれたり、参考書を買ってくれたりはしたけれど、正直、それで自分が応援されていると感じたことはなかった。息子に合格させたいがために、ただ、自分のエゴを押し付けてるだけなんだろうなぁ、と思っていた。

「だから、なんと言うのかな」

白髪混じりの頭をかきながら、父親は言う。

「俺の親父への、意趣返しかな。俺はあんたにできなかった、子供を応援するってことを、やってやったんだ、って言いたかった」

「なるほど。すごい理由だね」

でも確かに、あの行為は、僕にとって、純度100パーセントの応援だな、と感じる。

「でも、もしかしたらあんたの父親も、あんたのこと、どこかで応援してたんじゃないの？」

と言うと、「まさか」と笑う。

「あの親父は、そういう人じゃなかった。兄貴の方ばっかり贔屓《ひいき》してたからな」

「でも、僕だって、自分の父親が応援してくれてるなんて、今日までわかんなかったよ」

それは確かに、という表情で、父親は押し黙る。

「世の中って、そんなもんなのかもしれないね。実は僕らが知らないところで、誰かが応援してくれてて。それを、僕らが見過ごしていたり、見せないようにしているだけなのかも」

もちろん多くの人間は、闘わないで笑う人なのだと思う。

それでも、僕らがそう決めつけてるだけで、どこかの誰かが、僕らにエールを送ってくれているのかもしれない。

「少なくとも、お前はお前の母親に感謝した方がいいと思うぞ。お前の知らないところで、頑張ったりしてるんじゃないか？」

「それを言うなら、あんたはあんたの奥さんに感謝した方がいいんじゃない？　あんたの知らないところで、いろいろやってるから」

なんて、軽口を言う。

こんな軽口を言い合える日が来るとは思っていなかったなぁ、とぼんやりと思った。

「僕が合格できるかどうか、受かるか落ちるかは、わからないよ」

そして僕は、先ほどの父親の問いに対する回答を、ゆっくりとした口調で語る。

「母さんの言葉だけどさ、なるようにしかならないよ。結局、合格できるかどうかなんて、誰にもわかんない」

父親は、先程のファイルに目を落としながら、話を聞いている。

「僕は、結果が見えない賭けに、賭けるって決めたんだ。落ちるかもしれないと思っているけど、それでもここまで来たんだ」

そうだ。心の奥底では、正直この1年間は、諦《あきら》めていた。

諦めて、諦めながらも、前に進んでいた。

「なんで」と、父親は言う。「なんで、諦めながら全力が出せるの？　ダメかもしれないと思いながら、前に進めるの？」

難しいことを聞くな、と思う。

でもその答えを、僕はもう、師匠から教えてもらったような気がする。

「うーん。かわいそうだから、かな？」

「かわいそう？　誰が？」

「自分の夢が」

そう、これが、僕が師匠に教えてもらった、最大の教訓だ。

どうして、無理かもしれないと思いながらも闘わなければならないのか。

なぜ、意味がないと笑われながら、結局その夢が破れると知っていても歩き続けるのか。

「希望とか、夢とか、願望とか。そういう、キラキラしたものを持ったとして、そんな綺麗なものを邪険にしたり、無下にしたりするのは、多分、いけないことだと思うんだ」

夢や希望を持つのは、人間の特権だと思う。あの強制収容所の太陽の光が綺麗だったように。偏差値35の僕が東大を目指そうと思ったように。人間は、どんな状況でも、夢と希望を抱く。そしてそれはきっと、大切なものだ。決して、自分で否定したり、自分で壊したりしてはいけないものだ。たとえ、どんなに実現不可能に思えるものであっても。

「自分のことは大切にできないけど、自分の抱いた夢ぐらいは大切にしなきゃならないんだ」

夢や希望は、自分が死んだ後も、残り続けて、誰かに希望を与える。名も知らない誰かの、何がしかの糧《かて》になるはずなのだ。

それは、夢や希望が、自分の命よりも大切なものだということに他ならないのだ。

だから、ダメかもしれなくても、足掻《あが》かなければならない。

できないかもしれなくても、闘わなければならない。

それを笑う人がいるかもしれなくても、前に進まなければならないのだ。

「だから、落ちると思いながらも、努力し続けられたってことか？」

父親は、納得したようには見えなかった。でも、どこか伝わる部分もあったのだろう。静かに、テーブルに置いてあったファイルを、鞄にしまった。

「じゃあ、明日、落ちていても泣かないな？」

「泣かねえよ！　子供じゃないんだから」

父親は、本当に小さな子供に相対するように、そう語る。

なんで子供が涙を流すことをこんなに嫌っているんだろうか、この父親は。

もしかしたら、この人の中では、僕はずっと、小さな子供と同じ扱いだったのかもしれないな、と思った。確かに「小さな子供のやること」なら口を出したくなるのもわからなくはない。

「子供だよ。俺にとっては、いつまでも」

なんだかやっと、この人のことがわかった気がした。

「これから、どうする？」

ファイルをしまってやることがなくなった父親は、そんな風に話しかける。

今まではそんなことを聞かれても、僕は何も言わずに去っていたのだろうが、流石《さすが》に今日は、そんな気にはならなかった。

「じゃあ、どっか行こうか」

僕は不意に、そんな風に声をかける。

「は？」

と父親が驚く。

「いやだって、ずっとこのコーヒー屋にいたら良くないだろうし、どっか遊びに行こうよ」

「遊びに？」

「うん、どっか行こうよ。と言っても、どこに遊びに行けばいいのかとかわかんないけど」

周りに目を向けるべきだ、と師匠は言った。それはつまりは、歩み寄れ、ってことなんだと思う。葉山くんがいい例だ。僕がずっと、仲良くなれないと思い込んでいた人と、しっかり仲良くなる。そういう必要があるんだと思う。

僕がこんなことを言う日が来るとは思っていなかった。でも、悪い気分ではないな、と思う。

「仲良くしよう」

「お前はいつも、友達とどこで遊んでるんだ？」

「僕、友達いないから」

父親はまた驚いていた。

「やめて！　そんな目で見ないで！」

軽口を叩きながら、移動の準備をする。

「あんたは普段何で遊んでるの？」

なんて突然僕に聞かれて、父親は目を白黒させながら、

「打ちっぱなし。ゴルフ」

「へえ、ゴルフか。やったことないから、教えてよ」

そう言うと、父親は少し驚いた表情になって、

「いいよ」

と言って、飲み干したコーヒーカップを持ちながら、椅子《いす》から身体を起こす。

それをぼんやり眺めて、ふと、何かを父親から教わるのはこれが初めてなんじゃな

いだろうかと思った。

「今日は、みっちり教えてやろう」

そう言って腕まくりする父の姿を見て、僕は、

「お手柔らかに」

と言った。少し、大人になった気がした。

こうして、今日までずっとお世話になっていたこのカフェを、僕らは後にした。

東大の合格発表は、明日の正午。その24時間前に、僕と父親は、仲良くゴルフに向かうのだった。

終章　3月10日　合格発表当日

「中島みゆきの『ファイト!』って曲、聞いたことある?」

小田が、そんな風に言ってくる。

「聞いたことないなあ」

なんて僕は返す。それに対して彼は、

「いい歌詞なんだよ、それが」

と、ウォークマンを取り出して、その曲を流し始めた。

私の敵は私です。

闘わない奴等《やつら》が笑うだろう。

そんな風に歌っていた。力強くて、感情を揺さぶられる音楽だった。

心の芯《しん》に何かが突き刺さるような感覚があって、胸の中から熱いものが込み上げてくる、そんな、曲だった。

「なんて曲なんだ。どう？　いい歌だろ？」

「そうだな」

僕は頷《うなず》く。率直に、いい歌だな、と思った。人生という闘いにエールをくれるような、そんな素晴らしい曲だった。

「でもねいっせー、これって、人と闘うための曲じゃないんだよ」

小田はそんな風に言う。

「『私の敵は私です』。つまりは、自分自身との闘いの曲なんだ。だって、闘わないで笑う奴と闘うわけじゃないじゃん。そいつらは、足を引っ張ってくる奴等ではあるけど、対戦相手じゃない。同じ土俵にすら立ってないんだから」

そうなのか、と思ったのを覚えている。

人と闘うのではない。影も形も見えない相手と闘うのではない。闘うのはいつだって、自分の、弱い心なのだ。

「失敗したらどうしようという恐怖心とか、周りから何か言われるんじゃないかっていう羞恥心《しゅうちしん》とか、そういう、自分自身とこそ、闘わなきゃなんないのか」

であるならば、もし、僕がこの闘いに勝利できたのなら、その時は、自分に勝ったことに、なるのかもしれない。

いつものベッド。いつもの部屋。いつもの天井。いつもの風景。

僕は、目を覚ました。

「闘う君の唄《うた》を　闘わない奴等が笑うだろう」

そうだよなあ、と思う。僕はずっと、闘わない奴等に笑われ続けて、今ここにいる。

「でも、違うのかもな」

ベッドから身体《からだ》を起こしながら、考える。僕はずっと、闘わない奴等が大半で、みんな笑ってくるものだと思っていた。でも、もしかしたら。

「笑っていると思っていたのは、というか、自分のことを笑っていたのは、誰よりも僕自身だったのかもなぁ」

本当は多くの人に応援してもらっていたのに。

本当は捨ててなんていなかったのに。

そうでなかったら、僕はここにいなかったというのに。

それに気付かないままだったのかもしれない。

誰よりも自分自身のことを否定していたのは、他ならぬ、僕だったのかも、と、今は思う。

さて、天国と地獄の狭間《はざま》は、もう終わりだ。

今日はいよいよ、合格発表なのだ。


「え？　2066？」

父親は口を開いた。

「なんか悪い？」

「いや、悪いってわけじゃないが」

今日は久しぶりに、本当に久しぶりに、家族3人で朝食を食べることになった。

ずっと空席だった椅子《いす》に、父親が腰掛けて新聞を読んでいる。

そんな様子を気にもせず、母親は朝ご飯を持ってくる。

「はい！　担々麺《たんたんめん》よ！」

「ええ⁉」

僕と父親は同時に声を上げる。

「なんで朝から担々麺⁉」

父親が声を上げると、

「え？　だってパパ、担々麺好きでしょ？」

なんて母親は悪びれる様子もなく言う。

「え、いやまあ、好きだけど」

「いや流石《さすが》に朝から担々麺って、っていうか昨日も同じような理由で焼きそばだったよね？」

「朝から焼きそばだったのか？　なんで？」

僕と父親がそんな風に互いに首を傾《かし》げあっていると、

「おうおう男共、あんたら今日は朝飯抜きでいいのかしら」

なんて、母親がニッコリ笑って言う。よく見ると、目が笑っていない。

「……いただきまーす」

「よろしい！」

僕らは、朝からちょっとピリ辛の担々麺を食べることになったのだった。

「で？　20666って何？」

麺を啜《すす》りながら、母上は言う。

——辛い。これは朝から食べるもんじゃないな、と思う。手が込んでいて美味《おい》しいことには間違いないのだが、量が多くて朝から食べるには大変である。

そんな風にご飯に四苦八苦しながら、僕はなんとか母親の質問に答えを返す。

「いや、僕の受験番号がね。今年は20666なんだよ」

受験番号は毎年変わる。そしてこの番号で、合格発表の結果というのはわかる。この番号が表示されていれば合格、表示されていなければ不合格なのだ。

そして、今年の番号は、20666。

「オーメンじゃん」

と父親も辛そうな口を押さえつつ、そんな風に呟《つぶや》く。

「オーメン？」

と母親はなんでもないかのように言う。……この人さては辛いの得意だな？

「悪魔の数字・不吉の象徴。それが『666』という数字なんだよ」

昔映画で、666の数字をモチーフにした悪魔のことを描いた作品があったはずだ。その作品の名前が確か、『オーメン』だった。

「へえ、じゃあ今年も受からないね」

母親があっけらかんとそう言うので、僕と親父《おやじ》がテーブルに頭をぶつけてしまった。

「そういうこと言うなよ！」

なんて言ってハモる。こっちもさすがにそんな風に言われたら困るのである。

「まあ、でも確かにな。なんでそんな数字なんだよ、お前」

「うるさいなあ。受験番号なんて選べないんだから仕方ないじゃないか」

「まあ、そりゃそうだけどさ」

「はーい、喧嘩《けんか》しないのー。喧嘩するんだったら七味唐辛子を追加しまーす」

2人して、押し黙る。まったく、なんて横暴な母上様なのだろうか。

「っていうか、昨日お父上から聞いたわけですが、僕の東大受験、全部母上様が操ってたんじゃないですか？　お父さんと師匠を引き合わせたり、僕にそれとなくドイツに行くように背中を押したりして、全部裏で暗躍してたのは、母上様だったんですよね？」

「えー？　なんの話？」

「とぼけるのが下手すぎないですか⁉」

母上は、それ以上は何も言わず、ただ笑ってご飯を食べている。

僕は「孤独な東大受験だった」と思っていたわけだが、この人だけはずっと、最初っから最後まで、助けてくれていたんだなぁと思う。

この4〜5年間、本当に、ずっと、毎日応援し続けてくれていた。

「私ね。いい親じゃないのよ」

いきなり母上が語り出すので、僕と父親は驚いて母上の方を向く。

「パパみたいに勉強なんて教えられないし、しぶやんみたいに含蓄のあることも言えないし、こうやってご飯作るくらいしかできないの」

そんなことはないと思うが、母上はそう思っているのだそうだ。

「昔さあ、ママ友からいじめられてさー」

「え??」

「あんた小学校、私立だったじゃない。その学校の教育ママたちがね。『あんたのとこの息子は出来が悪い』って言って」

僕と父親は黙ってしまった。

「私なんて地方の短大卒だから。都会の受験とか、勉強のこととか、なーんにもわかんなくて。そんな親だから、お受験頑張ってるママさんたちにいじめられて」

「俺が単身赴任してた時か」

「いや、あんたはずっと単身赴任してるでしょ」

「まあ、そりゃそうなんだが」

父親も初耳らしい。

「私もそこで何にも言い返せなくて。そういうのもあって、きっとあんたはいじめられちゃったんだと思う。それで、その時も私はあんまり助けてあげられなくて」

なんとなく、この母親が言いたいことはわかる。親がそんなだから、子供もいじめられたということなのだろう。いや、そんなことはないと思うのだが。

「だから、あんまり私はいい親じゃないの。自分の息子のことをなんにも助けられてないし、なんにもしてない」

「いや、そんなことないよ」

本当にそんなことはない。笑ってくれた。応援してくれた。悲しい時にピザを頼んでくれた。おいしい料理を作ってくれた。

「いつも助けられたよ」

いろんなことを思い出しながら、もう一度言う。でも母親はそれには答えずに、続ける。

「でも、あんたは勝手にいい子に育ってくれたから、良かったなって思うの」

勝手にいい子に育ってくれた。そのセリフは、間違っているのかもしれないが、なんだか嬉《うれ》しい気持ちになる言葉だった。

「なんか言いたげね？　パパ」

「いや、そんなことはない。その通りだと思うぞ。うん」

「いや父さんは絶対勝手に育っただけだとは思ってないだろ？」

「い、いや、そんなことはないぞ」

「どもってますけど、父さん」

母上と僕は一緒に笑った。

もう大丈夫、わかっている。父さんは、母上のタイプとは違うけれど、それでもちゃんと僕のことを応援してくれているんだってことを。もう、わかっているから、大丈夫なのだ。

「本当に、行くのか？」

合格発表まであと数時間のタイミングで、僕は家を出ようとしていた。

「でも、何もこのタイミングじゃなくてもいいんじゃないか？　合否を見てから会いに行ってもいいんじゃないのか？」

父さんは心配してくれているんだな、というのはわかったけれど、僕は首を振った。

「ありがとう。でも、今じゃなきゃダメなんだ。ちゃんと僕の言葉で、向き合いたいんだ」

　この８日間、いろんなことがあった。そのけじめは自分で付けなければならないと思う。

「じゃあ、決着付けてくるから」

　２人を置いて、僕は家を出る。

　電車の窓から、外を見た。

　この８日間で会ってきた人の言葉が、走馬灯のように流れていく。

「闘ういっせーのことを、多分これから、何度も、笑う人が出てくると思う」

「生徒会で頑張る姿を笑い、東大受験する姿を笑い、きっとこの先の人生でも何度も、笑われるんだと思う」

「でも、忘れんなよ。笑うのは、闘わない奴等だけだ。闘う人は、誰もあんたを笑わない。そしてきっとあんたは、いつの日か、きっと何かを得られるんだ」

「わたしたちはきっとみんな、演技してるんだよ」

「強い自分を演じて、弱い自分を隠して、大人を演じて、子供なところを隠して」

「でも、忘れないで。それはきっと悪いことじゃない。理想の自分になりたいっていう、未来に手を伸ばす、大切な行為なんだよ」

「世の中は、ものの見方一つできっと、大きく変わるんだ」

「俺はお前が憎かった。お前は俺が嫌いだった。一つの見方で物事を見て、誰かを傷付けて」

「でも、だからこそ、俺たちは勉強するんだ。いろんな見方で見れるように。誰も傷付けないように。俺はお前から、そんなことを学んだ気がする」

「誰かの想《おも》いを受け継いで生きていくことは、すごく大変なことだと思います」

「自分のためだけに生きられるのならすごく幸せです。それなのに人間は、どこかで、誰か違う人の何かを、背負ってしまうものなんだと思います」

「でも、それが、明日を生きる糧《かて》になることも、力を与えてくれることも、あるはずなんですよね」

「どうせ俺らの人生は負け続けだ」

「努力が報われないことも、運悪く負けることも、ポックリ死んじゃうこともあるんだろうさ」

「でも、それでも、闘い続けることには意味があるはずなんだ」

「ボクタチは、明日死ぬかもしれない毎日を生きていマス」

「だから生きる意味なんて本当はないし、存在理由なんてないのかもしれない」

「デモ、だからこそ、やりたいようにやって、闘い切った先には、何かが待っているかもしれないんデスよね」

「お前の道のりを、応援している誰かがいる」

「そいつのことを、気付けないかもしれない。逆に敵対しているように見えることもあるのかもしれない。俺とお前のように」

「でも、さ。闘うお前を笑う奴もきっと、いつかお前の仲間になってくれるはずなんだ。だから、胸を張って闘え。これからも、ずっと」

（……そうだ）

みんなに言われた言葉を振り返って、僕は答え合わせをする。

僕がこの東大受験で得たものと、気付けなかったことの正体を。

「よう、西岡。彼女はできたか？」

「あなたのせいで、ちょっと前に振られたばっかりですよ」

師匠は、いつものように、カフェの席に座っていた。

「そうか、あの子に振られたか。まあ振られた回数だけ人は強くなれるからな」

「そんな『涙の数だけ強くなれる』みたいに言わんでも」

「似たようなもんだろ」

「まあ似たようなもんですが」

軽口を叩《たた》きながら、僕は師匠の前に座った。

合格発表まで、あと1時間というタイミングだった。

この8日間、ほとんど毎日頼んでいたのと同じコーヒーを頼み、僕と師匠は向き合っている。

カフェというのは、不思議な空間だ。自分以外の人間もたくさんいるにもかかわらず、こうやって向かい合っていると、なんだか相手と自分の2人だけの世界に入っているような感覚になる。

ふう、と息を吐いて、僕は師匠の方を向く。師匠と本気で向き合う時間だ。

「父さんと、会ってたんですね」

開口一番に選んだのは、そんな言葉だった。

「師匠と父さんが会ってたなんて、知らなかったですよ」

「まあ、そうだろうな」

悪びれる様子もなく、師匠はコーヒーを飲んでいる。

「その件は、お前のお母さんに感謝しておけよ。お前のお母さんの方から連絡が来たんだよ。お前が1浪してた時に。友達が死んでしまったり、勉強で気が滅《め》入《い》ったりしてた時期に。どこから連絡先を聞いたのか知らないけど、俺に連絡を取ってきたのさ」

あの時、僕も同じように師匠への連絡先を知りたがっていた。でも誰も教えてくれなくて、結局師匠とは全く連絡が取れなかった。

その時に、何のツテもない母上が連絡を取るというのは、きっと大変だったに違いない。

「俺もあの時期はなんとか生還できて、職場復帰しようと準備したり、結婚したり、離婚したりしてたから、忙しかったんだけどなんとか会うことができて」

「待って待って待って、今なんか聞き逃せない工程が二つくらい入ってた気がするんだけど」

なんだ結婚と離婚って、とツッコミを入れるが、そのまま師匠は続ける。

「そこでお前の現状を聞いて。お前が、俺がいなくなった後もずっと闘ってるんだって知って、何か応援しなきゃって思った」

「そう、なんですね」

知らなかった。母上が、そんな風に行動してくれていただなんて。

「僕は、なんにも知らなかったんですね」

自分の両親のことすら知らないままで、僕は今日まで生きて来たのか、と思う。

「でも、気付けたんだからいいのさ」

なんて、師匠は言う。

「8日前のお前ならいざ知らず、今のお前はいろんなことを学んだように見えるよ」

僕は押し黙る。

「なあ、西岡。答えは出たか?」

合格発表まであと30分のタイミングで、師匠はそんなふうに聞いた。

「ねえ、師匠」

コーヒーカップを置いて、テーブルの向かいの師匠に話しかける。

ほんの一瞬、目線が師匠と合う。僕は師匠を向いていて、師匠も僕を向いていた。

その視線が真っ直《ます》ぐに、僕に突き刺さった。

「この8日間、いろんな人と、こうやって向き合いました」

師匠に言われた通り、このカフェで、今まで僕の人生に関わってくれたいろんな人と向き合った。好きな人にも会った。嫌いな人にも会った。会いたかった人にも会った。会いたくなかった人にも会った。嫌われていると思っていた人にも会った。もう一生、わかり合えないと思っていた人にも、会った。

「答え、見つかったんだな」

僕は黙って、頷いた。「お前は、勘違いしている。わかっていないことがあって、それがわからなければ、東大に受からない」。皆目見当がつかなかった、あの言葉の意味。僕が気付いていなかったことの、答え。

それを、僕は恐る恐る、師匠に話す。

「……小田がね。中島みゆきの『ファイト！』って曲が好きだって、昔僕に言ったんですよ」

闘う君の唄を　闘わない奴等が笑うだろう。

「『世の中には闘わない奴等が大半で、闘わない奴等は、闘う奴等の足を引っ張るもんだ』、って」

小田の顔が思い浮かぶ。会った時には話さなかったけど、あいつも今きっと闘っているんだろう。あいつ自身は否定するかもしれないけれど。きっと彼は、何かと闘える人間だから。

「この歌の意味は、僕はこうだと思ったんです。『自分の今いる位置から離れて、大きな願いを持って、自分や世の中を変えたいと思う人は、多くの人から足を引っ張られる。だけど、そんなの放っておけばいいんだ』ってことだと、思っていたんです」

師匠は黙って、僕の話を聞いている。ただじっと、師匠は僕に向き合ってくれている。

「でも、違ったんです。僕の敵は、きっと僕自身だったんです」

不意に、手で顔を覆《おお》っている自分に気が付いた。悲しいわけでもない。涙が出ているわけでもない。

ただ僕は、恥ずかしくて、顔を覆った。

「敵なんて、本当はいなかったんです」

いじめっ子にも、事情があった。親父殿も、本当は僕のことを応援してくれていた。

「だって僕は、誰かに勝ちたかったわけじゃないんです。自分が、そして誰かが、変われるんだって証明したかっただけ。それなのに僕は勝手に、敵を作って闘っていただけなんです」

味方のはずの人も、見方が悪くて敵にして、真に闘うべき、「自分」という敵を、見落としていた。師匠は、ただ黙って、じっと見つめている。

「僕はずっと、自分が嫌いで、世の中が嫌いでした。どこ行ってもいじめられる自分が嫌いで、それと同時に世界のすべてが敵だと思っていました。こんなに苦しいのに誰も助けてくれなくて、こんなに悲しいのに誰も手を差し伸べてくれない。世の中なんてクソだって思っていました」

人生なんてクソゲーで、こんなこと、すぐにでも終わらせたいと思っていた。

だから、東大を目指した。それが、自分も世界も、同時に否定する手段だったから。

「こんな世の中に、少しでも爪痕《つめあと》残せるのかなって」

いじめっ子たちに、「僕は変わったんだ」と言ってやりたかった。

合格できないと否定した父親や先生に、「僕にもできたんだ」と言ってやりたかった。

「僕は、復讐《ふくしゅう》がしたかったんです」

だから、敵を作った。

だから、闘わない奴等を否定した。世の中のすべてが敵だと思った。僕以外、すべての人間が全員敵なんだと、勝手に思っていた。

本当は、助けてくれる人もいたのに、その人たちの存在にも気付かず。

「でも、受験する過程で会った人たちと話して、やっとわかったんです」

「僕は、本当は自分を否定したかったんです」

「僕は、ただ、あの時闘えなかった自分を応援したかっただけなんです」

いじめられても、何も言えなかった。

学校を変えようとしても、何もできなかった。

でもそれは、別に誰か敵がいたわけじゃなかった。僕自身に力がなくて、闘えなかった。それだけの話だった。

「僕は、誰かを憎んでいたんじゃなくて、自分を憎んでいたんです。そしてそれが、誰かのためになればいいと思えたから、ここまで来れたんです」

個人的な復讐心だけだったら、きっとここまで来れなかった。

「孤独じゃなかったんです。僕は、いろんな人を応援して、いろんな人に応援されて、そうやってここまでやって来れたんです」

高橋のことを振り返って。葉山くんと話して。僕は本当は、個人的な復讐がしたかったんじゃないと気付いた。

世の中全体に、「バカでも東大に行けるんだ」と言ってやりたいと思っていたのだと、気が付いたのだ。

「本当は、仲間がいっぱいいたんです。敵なんて、どこにもいなかったんです。それなのに、僕は勝手に、自分の方から、みんな敵なんだって思い込んでいた。それだけだったんです」

あんなに、応援してもらっていたのに。

師匠にも、小田にも、星川さんにも、葉山くんにも、高橋にも、田中くんにも、朴くんにも、そして父親にも、そして母親にも、応援されて。いっぱい、仲間はいたのに、「孤独な闘いだった」と、僕は考えてしまっていたのだ。

「闘わない奴等が笑うんじゃない。闘わない奴等を、僕が勝手に笑っていた。ただ、それだけなんです」

それが、この８日間で僕の得た答え、僕の大きな大きな、勘違いの正体。

「合格だよ、西岡」

不意に、師匠が言う。コーヒーを飲み干して、肘《ひじ》をつきつつ、けれど目線だけはじっと僕の方を向いている。

「全く、気付くのが遅いんだよ、バカ弟子が」

「バカ弟子⁉」

酷《ひど》い言い様に、流石に僕は突っ込む。

この人のことを師匠と呼び始めたのは去年からだ。だが、師匠の方から弟子と呼ばれたのは、これが初めてだった。

「俺がお前に言いたかったのは、超シンプルだよ。『1人で闘ったと思うなよ』」

今度は僕が押し黙る番だった。

「お前は、いろんな奴に応援されて、いろんな奴を応援しながら、ここまで来たんだ。お前が応援されるだけじゃない。お前自身も、誰かを応援して、そうやってここまで来たんだ」

「その言葉は、8日前なら、否定していたと思います」

「そうだろ？　この8日間でお前が会った奴は全員、多かれ少なかれ、お前を応援しつつ、お前に応援されていたはずだ」

いろんなところで、誰かに助けられていたという自覚はあった。でもそれも、僕はその人間関係を捨ててしまったと思い込んでいた。

または、東大に落ちたらもう捨ててしまうものだとも思っていた。

だから、まったく想像もしていなかった。

僕だって誰かに何かいい影響を与えていたかもしれない、なんて。

僕が誰かに救われたのと同じように、誰かが僕に救われていて。

僕にはもう、友達がいた、だなんて。

「お前は、お前が思っているよりも、人と繋がっているんだよ」

師匠は諭《さと》すように言う。

「お前が死んでも俺が死んでも、世界は明日も朝が来るだろうし、何も変わらないように見えるかもしれないけど、でも何かがきっと、変わってしまうんだよ」

ずっと、自分が嫌いだった。自分なんて死んじゃえばいいんだって、ずっと思っていた。

いじめられて、貶《けな》されて、否定されて。そうやって生きていたから、僕は自分の人生を肯定することなんてできないと思っていた。だから、今の自分を殺したいと思って、僕は東大受験をした。変わりたいと思ったから頑張ったし、変われないのなら自分に価値はないんだと思っていた。

「お前は、過去の自分を否定しなくても十分に、掛け替えのない、素晴らしい人間だよ」

そうなんだろうか。師匠の言葉は、僕の胸に突き刺さる。師匠がそんな風に言ってくれるのは嬉しいけれど、でも自分は、まだそんなに強くは飲み込めない。

これも、東大に合格したら、肯定できるようになるんだろうか……。

不意に、機械音が鳴る。

「え、あ、僕のスマホです」

「出ていいぞ」

師匠に促されて、僕はスマホを見る。

着信は……父親だ。

「はい、もしもし？」

「オーメン！　オーメン！　オーメン！」

意味不明な大音量の父親の発言に、「(こいつ、ついに狂ったのか)」と僕は考える。

「20666！　あったぞ！」

「はあ⁉」

「いやだから、合格だよ合格！　受験番号、あったんだよ！」

「はい⁉」

時計を見ると、12時ちょうど。合格発表の時間。どうやらあれから30分経《た》っていたのに気付かなかったらしい。

「し、師匠、どうしよう、受かってたらしいです」

真っ先に師匠に言うと、

「それ詐欺《さぎ》じゃない？　東大合格詐欺とかでしょ」

「ないですよ、そんなもん、っていうか教え子の東大合格聞いて第一声がそれなの？」

やばい。本当にやばい。情緒が追いつかない。

父親は相変わらずオーメン、オーメンと叫んでいるし、母親は母親で「よっしゃー」と男らしく喜んでいる声が聞こえるし、師匠は信じていないしで、もうどうしていいかわからない。

なんだこれは。一体どうすればいいのだろうか。

「なあ、西岡」

カオスのような状況の中で、落ち着き払って師匠が聞く。

「お前は、ちょっとは自分が好きになれたか？」

そうだった。この3年間は、僕が自分を肯定できるようになるための物語だったのだ。だから師匠は、合格よりもそっちの方を気にしているのだ。

「はい」

それに対して僕は、恐る恐る、だけどはっきりと答える。

「ほんのちょっとだけ、自分が、好きになれました」

解説――魔法使いの弟子　変容の呪文――

渋谷牧人

皆様、こんにちは。この小説に登場する「師匠」こと渋谷《しぶや》です。この度の文庫化にあたり、僭越《せんえつ》ながら解説を担当させていただくことになりました。

さて、西岡壱誠《にしおかいっせい》君の受験を巡る奮闘は、こうしてハッピーエンドを迎え、彼は東大生としての新たな一歩を踏み出しました。その道のりがここに小説として描かれたわけですが、これほどドラマチックな展開が本当に実際の出来事なのかと、驚かれた方も多いのではないでしょうか。しかしながら、彼の歩みは紛れもなく現実のものであり、その奮闘ぶりがこのような興味深い物語として共感を得るに至ったのだと改めて感心しています。

もちろん、この本は小説仕立てであり、表現の一部としてエンターテイメント性が強調されていることは否《いな》めません。しかし、それを差し引いたとしても、「こんな教師や生徒が本当にいるのか?」と首を傾《かし》げたくなるのも無理はありません。かくいう私も、読み進める中で自分の過去の言動を思い返し、苦笑せざるを得ない場面が何度もありました。作中の私は、いささかエキセントリックで個性的な教師として描かれていますが、確かにこんな言動を取った記憶があります。とりわけ浪人生をヨーロッパに連れて行くなどという判断は、常識では考えられないとお叱《しか》りを受けるでしょう。純粋無垢《むく》な生徒を思いつきで翻弄《ほんろう》する風変わりな教師、とはまるでどこかの学園ドラマのようです。もちろん現実の私はもう少し分別をわきまえていたつもりではあるのですが……ご想像にお任せします。

さて、この物語をお読みになった皆様は、どのようにお感じになったでしょうか。この本が「東大受験」を単純に推奨するものではないことは、すでにお気づきかと思います。受験とは本質的に個人的な体験であり、また客観的な「正解」や絶対的な「必勝法」が存在しないという点では、受験勉強も株式投資と似たようなものです。しかし、勉強には数字の高低だけでは推し測れない底知れなさがあり、それが悩ましいところです。当然もし志望校に落ちたからといって、それが人生の失敗であるとはいえません。むしろ、受験というプロセスを通じて得られるのは、知識や学歴そのものよりも「学び方」や「考え方」といった、生きるうえで大切な基盤だと私は信じています。

そう考えると、教師が「東大に行け！」と無責任に勧めることはあってはなりません。実際、私も西岡君以外の生徒には一度もそんなことを言ったことはないはずです（似たようなことは言っているかもしれませんが）。では、なぜ私はあの時、彼に東大を勧めたのでしょうか？

私が西岡君に「東大を目指すこと」（ドラマ風にカッコよく「東大に行け！」ですね）を勧めたのは、具体的なゴールを設定することで彼自身が「成長する」プロセスに挑んでほしいという願いがあったからです。そして、目指すゴールがたとえ「東大」であっても全く問題はないと背中を押したのです。「東大を口にするなどおこがましい、自分には無理だ」と一番決めつけているのは結局は君だろう？　と。つまり、君にも目指したいものを追いかける自由があるんだ、ということを保証したかったのです。

そして私のその発言が、彼の人生において一種の「おまじない」として呪術《じゅじゅつ》的に機能したのかもしれません。いや、もしかしたら彼が無意識に求めていた「ことば」を私が探り当てただけかもしれません。とにかく、教師という仕事には、時にそんな「魔法使い」のような役割が、自らの意思とは無関係に与えられることがあります。それが、教育に携わる面白さであり、同時に恐ろしさでもあります。教師が発した何気ないひとことが、生徒を励まし勇気づけることもあれば、どん底まで凹《へこ》ませたり、一生忘れられない傷を負わせたりすることもあるかもしれません。私たち教師は気をつけているつもりでも、どのような影響があるか完全に予測はできないのです。私自身も判断を間違ったことは数えきれないほどあります。ただ真摯《しんし》に経験と訓練を積むことで精度を上げる努力を怠らないようにするしかないのです。

この物語で描かれる「東大受験」というテーマは、他のテーマに置き換えたとしても、普遍的な「成長の物語」として多くの方に共感を呼び起こす要素を持っていると思います。私はこれを「メタモルフォーゼ（変容）の美学」と呼びたいと思います。「トランスフォーム（transform）（英）」が形状の変化を指すのに対し、「メタモルフォーゼ（metamorphose）（独）」は、内面や本質を含めた変化を意味します。まさにサナギが蝶《ちょう》になるような劇的な変化です。

学校という場は、このような成長や変容を目撃できる素晴らしい場所です。その瞬間を最も強烈に驚きとともに感じるのは、生徒本人です。「これまでの自分とは違う」と実感できるほどの成長を味わった時の自己肯定感や高揚感は、生涯にわたって自信や勇気の源となります。こうした心の新陳代謝をもたらす「学び」の神秘的なパワーは、古代から語り継がれる神話や物語、そして現代の文学や映画など、多くの物語において「変容（成長）の美しさ」として繰り返し描かれてきました。

現代において受験は、イニシエーション＝通過儀礼としての機能を果たしているようにも思います。人は挑戦を通じて自己の弱さに向き合い、困難を乗り越える中で成長します。そして、その過程で「他者」の存在を強く感じるようになります。「他者」なしに「自己」は成立しないことを知った時に「オトナ」になるのだと思います。教育や学びの本質は、こうした内面の変容を促すことにこそあるのです。

卒業してからも何度か西岡君の親御さんとお会いしたことがありますが、私の見立てではとても恵まれたご家庭だと思います。彼の挑戦をずっと身近なところで応援し、心身ともに支えてきたご家族の姿勢と思いには頭が下がります。不器用ながら頑張る子供をハラハラしながら見守り、誇らしく愛して育ててくださったご家庭がまずあり、その上でたくさんの学びを学校の先生や仲間から得られたことで、最後までやり切ることができたのではないでしょうか。彼が合格し、オトナの階段を登るためにはそれまでに接してきた「他者」への「感謝」が必要だった、という物語のオチにも納得が行きます。

私と西岡君にまつわるエピソードを少し補足したいと思います。あるとき私が彼に勧めた名作映画の一つに、『いまを生きる（Dead Poets Society）』（ロビン・ウィリアムス主演、1989年製作）があります。この映画の中で、教師が生徒たちに「机の上に立ってみる」ことを促すシーンがあります。それは「視点を変える」ことの重要性を教える象徴的な場面です。この本で描かれているように、私もある日の放課後に教室の机の上に立ってみせたことがあり、それに興味を示した彼も一緒に立ちました。当時は何気ない行動でしたが、これほど多大な影響を与えるとは思ってもいませんでした。西岡君が大学入学後に設立した会社の名は、まさにその映画の中に登場するラテン語のキーワード「CARPE DIEM」＝「今を摑《つか》め（今を生きよ）」であることからも、彼にとってずっと忘れられない映画の一つになっていたことは明らかです。

※CARPE DIEM（カルペ・ディエム）＝古代ローマの詩人ホラティウスの詩中の語句

かくいう私自身も高校生の頃に、この映画の名言の一つ「我々はなぜ詩を書くのか。それは我々が人間であるという証《あか》しなのだ。そして人間は情熱に満ちあふれている。医学、法律、経営、工学は生きるために必要な尊い仕事だ。だが詩は……美しさ、ロマンス、愛こそが我々の生きる糧《かて》だ」に感銘を受け、芸術に関わり続けることへの不安や迷いを断ち切って音楽を続ける決意を固めたのです。

ところで、「学び」が起動するには「先生」という存在が必要です。そして私たちに「学び」をもたらす「先生」とは「生きている人」である必要はなく、構造として、の「先生」が存在すればよいのです。これを真摯《しんし》に、分かりやすく語ってくれている名著が内田樹《たつる》氏の『先生はえらい』（ちくまプリマー新書）です。ある日、東大を目指して頑張り始めている彼にこの本を渡しました。彼はこの本からも衝撃を受け、あらゆるものが「先生」になりうると知ってから「学ぶ」ことへの視点と姿勢が大きく変わったと感想を語ってくれました。その柔軟さによって、浪人中に「ゲーム」で勉強する方法を思いついたのかもしれません。

さて、これらはたった一本の映画や一冊の本が人生を大きく変える「先生」として十分機能した好例だと私は思います。教育とは、時にこうした小さな働きかけが、予想を超えた大きな影響を与えるものです。

ちなみに余談ですが、小説のエンディングにあたる合格発表の場面のすぐあと、私はコーヒー片手に「君の経験を『本』として読んでもらいたいね。そうだ、本を書けば？」とふと思いつきで言ってしまいました。そして結果的にゲーム式の勉強法について綴《つづ》った本が彼のデビュー作になります。東大生となった後も休まず挑戦を続け、その行動力によって、いま皆様が彼の本をお読みになっているのです。彼もまた、誰かにとって「先生」として影響を与える存在になって活躍していることを誇らしく思います。

これからＡＩが産業革命のごとく世界を変えていく時代において、「生身の教師」

の仕事内容はどんどん変わっていくでしょう。おそらく失言もなくフレンドリーで、常にノーミスで仕事をし、疲れることも老いることもないＡＩロボ教師ですら誕生して活躍すると思います。私のようなものは不安定でバグが多い欠陥教師で、同じ土俵ではどうやっても勝負にならないかもしれません。しかし、教師が機械か人間かに拘《かか》わらず、どのような時代にあっても「学び手と先生」という構造がある限り、「美しき成長の物語」は続いていくでしょうし、生身の教師の仕事も領域を変えながら存在し続けると思います。

もしかすると、機械にとってのエラーやバグのようなものほど「人間らしい」として価値が見出《みいだ》される可能性もあります。

残念ながら近年は教師という職業の過酷な労働環境ばかりがクローズアップされ、社会的な評価の低下にも直面しており、成り手が減少しているのは深刻な問題です。また、教師は一見、組織の一員として労働しているように見えますが、実際には個人の裁量範囲や責任も大きく、時に孤独を感じる職業でもあります。心を病むほどに追い込まれる教師に「職業選択の自己責任」と言い放つのは、社会として不誠実に思えます。「教育」は非常に重要な社会インフラですから、その維持と発展は日本全体に関わる未来への投資なのです。

たとえ目まぐるしく不安な時代にあっても、私がいつも喜びを感じるのは、生徒たちが「学び」を通じて驚くような変化を遂げるときです。教育という場がもたらす「成長の物語」や、人間の変容に立ち会える喜びは、何ものにも代え難い美しいものです。教師はその変化を促す触媒のような存在でありながら、同時に生徒からも多くを学び、共に成長していきます。

そして西岡君との出会いもまた、私を成長させてくれたかけがえのない宝なのです。この本の物語を通じて、皆様が教育や学びの可能性について新たな視点を持つきっかけとなれば幸いです。

（二〇二五年一月吉日　作編曲家・音楽教諭）

この作品は令和四年九月新潮社より刊行された。

伊坂幸太郎著

重力ピエロ

ルールは越えられるか、世界は変えられるか。未知の感動をたたえて、発表時より読書界を圧倒した記念碑的名作、待望の文庫化！

伊坂幸太郎著

ゴールデンスランバー

山本周五郎賞受賞
本屋大賞受賞

俺は犯人じゃない！　首相暗殺の濡れ衣をきせられ、巨大な陰謀に包囲された男。必死の逃走。スリル炸裂超弩級エンタテインメント。

伊坂幸太郎著

オー！ファーザー

一人息子に四人の父親!?　軽快な会話、悪魔的な箴言、鮮やかな伏線。伊坂ワールド第一期を締め括る、面白さ四〇〇％の長篇小説。

恩田　陸著

夜のピクニック

吉川英治文学新人賞・本屋大賞受賞

小さな賭けを胸に秘め、貴子は高校生活最後のイベント歩行祭にのぞむ。誰にも言えない秘密を清算するために。永遠普遍の青春小説。

恩田　陸著

六番目の小夜子

ツムラサヨコ。奇妙なゲームが受け継がれる高校に、謎めいた生徒が転校してきた。青春のきらめきを放つ、伝説のモダン・ホラー。

恩田　陸著

ライオンハート

17世紀のロンドン、19世紀のシェルブール、20世紀のパナマ、フロリダ……。時空を越えて邂逅する男と女。異色のラブストーリー。

佐藤多佳子著　しゃべれども しゃべれども

頑固でめっぽう気が短い。おまけに女の気持ちにゃとんと疎い。この俺に話し方を教えろって？「読後いい人になってる」率100％小説。

佐藤多佳子著　黄色い目の魚

奇跡のように、運命のように、俺たちは出会った。もどかしくて切ない十六歳という季節を生きてゆく悟とみのり。海辺の高校の物語。

佐藤多佳子著　明るい夜に出かけて
山本周五郎賞受賞

深夜ラジオ、コンビニバイト、人に言えないトラブル……夜の中で彷徨う若者たちの孤独と繋がりを暖かく描いた、青春小説の傑作！

重松　清著　くちぶえ番長

くちぶえを吹くと涙が止まる。大好きな番長はそう教えてくれたんだ――。懐かしい子どもも時代が蘇る、さわやかでほろ苦い友情物語。

重松　清著　ビタミンF
直木賞受賞

もう一度、がんばってみるか――。人生の〝中途半端〟な時期に差し掛かった人たちへ贈るエール。心に効くビタミンです。

重松　清著　卒　業

大切な人を失う悲しみ、生きることの過酷さ。それでも僕らは立ち止まらない。それぞれの「卒業」を経験する、四つの家族の物語。

住野よる著
か「」く「」し「」ご「」と「
5人の男女、それぞれの秘密。知っているようで知らない、お互いの想い。『君の膵臓をたべたい』著者が贈る共感必至の青春群像劇。

住野よる著
この気持ちもいつか忘れる
毎日が退屈だ。そんな俺の前に、謎の少女チカが現れる。彼女は何者だ？ ひりつく思いと切なさに胸を締め付けられる傑作恋愛長編。

岩崎夏海著
もし高校野球の女子マネージャーがドラッカーの『マネジメント』を読んだら
世界で一番読まれた経営学書『マネジメント』。その教えを実践し、甲子園出場をめざす高校生の青春物語。永遠のベストセラー！

伊与原新著
月まで三キロ
新田次郎文学賞受賞
わたしもまだ、やり直せるだろうか——。ままならない人生を月や雪が温かく照らし出す。科学の知が背中を押してくれる感涙の6編。

伊与原新著
青ノ果テ
—花巻農芸高校地学部の夏—
僕たちは本当のことなんて1ミリも知らなかった——。東京から来た謎の転校生との自転車旅。東北の風景に青春を描くロードノベル。

杉井光著
世界でいちばん透きとおった物語
大御所ミステリ作家の宮内彰吾が死去した。『世界でいちばん透きとおった物語』という彼の遺稿に込められた衝撃の真実とは——。

池谷裕二著

受験脳の作り方
―脳科学で考える効率的学習法―

脳は、記憶を忘れるようにできている。そのしくみを正しく理解して、受験に克とう！――気鋭の脳研究者が考える、最強学習法。

池谷裕二著

脳はなにかと言い訳する
―人は幸せになるようにできていた!?―

「脳」のしくみを知れば仕事や恋のストレスも氷解。「海馬」の研究者が身近な具体例で分りやすく解説した脳科学エッセイ決定版。

池谷裕二
糸井重里著

海馬
―脳は疲れない―

脳と記憶に関する、目からウロコの集中対談。「物忘れは老化のせいではない」「30歳から頭はよくなる」など、人間賛歌に満ちた一冊。

原田マハ著

楽園のカンヴァス
山本周五郎賞受賞

ルソーの名画に酷似した一枚の絵。秘められた真実の究明に、二人の男女が挑む！ 興奮と感動のアートミステリ。

原田マハ著

常設展示室
―Permanent Collection―

ピカソ、フェルメール、ラファエロ、ゴッホ、マティス、東山魁夷。実在する6枚の名画が人々を優しく照らす瞬間を描いた傑作短編集。

一條次郎著

レプリカたちの夜
新潮ミステリー大賞受賞

動物レプリカ工場に勤める往本は深夜、シロクマと遭遇した。混沌と不条理の息づく世界を卓越したユーモアと圧倒的筆力で描く傑作。

それでも僕《ぼく》は東大《とうだい》に合格《ごうかく》したかった
偏差値35からの大逆転

新潮文庫　に－36－1

令和七年四月一日発行

著者　西《にし》岡《おか》壱《いっ》誠《せい》
発行者　佐藤隆信
発行所　株式会社 新潮社
郵便番号 一六二―八七一一
東京都新宿区矢来町七一
電話 編集部(〇三)三二六六―五四四〇
読者係(〇三)三二六六―五一一一
https://www.shinchosha.co.jp

価格はカバーに表示してあります。

印刷・錦明印刷株式会社　製本・錦明印刷株式会社

ISBN978-4-10-105941-9 C0193